绿药 著

下 册

## 第十六章 上门女婿

我在你这儿住得挺舒服的。管吃管住,倒插门也挺好。

顾见骊一路上心事重重，十分不安。到了殿前，向昌帝行礼之后，她悄悄向后退了一步，恭敬地低下头，默默听着昌帝与姬无镜的对话。

她越听，心越沉。

她听得出来，昌帝对姬无镜关怀、器重，算了算，姬无镜在玄镜门中为昌帝做事已有十一载。

顾见骊心口有些发闷。

她盼着昌帝不会注意到她，叫她过来也只是顺嘴一提，等他与姬无镜说完话，她就可以回去了。或者本来就是姨母多虑了。

顾见骊安慰着自己一切都还没到那般差的境地。

昌帝与姬无镜只是说了些让姬无镜好好调养身体，早日回玄镜门的话。姬无镜将要退下时，昌帝这才随意地看了顾见骊一眼。

昌帝当然知道姬无镜的妻子是顾敬元的小女儿。

对顾敬元和骊云嫣的两个女儿，即使她们两个小时候常常去咏骊宫，昌帝也没见过几次。在他的印象里，顾见骊还是个小孩子，穿着浅粉色的襦裙，像朵娇嫩的花似的扑进骊云嫣的怀里。

如今看着面前亭亭玉立的小姑娘，他才发现她已经出落成大姑娘了。

是啊，她已经嫁人了。

"你父亲身体可还好啊？"昌帝发问，语气发沉。

顾见骊恭敬地回话："承蒙陛下记挂，父亲的身体已无大碍了。"

昌帝微微眯了眯眼，一阵恍惚，望着面前低着头的顾见骊，隐约想起当年他将骊云嫣赐婚给顾敬元时，骊云嫣也是这样低着头，温雅守礼。昌帝也记得当时赐婚时，他心里的不舍和愤懑之情。

"为何一直低着头？"昌帝发问。

顾见骊眉心一紧，仍旧用恭敬的语气回话："回陛下的话，臣妇弄湿了妆容，无颜面对圣颜。"

昌帝这才注意到顾见骊绾起的乌发半湿不干，连身上的衣裙也不是太合身。

"在朕的印象里，你还是个梳丫发的小姑娘，一眨眼就长这么大了。"昌帝顿了顿，又说，"抬起头来。"

顾见骊犹豫了一瞬，心里盼着只是她与姨母多想，慢慢抬起头来，娴静而立。

大殿内忽然静下来。

许久之后，昌帝才重新开口："朕记得你姐姐叫在骊，你叫什么？"

"回陛下的话，臣妇名见骊。"

"见骊，见骊……"昌帝陷入沉思之中，许久后点了点头，说道，"你父亲给你起了个好名字。"

"陛下谬赞。"顾见骊迅速低下头去。

姬无镜奇怪地看了顾见骊一眼，对昌帝请辞。

昌帝沉默片刻，看着顾见骊说："你姨母一直惦记着你，今日入宫可去见过她？"

顾见骊心头一跳，莫不是今日去咏骊宫见姨母的事被陛下知道了？她一时间不知道该怎么回答。幸好昌帝并不需要她回答，又说："你姨母最近心情不大好，你不如在宫中住上几日陪陪她。"

顾见骊大惊，不知道昌帝的真实用意到底是不是单纯地让她陪骊贵妃。顾见骊下意识地觉得不该留下来，留下来是不安全的。

她心里慌，面上却一点不显，脸上甚至挂着得体的浅笑，温声回话："臣妇谢陛下体恤，只是夫君身体不适，需要臣妇日夜照料。臣妇不敢失了为人妻的责任，更何况臣妇染了风寒，不宜入住宫中。若是将风寒染给娘娘，臣妇万死难辞其咎。"

大殿里重新安静下来。

姬无镜侧过脸，轻声咳嗽了一阵。随着他的咳嗽声响起，他的面色逐渐变得苍白。

顾见骊急忙搀扶住他，关切地问："可还好？"

姬无镜摇摇头，示意无事。

顾见骊犹豫了一下，抬眼看向姬无镜。二人四目相对，姬无镜看出了她欲言又止。

昌帝回过神来，笑着说："是朕一时糊涂了。"他摆了摆手，道，"退下吧。"

顾见骊顿时松了一口气。她不敢显露出来，唯有跨过门槛时才悄悄舒了一口气。

姬无镜看了她一眼，皱眉，回头望了一眼身后的宫殿。

回去的马车上，顾见骊心事重重。她想先去父亲那里一趟，问问父亲的打算，也想将今日的事情说给父亲听。她有些慌，本能地想要寻求父亲的庇护和意见。

姬无镜神情恹恹地靠在车壁上，脸色也不太好看。顾见骊见姬无镜如此，知道姬无镜今日是真的累了，不忍心再拖着姬无镜折腾，早些回家才好。犹豫再三，她还是没开口，想着今日时辰也不早了，明日单独出府去见父亲也好。

姬无镜抬起眼皮看向顾见骊，懒懒地问："看我做什么？"

顾见骊装作不经意地随口说："五爷，我听说有些人会卖妻。倘若有人出高价，五爷可会把我卖掉？"刚说完，她又笑着说，"我随口说着玩的，五爷别当真。"

姬无镜审视着顾见骊的神情，慢悠悠地开口："看心情哪。"

顾见骊笑着点了点头，装成只是随口说了个玩笑的样子。她掀开马车车窗旁的车帘，看着外面。

街上人不多了，晚霞倒是烧红了天际。顾见骊仰起头望着烧满天的落霞，落寞地浅浅笑着。

她本就不是他想娶的妻，又怎敢奢求他为了她与他效忠的皇帝对抗？

他这样做是正常的，是对的，顾见骊如是想。

到了广平伯府，顾见骊让小厮回去搬来姬无镜的轮椅。她见姬无镜累了，想推着他回去。

"不用了，你先回去。我去老头子那儿一趟。"姬无镜扶着车壁下了马车。

顾见骊跟出去，犹豫地开口："我瞧着你脸色不是太好，要不要先回去歇一歇？"

"不。"

顾见骊便不再说了，看着姬无镜往主屋走去，自己便独自往小院子走去，还没走到呢，就掩唇打了个喷嚏。今日她在西厂洗了澡，头发还没干就出来了，如今天寒，显然是又染了风寒。

顾见骊快走了两步，赶忙回去让季夏熬风寒药。她可病不起。

堂屋内，广平伯正和三个儿子围着火说话。下人禀告姬无镜过来了，广平伯着实意外。

事实上，姬无镜已经很多年没有主动找过他，上次喊他"父亲"是什么时候他都不太记得了。

广平伯压下好奇心，朝进屋的姬无镜招手："来来来，外面冷，过来坐，暖和暖和。"

"不坐了。"姬无镜立在门口没往前走，"我过来是告诉你一声，三天内把聘礼补上送给顾敬元。你那三个儿子当初娶媳妇用了多少聘礼，我的一分不能少。"

广平伯没承想姬无镜过来竟是为了这事，愣了愣才说："无镜哪，这聘礼哪有婚后再补的道理？这都娶回来了……"

"要我再说一次？"姬无镜冷冷地反问。

姬无铮不悦地开口："无镜，怎么跟父亲说话的？"

姬无镜连看都不看姬无铮一眼，完全懒得理他。

广平伯心里气啊！这个儿子的脑子里都装了什么？少花钱娶媳妇明明是家里赚了，他怎么还能帮着亲家来要钱？

"无镜……"

姬无镜没了耐性，道："嫌拿不出手？"他随手指了指三个兄长，凉薄地开口，"那就把他们三个当初娶媳妇的聘礼加在一起。"

他轻轻勾唇，狐狸眼内露出几分阴鸷之色，也不等广平伯答应，转身便往外走。

广平伯望着姬无镜的背影张了张嘴，气恼姬无镜的态度，却一个字也说不出来，只能让管家照办。

他心虚啊。

当年他嗜酒如命，醉后常常做糊涂事。有一年他喝醉了酒，和权势滔天的东厂督主打赌，将两个儿子当成赌注，输给了东厂督主。

老四姬无错受了宫刑，天寒地冻地哭着往外跑，伤口发炎，就那么夭折了。

老五姬无镜运气好一些，还没受宫刑就从东厂跑了出去，撞上了前太子，被前太子留在东宫当玩伴。后来广平伯醒了酒，跑去东宫寻人，姬无镜却不愿跟他回家了。至于后来姬无镜是怎么从东宫去了西厂，拜了前任西厂督主为师，又是怎么练了一身武艺去了玄镜门……这些事广平伯一概不知。这个儿子

249

啊，再也不会与他说这些。这二十多年来，这个儿子完全把他当陌生人。

从那事之后，广平伯戒了酒。可憾事已酿，于事无补。

广平伯望着燃烧的炭火叹了一口气。他忽然想起来，那一年他的原配临终前让他好好照顾几个孩子。可她病故三个月不到，他就因醉酒一时糊涂害了两个儿子。他们一个六岁，另一个四岁……

姬无镜回到院中时，顾见骊已经将热水给他备好。顾见骊抱着他的寝衣跟着他往小西间走，说："水里加了药的，你多泡一会儿。"

姬无镜忽然停下来，转过身，用手掌贴着顾见骊的额头，说："又发烧了。"

"已经喝了药的，睡醒就不会有事了。"

"去睡，不用等我。"姬无镜说。

顾见骊虽然点头答应下来，可还是想等姬无镜，担心姬无镜需要她照料。可是汤药里助眠的成分起了作用，她犯了瞌睡，侧躺在床上睡着了，连被子也没来得及盖。等她迷迷糊糊地睁开眼时，姬无镜已经熄了灯，上了床准备歇息。

她胡乱扯了扯被子，面朝里侧蜷缩着睡去。姬无镜在她身后揽着她的细腰，将她拉进了怀里抱着。顾见骊迷迷糊糊地睡着了，姬无镜的手不经意间滑过她的寝衣放在她的肚子上时，她虽有些别扭，却也没太抵触，习惯了。

直到姬无镜捏了捏顾见骊的肉，她一下子睁开眼，睡意全无，顿时清醒过来。

顾见骊整个人僵在那里，身上有些发冷。姬无镜泡了很久的药浴，身上是热的，他手上的热感传来，顾见骊的身子便又冷又热。

顾见骊咬唇，一动不敢动，既紧张又抵触，还有着对未知的恐惧。

他是以为她睡着了吗？

顾见骊不仅不敢动，也不敢发出一丝一毫的声响，连呼吸都轻了起来。她在心里盼着姬无镜当她睡着了，一会儿就会收回手，甚至盼着姬无镜只是半睡半醒时无意间的动作。

然而他掌心的薄茧滑过的感觉提醒着顾见骊——他是清醒的，是有意识的。

顾见骊搭在脸侧的手慢慢攥紧了锦褥。

漆黑寂静的夜里,她的感官那般清晰。从未有过的陌生感觉将她笼罩了起来,推着她往一个陌生的天地走去。

她隐隐明白将要发生些什么,却又并不完全懂得,只隐约记得小时候无意间在嬷嬷闲谈时听过元帕、落红等词。她只知道是痛的,亦觉羞耻难堪。她出嫁时只当嫁个将死的人,也没有那个心情,陶氏什么都没教她。人哪,对一件事情越是一知半解,越是害怕。

对未知疼痛的畏惧和说不出口的羞耻感让顾见骊对揉捏的手掌忽略了不少。她甚至想:姬无镜身体不好,大概是不能行房的……可是……

她思绪千回百转,心乱如麻。

"顾见骊。"

"啊……"顾见骊下意识地低呼出声,又惊觉自己的反应大了些,顿时不好意思起来。

身后的低笑声擦着她的后颈传来,让她的脖子有些痒。

姬无镜睁开眼,视线里是顾见骊露在寝衣外的莹白脖子。他放在顾见骊兜肚下的手忽然用力一捏,他又凑近顾见骊的后颈,咬了下去。

双重疼痛让顾见骊眉心紧蹙。她迅速紧紧闭上眼睛,压下了眼底的湿意。

姬无镜松了口,看了一眼自己留在顾见骊后颈上的牙印,那牙印并不完整。他皱眉,又凑过去在原来的地方咬了咬,将牙印凑完整,这才满意地笑了。

他微微抬起上半身,捏着顾见骊的下巴,将她的脸抬到眼前,打量着她的神色,问:"怕吗?"

顾见骊缓慢地摇头。

姬无镜扯了扯嘴角,漫不经心地笑道:"求求叔叔,叔叔就放过你。"

他戏谑的口吻让顾见骊有些恼了。她到底是集万千宠爱养大的贵女,即使历了难学会了再三隐忍,骨子里的傲气被挫得了一时,也挫不了一世。

她直视姬无镜的眼睛,执拗地道:"没有什么可求的,该我尽的责任我会尽,只是劝五爷当心身体。"

她又生气了。

姬无镜审视着顾见骊闹别扭时的眼睛,心里诧异。这小姑娘最近跟他生气

· 251 ·

的次数是不是太多了？从一早出门入宫到这一刻，她一天内跟他生气三回了。明明她原先不是这样的。原先的她见了他只会害怕，经过他身边时恨不得绕着走。

"是谁告诉你这事伤身的？又是什么让你产生了我连行房的力气都没有的错觉的？"姬无镜不紧不慢地低声问。

顾见骊抿唇望着姬无镜，不说话了。

姬无镜看了顾见骊半晌，神情阴鸷地嗤笑了一声，重新躺下来，又把她的脸推了过去——不想看。

他把顾见骊娇软的身子重新搂进怀里抱着，一直放在她的兜肚里的手拨弄了一下，然后有些不舍地退了出去，将她的兜肚拉扯好，又慢条斯理地整理好她的寝衣，让其贴在她的身子上。

手好像没地方放，他将手搭在顾见骊的细腰上放了一会儿，又越过顾见骊的身子，在她身前摸索了一下，抓住了她的手，将她柔软的小手握在了掌中。

姬无镜又困又乏，打了个哈欠，将脸埋在顾见骊的背上，蹭了蹭。他怀中的身子娇娇软软的，就那么大一点，尤其是她的腰，细得易折。

算了，这孩子还太小，若真怀了他的乖闺女，生产时太危险。

他对她的兴趣正浓，她死了可不行。

姬无镜很快睡着了，顾见骊却没有。她有些茫然地望着姬无镜，慢慢发现，只要她拒绝，姬无镜竟然真的不会勉强她。不，只要她露出些不情愿的神色，他便懒得坚持。

很多时候，姬无镜一意孤行，只是有时候会顾虑她的想法。至于他什么时候一意孤行，什么时候会理会她的想法，她却分不太清。

长夜漫漫，顾见骊终于沉沉睡去。

不知不觉中，她早已习惯身侧多了个人。

翌日，顾见骊醒来，小心翼翼地推开姬无镜搭在自己身上的手，又将他搭在她的腿上的长腿推开，然后轻手轻脚地下了床。

季夏早就候在了外间，见顾见骊起来，急忙服侍她梳洗更衣。若是以前，季夏定然在里屋伺候，如今却是不太方便的。

"现在用早膳吗？"季夏问。

顾见骊回头望了一眼里屋的方向，说："再等等，他兴许一会儿就起来了。"

你去告诉林嬷嬷让两个孩子先吃，不用过来。"

季夏应下。

以前姬无镜长期卧床时，姬星漏和姬星澜一直待在后院里，一日三餐也都是林嬷嬷张罗着。只是自从姬无镜醒过来之后，两个孩子倒是尽量过来和姬无镜、顾见骊一起吃。

顾见骊等了好久姬无镜也没醒来，悄声去了里屋立在床侧，见姬无镜睡得很沉，弯下腰来给他掖好被子，退了出去。她到底是没能等他，自己吃了东西。

顾见骊吃着东西，想起姬星澜和姬星漏两个孩子。广平伯府原本是有家塾的。只是府上和姬星漏、姬星澜同一辈的孩子年纪都不小了，再晚一辈的却是"咿咿呀呀"连话都说不明白的。顾见骊想了想，做主派人给两个孩子单独请了教导的先生。

姬无镜不仅早膳时没醒，过了午时也还在睡。

顾见骊有些担心了。难道他昨日累到了？不管怎么说，他这样一直睡着不吃东西可不太好。顾见骊犹豫了一下，仍旧进屋里去喊他。

"五爷！"顾见骊轻唤。

姬无镜没什么反应。

顾见骊忽然有些慌，担心他又昏迷过去。她急忙坐在床侧，拉住姬无镜的手腕，轻轻摇晃："五爷，你醒一醒，吃些东西再睡可好？五爷、五爷！"

姬无镜懒洋洋地睁开眼睛，看见面前的顾见骊，拉了她一下，说："上来让我抱着睡。"

顾见骊松了一口气，说："五爷，吃些东西再睡。要是你实在不想起，我给你端进来，有鱼粥。"最后一句明显是在引诱他。

姬无镜果然犹豫了一下，不情不愿地撑着顾见骊的手坐了起来。顾见骊急忙扶着他下床到了外间吃东西。他慢悠悠地吃了很久，梳洗过后换了身干净的寝衣，又带着倦意上了床。这一回，他拉着顾见骊一起睡的。

姬无镜觉得怀里抱着个软软的人，睡起来更舒服一点。

顾见骊安静地躺在姬无镜的怀里，今日想回家的念头是没了，只能明天再回去。

天还没黑，顾见骊睡不着。她保持着被姬无镜从身后抱住的姿势许久，有些累，小心翼翼地转了个身。姬无镜皱眉，倒也没阻止，换了个姿势抱着顾见骊。

时间漫长，顾见骊仰起头，看着他的睡颜。他合着眼时藏起了狐狸眼里的阴鸷之色，只剩下静谧的异美。顾见骊别开视线，不看了，可不能被他睡着时的样子迷惑，乃至忘了他是多可怕的一个人。

第二天清晨，顾见骊没等姬无镜醒来，乘车回了家。

要先经过顾在骊的酒楼才到家，顾见骊就先去了姐姐的酒楼。酒楼内人来人往，生意好得不得了。还没走近，顾见骊就听见了琴声。她听出来了是姐姐在弹琴。

"阿姊！"顾川从二楼窗户探出头，一脸开心的表情。

顾见骊弯起眼睛，冲着他温柔地笑起来。

不大一会儿工夫，顾川就踩着楼梯跑下来，拉住顾见骊的手。

得知顾见骊等一下要回家，顾在骊连忙交代管事今日早些关店，然后跟着顾见骊一并回了家。

最近天气逐渐放暖，姐弟三个便步行回去。顾在骊一直挽着妹妹的手，关切地询问道："最近在府里可一切都好？怎么想着今日回来？"

"姐姐安心，我一切都好的，就是回家来看看。"顾见骊笑着说。

只要是对着家人，她便总是弯着眼睛，眉目温柔。

姐弟三个刚到家，广平伯府就来了人。

顾敬元神情不悦，问："见骊，你真的只是回家来看看？"

顾川跑了进来："真奇怪，广平伯府那个管家带了好些东西来！一箱子又一箱子的，都盖着红布！"

顾敬元惊讶地走了出去。

宋管家赔着笑脸，将来意说明。

"补上聘礼？"顾敬元皱眉道。

顾在骊和陶氏诧异地看向顾见骊，顾见骊何尝不是吓了一跳。

顾敬元沉默片刻，对顾见骊道："既然是补给你的，留不留你自己拿主意。"

顾见骊犹豫了一会儿，点了点头："留下，刚好给姐姐做生意用。"

宋管家带着家丁刚走没多久，姬无镜又亲自来了。

顾见骊正与家人围在一起开心地闲谈，听闻姬无镜过来，急忙提裙小跑出去，在院中迎上姬无镜。

姬无镜冷着脸，问："谁让你走的？"

望着姬无镜的冷脸，顾见骊认真地反思了一下，也许她应该事先与他说一声。她确实想不到姬无镜会介意这个，解释道："昨天忘记与你说了，今天早上出门的时候你还没醒，所以就没有说了。"顿了顿，她又说，"下次我会提前与你说一声的。"

"下次……"姬无镜将这个词重复了一遍。

也不知道是不是顾见骊的错觉，她觉得姬无镜的脸色稍微缓和了些。

顾见骊又往前迈出一步，立在姬无镜身前，伸手去摸姬无镜的手，他的手果然很凉。她问："怎么过来的？路上是不是冷到了？"她摸了一把姬无镜的袖子，埋怨道，"穿得太单薄了。"

姬无镜瞥着顾见骊蹙起的眉头，脸色又缓和了几分。

"怎么忽然过来了？可是有什么事情？"顾见骊问。

"睡不着。"姬无镜理直气壮地说。

顾见骊有些蒙。睡不着，这是什么理由？难道他来了这里就睡得着了？

陶氏站在门口招呼："见骊，怎么在外头说话，将人领进来啊！"

顾见骊应了一声，对姬无镜说："进去吧。是不是没用午膳就过来了？家里正要用膳呢。"

顾见骊转身，刚走了两步，发觉姬无镜没跟上来，回头疑惑地望向他。

"没力气走路。"姬无镜神情恹恹地说。

顾见骊轻叹了一声，折回姬无镜身侧扶着他，在心里抱怨他身体这般差还出门。

厅内，顾敬元看着自己的小女儿小心翼翼地扶着姬无镜，脸色黑了下去。

自己放在掌心里宠着的女儿悉心照顾着别人，他不爽，尤其那个人还是姬无镜。他更不爽了。

午膳时，饭桌上没有鱼，姬无镜只吃了两口就放下了筷子。

顾见骊在他身侧小声说："晚上回家给你做鱼。"

顾敬元听见了，咳嗽了一声，沉声道："连食不言的规矩都忘了！"

顾见骊低下头小口吃着饭，不敢再多嘴。

姬无镜懒洋洋地随口说:"规矩真多。"

顾敬元瞪他一眼,没好气地说:"别以为补点聘礼就了不得了,这才几天又上门,不知道的还以为你倒插门呢!"

"别说,我在你这儿住得挺舒服的。管吃管住,倒插门也挺好。"姬无镜嬉皮笑脸地回道。

顾敬元胸口气闷,又想起顾见骊当初伏在他的膝上哭诉的话,硬生生地将想要臭骂姬无镜一顿的冲动压了下去。

只是他一看见姬无镜就吃不下饭,愤愤地放下筷子,起身离了席。

陶氏急忙跟着起身,单独盛了一份饭菜给他送过去。

顾川看看这个又看看那个,刚想说话,顾见骊给他添了菜,说:"你好好吃饭。"

"哦……"顾川只好把疑惑情绪压下去。

顾见骊匆匆吃完,扶着姬无镜去了她的房间。

姬无镜在床榻上坐下,拍了拍身侧,说:"上来陪我睡。"

顾见骊犯了难。她今日回家想与父亲说的事情还没有说。

"我要去父亲那里一趟,等一下就回来。"

姬无镜面无表情,也不吭声。

"真的一会儿就回来。你好好休息,睡一觉。等你睡醒了,咱们就回家。"

姬无镜想了想,身体朝一侧躺了下去,闭上眼睛睡觉。

顾见骊给他盖好被子,才去了顾敬元的书房。顾敬元本在生闷气,看见顾见骊,努力压住了怒气。

顾见骊说:"父亲可知道二殿下的事情?前天入宫的时候,女儿碰巧撞见了。"

"知道。他被发配边疆,明日就要启程。"

"可女儿瞧着那日二殿下的情形很像是被人下药陷害的。"

顾敬元点头,道:"应当是四皇子或五皇子下的手。宫里还在查此事。"

"既然事有蹊跷,二殿下怎么还会被发配到边疆去?"顾见骊疑惑道。

顾敬元笑了,道:"能被人陷害就证明他无能,何况不管出于什么原因,他对昌帝出手都是重罪。再说……他被发配边疆也未必不是好事。"

顾见骊隐约明白了些什么。她忽然想起捂脸哭泣的孙家姑娘,便向父亲问了。

"被赐婚给二殿下,一并去边疆。"顾敬元道。

顾见骊微怔。她忽然发现,女儿家的婚事总难如愿。她在心里默默盼着那位孙姑娘将来的日子能好些。

顾敬元看着女儿,问:"你这次回来,主要是因为你姨母的事情吧?"

"是,也不全是。"顾见骊仔细地观察着顾敬元的脸色,小心翼翼地问,"父亲,你知不知道陛下对……对母亲……?"

顾敬元点头,略疲惫地开口道:"即使以前不知道,现在也当清楚。"

父亲果然都知道了。

一时间,顾见骊不知道再说些什么好了。过了好一会儿,她才犹豫地开口道:"父亲,姨母她……她让我以后不要再进宫,不要出现在陛下眼前,可我后来还是在机缘巧合下见到了陛下。陛下夸赞女儿名字好……"

毕竟这只是个揣测,顾见骊说得很委婉,问:"父亲,女儿是不是真的很像母亲?"

顾敬元盯着顾见骊的脸半晌,点了点头。他明白昌帝夸赞顾见骊的名字,正是因为顾见骊酷似其母。

见骊,见了她就像见了骊云嫣。

顾见骊先不去想这个,问起更关心的事情:"父亲,女儿年前总听说您被放出牢狱是因为太后喜寿,再加上过年,而过了正月,恐要再被降罪……女儿知道父亲必然有自己的计划,可还是很担心……"顾见骊眉心紧蹙,眸中浮起浓浓的担忧之色。

顾敬元一直是个威严的父亲,从来不与几个孩子说自己的事情。若是以前,子女过问太多都算越矩,而且即使问了,他也不会告诉子女。

只是如今事关重大,顾见骊觉得自己不再是小孩子了,还是问了出来。

顾敬元沉默了好一会儿,才说:"见骊,你准备好,再过十日左右跟父亲离京。"

"什么?"顾见骊惊了。她生在永安城,长在永安城,从来没有离开过永安城半步。顾敬元忽然提到离开,她着实意外。

顾敬元看着顾见骊,郑重地道:"见骊,父亲也不瞒你。如今不管是自保还是再议他路,为父都不宜留在京中。"

"那……那姐姐的酒楼不开了？大家都走吗？"顾见骊心里有些慌乱。

"见骊，你姐姐开酒楼的主要目的并不是赚钱。"

顾见骊怔了怔，一瞬间明白了许多事。

顾敬元起身走到顾见骊面前，心疼地望着小女儿，道："你上次与父亲说的话，父亲都能体谅。你心善，想留在姬昭身边陪着他走完最后这段时日。可他日之事不可料，若父亲在别处做了什么，你留在京中必有危险。彼时，不仅昌帝是危险的，其他几位殿下亦可能拿你为人质要挟为父。再者，若真有这样一日，姬昭也将受牵连。如此，也枉费了你一片想要对他报恩的善心。"

父亲的话一字一句地撞在顾见骊的心上。她不是没有揣测过父亲的打算，可没有想到这一日这么快就到了。而父亲将这一切亲口说给她听时，她心里难免震惊，一时不知如何抉择。

顾见骊不由自主地说："我……我去问问他……"

"问谁？姬昭？"顾敬元一下子被气笑了，"你这孩子这么快就出嫁从夫了？"

"不是……"顾见骊摇头，"即使要离开也要与他说的。我……"

顾敬元看得出顾见骊有些迷茫，道："不急，还要十日左右才会离京。你可以慢慢考虑，在父亲离京的前一刻做出决定也无妨。见骊，你不是小孩子了，父亲不会命令你什么，你自己选。但是你要考虑清楚这份善心到底值不值得将自己置于危险中。若你是姬昭明媒正娶的妻，父亲支持你与他同进退。可你们的婚事是个闹剧，你们没有感情，他姬昭未必稀罕你的照顾和陪伴。他日若是因为你牵连了他，他又会不会怪你？"

顾见骊认真地听着父亲的话，许久之后缓缓点头，说："女儿知道了……"

顾敬元叹了一口气，道："回去吧。"

顾见骊点了点头，眉心紧蹙地转身离开。她回到房间里，轻轻掀开床幔，见姬无镜正睡着。她坐在床侧，望着沉睡的姬无镜，陷入沉思之中。

姬无镜确实性情乖戾、喜怒无常，可顾见骊又不是傻，不管他的初衷是什么，不管他的方式是什么，她都感受到了他对她的好。纵使她不喜这婚事，对姬无镜没有感情，可仍想努力地做一个合格的妻子，想要在他最后的时日里照顾他、陪伴他。

然而如今……

第十七章

**我的小夫人**

你又盯着我干吗?
我有那么好看?

"你又盯着我干吗？"姬无镜懒散地睁开眼，"我有那么好看？"

顾见骊吓了一跳，双肩轻颤了一下。她埋怨地看向姬无镜，原本准备了好几种说辞，想与姬无镜好好说，如今却因为他的话，顿时无语到只想一句话说完："父亲要带我离京，我留在京中危险，也会连累你。"

姬无镜反应了半天，才"哦"了一声，把顾见骊拉上床，抱着她往床里侧滚去。他把脸埋在顾见骊的颈间，嗅了嗅，懒洋洋地说："我也去。"

一阵天旋地转，顾见骊本担心磕了头，后脑勺儿却被姬无镜用手掌托着。紧接着，她便听见姬无镜埋首在她的颈间说出的话。

那一瞬间顾见骊蒙了，怀疑自己听错了。

"什么？你说什么？"顾见骊不太相信自己的耳朵。

姬无镜懒洋洋地合上眼，没打算回话。

静了一瞬，顾见骊重新开口道："五爷的身体不适宜长途跋涉，你会吃不消的，而且星澜和星漏怎么办？你不管他们了吗？"

"带着。"姬无镜口气随意地道。

一个病入膏肓的病人和两个四岁的孩子……

顾见骊被姬无镜从背后抱着，看不见他的表情，更猜不透他的话里有几分随意几分真心。

他随口胡说的吧？

"五……嗯……"顾见骊被捂住了嘴，发不出声音来。

姬无镜不耐烦地说："别吵，睡觉。"

顾见骊安静下来，默默听着他在她颈后轻浅均匀的呼吸声。慢慢地，顾见骊也睡着了。她睡得迷迷糊糊时，心中微微抱怨——好不容易回家一次，还没和父亲、姐姐好好说话，竟又要陪他睡一下午。顾见骊甚至想等回去之后，做个一人长的枕头塞给姬无镜，让他夜夜抱着睡。

姬无镜睡到傍晚时才懒洋洋地睁开眼，刚醒来，顾见骊也跟着醒来了。她收拾了一下，出去吩咐季夏将马车备好。回屋时，她就见姬无镜靠在窗侧，神情恹恹地望向窗外。顾见骊站在门口没往里走，问："你睡前说的话可是认真的？"

"我说什么了？"姬无镜脱口而出。

他果然是随口胡说的，顾见骊连忙说："没什么。季夏已经将马车备好了，我们走吧，再晚些天要黑了。"

顾见骊和姬无镜去前厅向顾敬元告辞。顾敬元连一个眼神都懒得给姬无镜，只一味交代顾见骊好好照顾自己。顾见骊心下微酸，父亲向来寡言，如今她出嫁了，父亲越发记挂她。

"好了，走吧！"顾敬元摆摆手，临转身时终于瞥了姬无镜一眼，确切地说是瞪了他一眼。

顾见骊习惯性地扶起姬无镜的胳膊，依依不舍地转身。姬无镜忽然停下脚步，回头问顾敬元："哪天走？"

顾见骊惊讶地看向姬无镜。

"关你什么事？！"顾敬元没好气地道。

"怎么，想撇下我？"姬无镜眼神阴鸷，"有你这么当爹的吗？"

"谁是你爹？"顾敬元吼了出来。

"哦——"姬无镜眼中的阴鸷之色消失，瞬间充满了笑意，他道，"想撇下我？敬元兄也忒不讲兄弟道义了。"他又侧过脸看向顾见骊，慢悠悠地说："你看，叔叔总被你爹欺负。"

顾敬元暴跳如雷："混账！混账！"

顾见骊吃惊地发现向来沉稳的父亲气得脸都红了，急忙狠狠地拽了拽姬无镜的袖子，好声好气地说："你不要再气父亲了！"

姬无镜没吭声。

顾见骊拉着姬无镜转过身来，认真地问："你到底是认真的还是胡说的？"

"去啊，反正我在京中无聊得很。两个孩子也一起去。"

"你赖上了是吧？居然还要带着那两个母不详的孩子！"顾敬元重哼了一声，"姬昭，你以为你是谁？你想跟着，我就要允了？回昌帝身边当你的皇家刽子手去！"

顾见骊微怔。父亲的话提醒了她，姬无镜可是玄镜门门主，玄镜门效力于皇帝。他跟着父亲离京算怎么回事？父亲未必全然信他，他亦会左右为难。

"真不允啊？"姬无镜慢悠悠地问。

顾敬元挥手道："不允！"

"哦，那也挺好。"姬无镜口气随意地说，"那小婿只好带着见骊先离京了，省得与你这老东西同行。"

"什么玩意儿?"一直背对着姬无镜的顾敬元转过身来,不可思议地看向姬无镜。他慢慢回过味来,也对啊,只要顾见骊不在京中就远离了危险,不管是跟他走,还是跟姬无镜走。也就是说,他们不一定要一路走。

等等……凭什么他闺女要跟着姬无镜离京?

"我不同意!"

门外的顾在骊和陶氏相视一眼,无奈地摇了摇头。这两个人怎么一见面就会戗上?

顾见骊也不想让这两个人再戗下去,连忙称回去之后再考虑考虑,拉着姬无镜离开了。

陶氏上前拦住他们,说道:"我给你做了梨子糖,已经包好放在马车上了,但是蒸的糕点还要一会儿出锅,再等等。"

顾见骊心下感激,道了谢,说:"等一下天要黑了,回去就太晚了。我与五爷先回去,让季夏留下等着,她带回去。"

"那也成!"陶氏点头道。

顾见骊没让家人送,可顾川仍旧追着马车小跑了一段路。顾见骊从车窗里探头出去,朝他摆手,让他回家。见顾川停下脚步不追了,顾见骊才放下小车窗的垂帘,端端正正地坐好。

过了好一会儿,顾见骊看向一侧斜靠着车壁的姬无镜,说道:"五爷,劳碌奔波对你和两个孩子都不好。我觉得……"

姬无镜忽然拉住顾见骊的手腕,将她往怀里拉。顾见骊一下子撞在姬无镜坚硬的胸膛上,硌得她胸口疼。她疼得五官皱了起来,还来不及说话,就听见了破风声。她回头望去,只见一支箭从外面射了进来,若她刚刚没有被姬无镜拉开,那支箭定然从她的心口刺过。

顾见骊不寒而栗。

又是两道破风声传来,两支箭矢跟着射进来。姬无镜压着顾见骊的头弯下腰去。那两支箭矢闷声射进了车厢后壁之中,露在外面的箭矢不停地摇晃。

车厢外响起一道闷哼声,伴着马的嘶鸣,紧接着,车厢一阵摇晃。

顾见骊抬头去看姬无镜,竟然发现姬无镜脸上没什么表情,他像是毫不在意的模样。

坐在车外的长生看了一眼被一剑断头的车夫,拔出佩剑一跃而起,迎上冲

262

上来的几个黑衣人。

风吹树动，几道黑色的人影从树上跃了下来，朝着马车车厢顶部跳去。

长生回头看了一眼，搭在腰际的手腕一动，一把软剑从他腰上弹开，朝着他身后的车厢射去。

姬无镜漫不经心地伸出手，刚好将软剑握在掌中。他冷冷地瞥了一眼剑刃上的寒光，不经意地勾唇，嘴角勾勒出一丝泛着冷意的笑。不过这笑意只保持了一瞬，他的狐狸眼中很快都是嫌弃之意。

他不喜欢用软剑。

顾见骊仰头望着车厢顶部。站在车厢上的黑衣人开启了绑在腕上的开关，用袖箭朝着车厢射去，箭密密麻麻的。

姬无镜随手掀起盖在腿上的薄毯，向上扬去。

顾见骊下意识地眨了眨眼睛，视线便被那条红色的薄毯阻隔，那些射进来的短箭也被薄毯阻隔。顾见骊隐约觉得刚刚闭上眼睛的前一瞬，似乎看见姬无镜的手中有银光闪过。

红色的薄毯缓缓落下，遮住了顾见骊的头。顾见骊急忙将薄毯拉开，一支支短箭跟着落下。

顾见骊重新仰起头向上看去，车厢顶部被利器划出一道巨大的口子，之前站在车顶的人已经不见了踪影。光从大口子里射下来，有些刺眼。顾见骊急忙别开视线，看向一侧的姬无镜。姬无镜神情悠闲，将一块拇指大的东西塞进嘴里，悠闲地嚼着。

"你在吃什么？"顾见骊脱口而出。

姬无镜看了顾见骊一眼，从身侧的长凳上的盒子里拿出一块糖，塞进她的嘴里。

顾见骊怔怔的，直到梨子的甜味儿在口中蔓延开来。

糖，梨子糖，陶氏今天下午给她做的梨子糖。

糖一点点化开，可是顾见骊哪里有吃糖的心思？现在是吃糖的时候吗？

姬无镜的眉头皱了起来，他侧过脸，推开车窗，将梨子糖吐了出去。他转头看向顾见骊，脸色有点难看："太甜了，不好吃。你怎么喜欢吃这玩意儿？"

一个黑衣人举剑朝车窗刺来。顾见骊惊恐地睁大了眼睛，惊呼："小心！"

姬无镜连头都没回，举起手的动作是从容悠闲的，然而修长的手指准确无

· 263 ·

误地捏住了刺进来的长剑，手指轻动，长剑寸寸断裂。碎剑朝着执剑人射去，刺中的是那人的眉心。鲜血顺着黑衣人的眉心淌下，那人睁着眼睛重重地向后栽去。

"今晚吃什么鱼？"姬无镜问。

顾见骊目光复杂地看向姬无镜。

不远处，叶云月雇用的镖局的人正往这边赶来。

镖局的头头儿长得虎背熊腰，几次打量马背上的叶云月，终于问出来："姑娘，你雇用我们镖局的人也不押镖，说是要救人。兄弟们跟着你在荒山野岭里逛了一天，到底救谁？"

叶云月也急啊！她张望着远处，急忙道："再找找，就在这附近了！"

透过梦境，叶云月知道今日有人会刺杀姬无镜。若是一次悄悄的刺杀行动，叶云月自然是不知道的，可谁让事后姬无镜将事情搅大了呢？可她也只是知道这次惹怒了姬无镜的刺杀行动发生在今日，发生在这附近，至于具体的时间和地点，她哪儿知道？

她计划得很周到，雇用了镖局的人，到时候来一出美人救英雄的戏码，最好为了救他受点伤，惹他感激和心疼。男人嘛，面对一个舍命相救的女人，自然心生怜惜之情。她不奢求别的，先当个妾，再慢慢往上爬！

车身剧烈地摇晃，顾见骊急忙抓紧了车壁。下一瞬，她的纤腰被姬无镜揽住，然后她就被姬无镜带着从车厢内飞了出去，逆风拂面。当顾见骊反应过来的时候，她已经站在了树端。她望向马车，也不知道是什么古怪的暗器使得车厢在一阵黑色的浓烟中四分五裂。两匹马受了惊，拼命逃离。如果他们没有及时从车厢中逃出来，后果简直不堪设想。顾见骊不由得一阵后怕。

忽然吹来一阵凉风，吹得顾见骊身上的浅红色长裙向后飘去。她不经意间低头，才发现自己站在树枝上。她望向脚下，那么高！她急忙靠近身侧的姬无镜，转过头，这才发现姬无镜的脸色极为苍白。

"五爷，你……"

顾见骊还没有说完，姬无镜重重地咳了一声，鲜血从他的嘴角流出。鲜红的血与苍白的脸色形成鲜明的对比。顾见骊闻到了淡淡的血腥味儿。

姬无镜动作不紧不慢，用拇指指腹抹去嘴角的血迹，又舔去。

他面无表情地盯着下方黑压压的黑衣人，长生以一人之力迎敌，虽一时无虞，恐不能久持，毕竟黑衣人人多势众，且各个身手不凡。

顾见骊心里又急又怕，不懂武艺，可是看了一会儿下方的打斗情形，隐约觉察出那些黑衣人的招式与长生所使的招式极为相似。

她便说了出来："我怎么觉得那些人和长生打斗的招式好像？……"

顾见骊看向身侧的姬无镜。姬无镜的嘴角几不可见地勾起，而他那双狐狸眼逐渐变得猩红。

顾见骊怔了怔，怀疑自己看错了。

长生斩杀了面前的黑衣人，抬头望向姬无镜，面露担忧之色。这些黑衣人定然以为姬无镜重病体弱，毫无还手之力，可长生最清楚，再多一倍的黑衣人也不能伤姬无镜一分一毫，别说是现在的姬无镜，就算是先前陷入沉睡中的姬无镜，他们也是伤不了的。

但是，自从上次解毒被中断后，姬无镜需要好生休养才能再在体内植蛊虫吸走毒药。如今他正是靠药调养五脏六腑之时，万万不可过分动用内力，否则只能将植蛊虫的日子再推一段时日，而他体内的毒显然拖不得。

长生看清姬无镜的眼睛，顿时暗道：坏了。他最怕的不是这些黑衣人手段厉害，而是怕姬无镜犯杀瘾。

姬无镜向来是不要命的。为了高兴，他才不会考虑那么多。

顾见骊并不像长生知道得那么多，但是知道姬无镜体弱，怕他受伤，下意识地拉住了姬无镜的手腕。姬无镜回头。对上姬无镜目光森然的眼睛，顾见骊吓了一跳，可是没松手。然后她便听见了裂锦之音。

姬无镜在宽袖上撕下一条布，蒙住了顾见骊的眼睛，说："别看，会吓哭的。"

下一瞬，顾见骊的手便空了。

长生一时走神，肩头中了一箭。他将箭折断，心急火燎地朝姬无镜大喊："门主，您带着夫人先走，长生可以应对！"

此时，长生真恨自己学艺不精。

姬无镜轻笑了一声，声音却阴森如恶鬼："滚开。"

长生眼神一黯，迅速逃离战场，因为他知道，如果不避开，很容易被误伤。

顾见骊独自站在树上，因为看不见，很没安全感。她听着自己的心跳声和下方一阵又一阵的闷哼声,觉得每一瞬都十分难熬。犹豫再三,她终于将垂在身侧的手慢慢抬起来,扯开了蒙在眼前的布。

下面是一地无头尸,血流成河。姬无镜身上松松垮垮的白衣已被鲜血染红,裹着他高挑却消瘦的身躯。握剑一步杀一人的他仿佛来自炼狱的恶鬼。

叶云月带着镖局的人赶来时,看见的便是这一幕。

"我的妈啊,这太吓人了!"虎背熊腰的镖局老大吓得瑟瑟发抖。

长生高喊:"门主,留个活……"

看着最后一颗落地的人头,他把后半句话咽了回去。

姬无镜的目光落在手中的剑上。看着鲜血沿着剑身流下,滴入黄土里,他扔了剑,勾起嘴角,神秘莫测地笑了。

他瞥了叶云月一眼就收回了视线,沿着来路缓缓走回去。一颗人头挡路,他目不斜视地踢开。他立于树下,抬起头望向怔住的顾见骊,伸开双臂道:"跳下来。"

顾见骊眨了一下眼,风一吹,搭在她的掌心上的长布条被吹走了。她看向姬无镜,心生畏惧之情。二人四目相对,僵持了一会儿,顾见骊抿唇,狠狠心,终于闭着眼睛跳了下去。她被姬无镜稳稳地接住,鲜血味儿扑面而来。

顾见骊感觉肩上一沉,侧过脸去看姬无镜,就见他合着眼,安静地将下巴搭在她的肩窝上。

"五爷!"

他没有回应。


姬无镜醒来时已是夜里。他眯起眼睛打量着周围,这儿像是一个农家小院。他撑着手肘起身,刚坐起来,就发现身上的衣服被换了,是一身农家粗布衣。那粗布衣真难看。他不悦地蹙起了眉。

"吱呀"一声,房门被推开。

"五爷,你醒了!"叶云月大喜道。

姬无镜抬起眼皮,面无表情地看向叶云月。

姬无镜全身上下被血染透的样子还在眼前,叶云月怕得要死,生怕被他一巴掌拍死。她没敢上前,急忙解释道:"五爷,我带了人来救你,可是来晚了!"

她等着姬无镜问她为何知道有人要暗杀他，可是他一直没开口，她只好自己继续说下去："是玄镜门的代门主章一伦要杀了你取而代之！"

姬无镜还是面无表情。

叶云月硬着头皮继续说："前一段时间，我在茶肆里无意间听到玄镜门代门主章一伦和属下议论你。其实他们也没说什么过分的话，可是我从他们的语气里听出了不对劲，所以就格外费心地派人盯着他，知道了他今日的计划！我得到消息的时候不知道你在哪儿，不能把消息递给你，只好在这一片找，找了你一整天……"

她一个人说了这么多，姬无镜始终没开口。

叶云月有些苦涩，眼角也湿了。她将语气放低放柔，带上几分哽咽之意，又说："我知道这样很不好，从一开始跟舅母来京就遭了人议论……是，我跟着舅母来京去广平伯府就是为了找你。我打听着你的消息，关心着你的安危，还托人寻了林神医的下落……"

两行清泪滑下，叶云月侧过脸抹去脸上的泪，笑了笑，继续说："这四年，我一直都很后悔，觉得自己无情无义、愚蠢。别人都说我的日子过得有多好，可我不想要那些身外之物。我总是想起你……知道我若不为自己争取一次，定然悔恨终身！五爷，你给我一个机会好不好？"

顾见骊端着煮好的汤药走到门口，刚要推门，听见叶云月的话，愣了一下。

"我知道，悔婚是我的错。我不求你原谅，只求你给我一个机会，让我为奴为婢照顾你！"

非礼勿听。

顾见骊看了一眼手中的汤药，悄悄地转身离开了。

叶云月忽然想到了什么，眼神一黯，随后连忙又挤出笑来，说："我没有痴心妄想。我只想照顾你。你让我照顾夫人也行！我会比夫人更能照顾你，也会比她对你更忠心！"

叶云月瞧着姬无镜的表情，胆子大了起来："夫人不能给你的，我都能给你。夫人是个心善重诺的人，出于善心和责任照顾着你，并不是因为喜欢你啊！"

姬无镜一直没开口是因为懒得讲话，听到这里，忽然古怪地笑了，像看傻子一样看着叶云月。

他当然知道顾见骊不喜欢他。这世上根本不会有人喜欢他，他也不需要别人喜欢。

顾见骊捧着汤药回到小厨房，正在烧火的长生诧异地问："夫人，您怎么又回来了？"

"叶姑娘在和五爷说话。"顾见骊将药碗放在锅台上，自己在长凳上坐下，双手托腮，目光随意地聚于一处，神情有些发怔。

长生翻了个白眼，说："这个叶云月是嫌命长。"

顾见骊不想说这个，换了话题."长生，我今天才发现你身手这么好。"

"啊？"长生不好意思地挠了挠头，"夫人，您可别笑话我了。我是没通过玄镜门的考核才被门主拎到府里给他洗衣喂饭的。他说我没本事，丢了他的人……"

顾见骊："……"

长生想了想，将姬无镜本不该动用内力的事情告知了顾见骊，希望顾见骊能劝劝姬无镜。

叶云月脚步跌跌撞撞地推开了小厨房的门，说："五夫人，五爷让你过去。"她的声音都在发颤。

顾见骊回头，见叶云月的脸都是白的。

"夫人，把这个带上。"长生掀开锅，将鱼粥和汤药一并放在托盘上，双手递给顾见骊。

顾见骊端着鱼粥和汤药来到姬无镜的房门外，用后背将门推开，再转过身进去。

姬无镜斜靠在床头上，低着头。

顾见骊看他一眼，将托盘放在床头的小几上，一边往门口走去关门，一边说："长生说那汤药要空腹喝。你先把药喝了，过一会儿再吃东西。"

她关了门转过身来时，姬无镜已将汤药一饮而尽，将空了的药碗随手放到了小几上。

顾见骊心想：自己果真是废话了，姬无镜定然知道如何饮药。她款步走到床前，在床边坐下，微微欠身，将手搭在姬无镜的额头上。

"上个时辰还有些烧呢，现在果真如长生说的不烧了。"她的嘴角慢慢地翘了起来。

姬无镜看了她一眼，收回视线。

顾见骊又朝姬无镜挪了挪，将他身上松松垮垮的衣服系好，又拿了枕头放在他身后，再将搭在他的腿上的被子往上拉了拉。她一边做着这些一边说："我听长生说你现在要好好养身体才能开始解毒，你不能总是用内力。我们本来可以轻易离开的……"

一地无头尸的场景忽然跳入眼帘，顾见骊握着被子的手不由自主地颤了一下。

她到底是有些怕的。

她飞快地将那血腥的一幕从脑海中赶走，继续说："身体为重，何必两败俱伤呢？"

姬无镜嗤笑了一声，随口说："死就死了。"

顾见骊惊讶地抬眼看向他。姬无镜的眼神有些空洞，他像是对顾见骊说，又像是自言自语："活也好，死也罢……"像是还有后半句，可他没有说。

顾见骊缓慢地眨了一下眼睛，隐约明白姬无镜根本不在意生死。谁让他不痛快，他就杀了谁，即使自己赔了命也无所谓。

顾见骊心里有些闷，想劝些什么，却又不知道从何劝起。她微微出神时，姬无镜忽然捏着她的下巴，将她的脸转到眼前，冷笑道："谁准你偷听的？"

"我没有偷听。我刚刚是来给你送药，听见叶姑娘与你说话，转身就避开了！"顾见骊急忙解释。

"听到什么了？"姬无镜缓缓问道。

顾见骊犹豫了一下，道："我知道，悔婚是我的错。我不求你原谅，只求你给我一个机会，让我为奴为婢照顾你！"

姬无镜"哦"了一声，凝视着顾见骊的眼睛，轻轻地扯起嘴角，问："那你意下如何，我的小夫人？"

顾见骊有些意外，姬无镜这是要纳妾，问她的意见？

顾见骊想了想，诚恳地道："多一个人帮我照顾你，那自然是极好的。只是我觉得叶姑娘行事不太稳妥，你就算是要纳妾，她也不是个合适的人选。"

姬无镜盯着顾见骊的眼睛，忽然想问问她，如果她嫁给了他的侄子，是不是姬玄恪纳妾她也能这般欢喜？

算了，没什么好问的，没意思。姬无镜神情怏怏地躺了下来。

"鱼粥……"

"不吃。"

顾见骊奇怪地看了他一眼。距离天亮没多久了，顾见骊看了一眼屋内的蜡烛，起身吹灭，摸着黑往床的方向走去。她摸索着从床尾爬上床，在床里侧躺下。忙到这么晚，她的确累了，没过多久就睡着了。

可她做了噩梦，梦见很多无头鬼追赶她。

姬无镜是被顾见骊的呓语吵醒的。他不高兴地睁开眼，在昏暗中看向顾见骊，听见她哽咽着哭诉道："不要杀我……不要杀我……"

姬无镜冷笑，拍了拍顾见骊的脸，恐吓道："再吵我，我就杀了你！"

睡梦中的顾见骊颤了颤身子，奇迹般地安静下来。

姬无镜黑了脸，忍着将她踹下床的冲动，闭上眼睡觉。他刚闭上眼，顾见骊就翻了个身，面朝他，小声嘟囔："你们才杀不了我，我相公很厉害的……"

姬无镜惊讶地睁开眼，看着顾见骊的脸。他屈起食指，在她软软的腮上轻轻一勾，放低了声音道："他有多厉害？"

顾见骊皱着眉，漂亮的五官揪了起来，却没有再回答了。

"说话！"姬无镜又拍了拍顾见骊的脸。

顾见骊被弄醒了，迷迷糊糊地睁开眼望向姬无镜，愣了半晌，哑着嗓子道："五爷怎么醒了？不舒服吗？"

她揉着眼睛想要坐起来。

姬无镜将她往怀里拉，在她的耳边冷冰冰地说："睡觉。"

顾见骊半睡半醒，糊涂地点了点头，靠在姬无镜的怀里重新睡着了。她实在是太困了。

第二天，叶云月雇用的镖局的人已经走了。长生雇了马车，叶云月跟长生一样坐在马车前面，一行人启程回家。

顾见骊隐隐觉得不妥当，可也没多想，毕竟叶云月如今也住在广平伯府里，跟他们一同回去也算正常。

可是他们回五爷的院子时，叶云月也跟了过来。难道姬无镜真的将叶云月纳进房中了？顾见骊不由自主地皱起了眉。

季夏带着姬星漏和姬星澜迎上来，开心地说："可算是回来了！奴婢吓得一晚上睡不着，派了家丁去寻，也没寻到……"

姬星澜站在姬无镜面前，小手拉了拉姬无镜的裤腿，奶声奶气地说："父亲，你回家啦！澜澜担心你。"

姬星漏没吭声，可和妹妹一样仰着小脑袋望着姬无镜，眼睛里的担忧之色丝毫藏不住。

姬无镜低下头看着这两个孩子，勉为其难地"嗯"了一声。两个孩子立刻露出了笑容。

顾见骊蹲下来，对两个孩子说："星澜和星漏先去后院玩，你们的父亲还要休息一会儿。"

"好！"姬星澜甜甜地答应下来，乖巧地回了后院。姬星漏也没忤逆顾见骊。

顾见骊刚起身，就看见姬无镜转身往院外走去。

"你去哪儿？"顾见骊两步追上他，问道。

"出去办事。"姬无镜随口说。

顾见骊看了一眼叶云月，有些为难地开口道："五爷，将叶姑娘安顿在哪儿？"

虽然她不太喜欢叶云月，可若这是姬无镜的意思，她并不想阻止。她也觉得自己根本阻止不了姬无镜。

姬无镜像是才看见叶云月一样，皱眉瞥了她一眼，懒洋洋地道："她说要为奴为婢，我准了。从今日起她就是你的丫鬟，听你安排，她若不懂规矩便让季夏教。院子里没地方给她住，就让家丁在院门口搭个草棚子。"

"什么？"顾见骊不可思议地睁大了眼睛，看向姬无镜。

荒唐啊！

姬无镜懒得再说，往院外走去。顾见骊提裙追上去，站在院门口朝姬无镜的背影喊道："五爷，早些回来，不能误了吃药的时辰！"

姬无镜没回头，甚至有点不耐烦。

顾见骊看着长生跟上去，才稍微放心了些，转身回了院子。

看见叶云月，顾见骊又犯了难，觉得这事荒唐至极。

叶云月怎么说也是嫡女出身，还差一点嫁给姬无镜，如今成了婢女？

叶云月扯出笑脸，看向顾见骊说："夫人不必为难，日后把云月当成普通婢女就好。我和您的婢女住在一屋就成。"

一旁的季夏听了叶云月的话，冷笑一声，说道："既然是奴婢，那就别一口一个'我'了，还是自称'奴婢'合适些。"

叶云月看向季夏。

季夏立刻弯起眼睛，将声音放柔，说道："云月妹妹别介意，是五爷让我教你规矩的。我要是没把你教好，五爷会罚我的！"

叶云月咬碎一口银牙，脸上却挂着笑，道："日后多麻烦你了。"

"不客气。"季夏皮笑肉不笑地回道。

季夏在心里冷笑。还在王府的时候，她就知道自己日后是要给二姑娘陪嫁的。府中的嬷嬷耳提面命地教着她怎么对待姑爷身边的小贱人。嬷嬷多年教导，如今终于有用武之地了。

顾见骊默许了季夏的刁难举动，而且交代她："这个叶云月行事古怪，你多注意些。"

"奴婢都懂，保证将她盯得牢牢的，让她生不出事端！"季夏拍着胸脯保证道。

顾见骊笑了笑，没再说什么，心里却还是觉得这事有些不妥当，说不准又要被人说道。她犹豫着要不要劝姬无镜改主意，却又隐约觉得姬无镜根本不在意别人的指指点点。

顾见骊暂且不想这件事了，担心姬无镜去找玄镜门代门主算账。她不清楚代门主的本事，可他能做代门主，想来本事不弱。

"夫人，纪大夫来了。"林嬷嬷回禀道。

顾见骊让林嬷嬷先将人请到偏厅等着。

日头西沉时，姬无镜仍未归。顾见骊渐渐担心起来。

## 第十八章 奉旨入宫

让带信的人与他说——
我能帮他杀他想杀之人。

其实姬无镜没干什么，只是回了一趟玄镜门，把代门主章一伦杀了而已，当然还有那些跟着章一伦的人。他顺便重新挑了一个代门主。

回府的路上，经过十锦阁，他买了两盒糖。

他踩着落日的余晖回到广平伯府，随手将两盒十锦糖放在了桌子上。顾见骊见他平安回来，宽了心，让季夏将候在偏厅里的纪敬意请过来。

纪敬意一边给姬无镜诊脉，一边连连摇头，长吁短叹，原本有话想说，可一看姬无镜的冷脸，就把话咽了回去。

他让人取来一个干净的小碗，从药匣中取出一个白色的小瓷瓶，将瓶中的月白色液体倒入了碗中。

顾见骊在一旁看着，发现似乎有一只小虫子顺着药液一并进了碗中。

"门主，抬手。"纪敬意道。

姬无镜看了一眼碗中的药，将手递给纪敬意。纪敬意用针戳破姬无镜的食指，血珠立刻出现。姬无镜将食指放入药液中。小虫子闻到血味儿，从碗底游上来，从姬无镜的食指上的伤口钻入了他的体内。

顾见骊睁大了眼睛，觉得十分惊奇。她从未见过这样的治疗手段。

纪敬意道："门主，这是母子蛊中的子蛊，它会在您的体内停留七日。这七日您将陷入沉睡中。"

想起姬无镜之前自己醒过来的事，纪敬意叮嘱道："门主，这七日您万不可再醒来。只有子蛊这七日没出问题，属下才能在您的体内植入母蛊。"

姬无镜随意地点了点头。

纪敬意太了解姬无镜，知道姬无镜行事随意，临走前不仅叮嘱了长生，还央求顾见骊好好照看姬无镜。顾见骊点头，又问了些注意事项。

顾见骊让季夏端上晚膳，让姬无镜吃了一些鱼，又让他服用了安神的汤药，扶着他进了里屋。顾见骊记得纪敬意的话，十分认真地叮嘱道："你好好睡，可千万不要醒来。不管发生了什么事，你都别醒！"

姬无镜换上宽松的雪色寝衣，看了顾见骊一眼，到床上躺下来，随口说："你安分点就行。"

顾见骊想反驳，可又有些心虚。她给姬无镜盖好被子，又将床幔放下，悄悄走了出去。

"季夏，最近五爷需要静养，谁也不准进来。你盯住叶云月，免得她那里生了事端。"顾见骊对季夏吩咐道。

"您放心，有季夏在，保证叶云月生不出乱子！"

顾见骊点点头，这才注意到桌子上的两盒十锦糖。

"给澜澜买的吗？原来五爷也是关心那两个孩子的……"顾见骊呢喃。

她拿着十锦糖，打算去后院送给姬星澜。可是走到门口的时候，她不由得停下脚步，低头看了看糖。

这十锦糖分量不小，姬星澜恐怕吃不了两盒。顾见骊将其中一盒留下了，只拿了一盒送给姬星澜。

回来后，她拿了一块糖放进口中，甜哪。

等姬星澜把那盒十锦糖吃完，她再去买一盒给姬星澜——顾见骊如是想。

接下来的几日，院中一切正常。

叶云月很安分，没有想进屋里的意思。倒是她的那位舅母几次寻她，显然是对她如今的举动十分不满。可叶云月像是铁了心一样，不管舅母怎么说，也没改变主意。

"早知今日，何必当初！"赵家夫人气得哮喘都犯了。

叶云月低着头一言不发，眼角有点红。

是啊，早知今日，何必当初。她不该悔婚的，现在所做的一切都是为了弥补这个错。她永远都忘不了梦里的那个场景。夜市里，星满夜空，灯火璀璨，姬无镜望着顾见骊的目光中满是缱绻深情，灯火将他的身影拉得很长。

如果她没有悔婚，而且陪姬无镜度过最艰难的那几年，那么这一切都会是她的。

她不甘心。

她一定要把原本属于她的东西抢回来。

这一边，季夏将叶云月又被赵家夫人叫过去的事情禀告给了顾见骊。

顾见骊蹙眉想了一会儿，说了一声"晓得了"，便低下头看桌上的两篇大字——这是姬星漏和姬星澜今天的功课。顾见骊原本以为姬星漏很顽皮，定然不喜读书，没想到这孩子天分极高，先生教他的诗词，他只读一遍就能背下来。刚开始握笔写字，他就写得很漂亮。分明顾见骊先前还格外教了姬星澜，然而三天下来，姬星澜完全跟不上姬星漏的进度。

没过多久，季夏将热水准备好，喊顾见骊去西间沐浴。顾见骊洗过澡，才想起来姬无镜睡了三天，应该给他擦洗一番。

顾见骊让季夏端来一盆热水放在床下。季夏退下后，顾见骊坐在床侧，将姬无镜身上的寝衣脱下来，然后将浸在热水里的帕子拧干，仔细地给姬无镜擦着身体。她擦得很小心，一边擦，一边观察姬无镜的神色，以免将他惊醒。

顾见骊原以为姬无镜的身上会有很多伤疤，可是没有。

顾见骊手中的帕子不小心落了下来，她的掌心擦过姬无镜的胸膛，惊觉他的皮肤还挺滑腻的。目光在姬无镜的腹部上停留了一会儿，她伸出手指在他的腹部按了按，然后迅速收回手，一本正经地继续给他擦身子。

擦过姬无镜的胸膛和胳膊，顾见骊小心翼翼地将姬无镜扶了起来，他垂着头，将下巴搭在她的肩上。

她将手从他的腰侧探到身后，给他擦了背。

顾见骊让姬无镜平躺下来，脱下他的裤子，给他擦了双腿。目光不经意间扫到某处，顾见骊不禁红了脸。

"只擦洗这些地方应该可以了吧……"顾见骊小声说了一句，拿来干净的寝裤给姬无镜换上。

做完这些，顾见骊看着面前的男人，感觉心"扑通扑通"跳个不停，脸越来越红。

顾见骊爬上床时脸是红的，第二天醒来时脸也是红的。直到宣她入宫陪骊贵妃的圣旨送到她的手上时，她脸颊上的红晕才消失，转而变白。

来送圣旨的人是东厂督主窦宏岩。

窦宏岩眯着眼睛笑道："夫人，娘娘在宫里等着您，请吧！"

顾见骊垂眸，目光落在圣旨上。片刻之后，她抬起头，道："有劳窦督主亲自过来一趟，容我回去换身衣服。"

窦宏岩迅速地扫了一眼顾见骊身上素雅的常服，连忙点头："应当的，应当的。"

顾见骊转身进了屋里，在床边坐下，拿起床头小几上的粥碗。碗中还剩了些粥。窦宏岩来前她正给姬无镜喂粥，还剩一点没喂完。

她用小匙尝了一口，粥还没有凉透。她不紧不慢地将碗中剩下的粥喂给姬无镜。

季夏匆匆进来，脸色焦急："夫人，这……"

顾见骊将食指搭在唇前阻止了季夏出声。

她将最后一匙粥喂给姬无镜后,用帕子将粘在他的嘴角的粥擦干净。然后,她弯下腰来,凑到姬无镜耳畔,温声道:"五爷,我要回家住几日,过几天就回来。这几日长生来照顾你。"

季夏惊讶地看向顾见骊。

顾见骊将姬无镜身上的被子整理好,起身缓缓走了出去。

到了外屋,季夏终于忍不住道:"来者不善,这可怎么办哪?您要不要回家告诉……?"

顾见骊打断她的话,说:"我进宫这几日,五爷这边会由长生照顾,你继续盯着叶云月。我只叮嘱你一句,在五爷醒过来之前,不允许叶云月靠近五爷。另外,万不可回家将这件事告诉父亲,若是惹怒了父亲,定然要引得他旧疾复发。"

季夏欲言又止,最终点了点头。

顾见骊将长生和林嬷嬷叫了过来,嘱咐他们不要在姬无镜耳边说她入了宫的事,另外嘱咐长生询问纪敬意可否在姬无镜的汤药中多加些助眠的成分,又嘱咐林嬷嬷照看姬星澜和姬星漏做功课,不许他们偷懒。

"咚咚咚——"木门被敲响,然后"吱呀"一声被推开,姬星澜躲在门外,探头探脑。

顾见骊朝她招了招手。待姬星澜跑过来,顾见骊蹲在她面前,温柔地问:"星澜怎么过来啦?"

姬星澜歪着小脑袋看向顾见骊,问:"你是不是又要走?"

"不走,我去给澜澜买糖吃。"

姬星澜摇头道:"父亲给我买的十锦糖还没吃完哩!"

顾见骊笑着摸了摸姬星澜的头,语气越发温柔:"我是要回家一趟看望父亲,等我回来的时候去另外一家铺子给澜澜买糖吃,那是和十锦糖不一样的糖。"

"什么时候回来?"姬星澜皱起眉,"不要走太久……"

"嗯,很快就回来。"顾见骊轻轻地抱了抱姬星澜。

林嬷嬷赶忙上前拉住姬星澜,说道:"四姐儿回去做功课,不要吵夫人。"

"好……"姬星澜点点头,两步一回头地往外走去。出了门,她看了一眼候在抄手游廊里的窦宏岩，飞快地朝后院跑去，直接扑进姬星漏的怀里要哥哥抱。

"怎么了？"姬星漏表情嫌弃地把她推开。

姬星澜委屈地吸了吸鼻子，小声说："院子里的那个人好丑、好凶、好可怕！"

姬星漏探头看了窦宏岩一眼，把窦宏岩的那张脸记了下来。那人敢吓唬他妹妹，这个仇他记下了。

叶云月一直待在房间里，站在窗前，看着顾见骊随东厂督主离开，不由得皱起了眉。她记得，顾见骊这次从宫里回来的时候受了伤。如今她只是个丫鬟，如果想往上爬，首先要取得姬无镜的信任。如果她在这个时候救下顾见骊，岂不是会让姬无镜对她另眼相看？

这是个好主意。

然而叶云月悲哀地发现她根本没有办法救顾见骊，只能另谋出路。

她记得要不了几天，坐在龙椅上的人就要换了，现在她该做些什么才好？根据梦境，姬无镜还要过几年才能成为国父，如果她鼓动姬无镜现在就动手呢？叶云月甚至想：国父哪里有帝王威风？又有哪个男人没有称帝的野心？如果她帮助姬无镜抢到皇位岂不是更好？这绝对可以让姬无镜对她刮目相看，甚至生出欣赏之情。

推门声打断了叶云月的思绪，季夏走进屋里看向叶云月，皮笑肉不笑地说："交给你的床单被褥，你洗干净了吗？"

叶云月气得牙疼，这个小贱婢真把她当成奴仆了？

吃得苦中苦，方为人上人。叶云月深吸一口气，说道："我去把五爷换下的衣服洗了。"

叶云月还想碰姑爷的贴身衣服？做梦！季夏立刻道："不用了，五爷的衣服我已经洗过了。"

叶云月顿了顿，又说："那我去瞧瞧六郎和四姐儿那里有没有什么需要，也不知道林嬷嬷能不能辅导他们两个做功课。"

季夏的心猛地跳了跳。

叶云月这是想从孩子身上入手？她真是想得美。

季夏笑呵呵地说："这就不劳你费心了，林嬷嬷是五爷用心挑的，别说是辅导功课了，就算授课也是不成问题的。"

"你！"叶云月终于恼了。

季夏迅速地弯起眼睛笑了，语气也软了些，说道："这都是五爷交给我的差事，好姐姐你可要发发慈悲配合我一下。"

看着季夏的脸，叶云月气得抓狂。

顾见骊到咏骊宫时，骊贵妃正对镜描花钿，听宫女禀告顾见骊到了，惊得手一抖，眉心的红梅也歪了。骊贵妃接过宫女递过来的帕子，胡乱地擦去额间的花钿，匆匆起身迎了上去。

见了顾见骊，她第一句就问："你怎么进宫了？"

窦宏岩还在一旁。

顾见骊规矩地屈膝行了礼，道："听闻娘娘微恙，见骊奉旨进宫陪伴。"

骊贵妃心头一沉。

窦宏岩弯着腰，眯着眼笑道："既然人已经送到了，奴才就不扰娘娘与外甥女相聚了。"

骊贵妃颔首，窦宏岩带着身后的两个小太监退下。

骊贵妃立刻拉住顾见骊的手，将她拉到殿内，焦急地说："你上次就不该入宫，知道皇帝召见了你和姬昭我就担心，没承想……"骊贵妃看向顾见骊，抱着一丝希望，问，"姬昭就完全没阻拦，任你被窦宏岩带进宫？"

"他最近昏睡着，不知道此事。"

"那你父亲……？"

"父亲也不知道。"

骊贵妃稍微冷静了一下，重新打量立在身前的顾见骊，这才发现顾见骊脸色平静。

沉默了一阵，骊贵妃又开口道："走一步看一步，兴许昌帝不会不顾伦常……"

此时正是用午膳的时辰，宫女进来禀告是否要开膳，骊贵妃点头。用膳时，骊贵妃忧心忡忡，顾见骊倒是泰然自若地吃着东西。

用过午膳，昌帝身边的宦官便来宣骊贵妃下午过去一趟。

骊贵妃屏退了宫人，道："我的见骊，我已猜到昌帝宣我过去会说什么。

他定然是要姨母劝你……"

顾见骊说："姨母答应了便是。"

"见骊，你……"

"其实我留在宫中也没什么不好，还能与姨母相互照应。在宫外，我的危险也不见得就少了。"顾见骊笑了笑，"姬昭此人性情乖戾，留在他身边才是真的提心吊胆、日夜煎熬。相反，昌帝是人间帝王，全天下的女人谁不愿意侍奉天子？"

顾见骊拉起骊贵妃的手，明媚地笑道："见骊真的受够了被人踩的日子，留在宫中至少有华服珍馐，有享不尽的荣华富贵。"

骊贵妃盯顾见骊的眼睛半晌，推开她的手，肃然道："你是我看着长大的孩子，你是什么品性姨母心里有数！"

"这段时日吃了太多苦，见骊想通了。"顾见骊垂下眼睛道。

"撒谎！"骊贵妃愤然转身在绣墩上坐下，"你不与姨母说实话，姨母就先抗了昌帝的旨，让他先降我的罪！"

半晌，顾见骊轻叹了一声。她果然没能骗过骊贵妃。

她转过身来看向骊贵妃，问道："除了床榻上，昌帝身边还有何时不会有禁卫？"

骊贵妃心头一惊，震惊地看向顾见骊，惊呼："你疯了！"

顾见骊眉眼温柔，眸中却流露出一股子执拗劲。

"父亲的伤刚好，不宜舟车劳顿。姐姐不肯说，可陈家的事情怎么可能没伤她的心？她好不容易开了酒楼有了事做，就这样逃亡？大家都说小川懂事了，可我只想他像以前那样顽皮无忧。倘若以我之命能换一家人安康顺遂，划算。"

"你居然想杀昌帝？没有可能，没有那么容易！"

顾见骊轻轻地翘起嘴角，柔声道："最坏不过丧命，结果好的话可以同归于尽，若是幸运也能活下来。"

"太危险了，我不准！"骊贵妃紧紧地攥着顾见骊的手。

"您拦不了我。"顾见骊反握住骊贵妃的手，"既然没能瞒过您，见骊只问您一句。"

"什么？"

"您可愿与我同往？"顾见骊嫣然一笑，风华逼人。

骊贵妃怔怔地望着顾见骊，惊觉自己看着长大的孩子竟活得比她坚韧。

"不不不……我们做不到的，他是天子，岂是我等弱女子可以刺杀的？"骊贵妃连连后退，神情惊慌。

她恨昌帝吗？恨。

她想逃离吗？想。

可是她从来没想过杀死昌帝。刺杀天子？这太荒谬了！

顾见骊往前走了两步，重新拉住骊贵妃的手，二人一并在绣墩上坐下。顾见骊道："在我很小的时候，姨母曾给我讲过一个故事。"

骊贵妃木讷地转头望向顾见骊。

"从前有个族落式微，以女子为祭，将族中第一美人献给邻族求和。美人远嫁之后联络强国武将里应外合，勒死了邻族首领，打破了本族腐朽的族权，归顺了强国，族中百姓终得安康。美人言女子温柔若水，亦可化为冰刃。"顾见骊眸中有几分憧憬之色，"后来我才知道姨母故事里的人是我母亲。"

顾见骊一开口，骊贵妃便知道她说的是骊云嫣。想起风华绝代被族人奉为神女的姐姐，骊贵妃逐渐平静下来。

"我们要怎么做？即使是在床榻之上，我们两个女子真的可以杀了他？还有，事后怎么办？天子驾崩是要引起天下大乱的！"骊贵妃虽然已经默许了和顾见骊一起行动，但仍旧顾虑重重。

"姨母可知道陛下册立太子的诏书放在何处？"顾见骊问。

"当然知道，就在龙床上方的檀木盒中，姬国历代的册立诏书都放在那里，加了章的，只是人选名字是否空着就不晓得了。陛下原本应该想立二皇子为太子，只是上次元宵宴上出了事，二皇子如今已经在北行的路上了。东厂的人对陛下说那是五皇子的一石二鸟之计，意在破坏二皇子和三皇子的关系，五皇子也被发落了。这太子人选只能是三皇子或四皇子。等等，你问这个做什么？"

顾见骊蹙眉，垂眼思索着。

过了片刻，她没给骊贵妃解释，反而问道："姨母可知道西厂督主与宫中哪位娘娘交好？"

顾见骊猜测陈河的事情知晓的人定然不多，只能这般委婉地问。

骊贵妃想了一会儿，摇了摇头，说："西厂督主性子孤僻，不见他与哪一宫的主子关系好。哦……我想起来了，他倒是和已经去世的雪妃关系不错，他们是一个镇的人。"

她去世了？顾见骊愣住了。

"怎么了？你怎么一会儿问册立太子的诏书，一会儿问西厂督主，这和咱们要做的事情有什么关系？"骊贵妃不解。

顾见骊又问："姨母可否派心腹悄悄去一趟西厂，将陈河请来？"

"这……"骊贵妃犹豫不决，"我未必请得动此人。"

"让带信的人与他说——我能帮他杀他想杀之人。"

骊贵妃吓得身子一颤，勉强点了点头，过了一会儿，忐忑地开口道："那……下午我去陛下那里时该怎么应对？"

顾见骊凑到她耳畔，低声说了什么。

听着顾见骊不慌不忙的声音，骊贵妃一阵恍惚，竟想起多年前，骊族大乱，姐姐也是这般从容不迫地教着她该如何做。

顾见骊说完，端正地坐好。骊贵妃看着顾见骊这张脸，越发觉得顾见骊像自己的姐姐。有那么一瞬间，骊贵妃甚至想：难怪自己只能一辈子做姐姐的替身。她的眼神在一瞬间黯淡下去，然而下一刻脸上又慢慢爬上坚毅之色。她已浑浑噩噩这么多年，是该反抗一次了，哪怕死无葬身之地。

下午，骊贵妃前往昌帝的寝殿时，陈河的身影一闪而过，从侧门溜进了咏骊宫。咏骊宫与宫中其他宫殿一样，被围成了一个圈，圈中是一座三层的木质小楼，完全按骊族的风格修建的。骊贵妃平时便住在小楼的三层。

陈河悄无声息地走上三楼。

顾见骊转过身，屏退了宫人，开门见山道："陛下不顾伦理纲常，欲囚我于此。我与姨母决意趁其不备，下手杀了他。"

陈河抱着胳膊，听着顾见骊的话，微笑着开口道："夫人可知陛下身边有多少东厂的暗卫？夫人口气轻巧，想来不知道杀人是怎么回事。"

"我杀过人。"

陈河惊讶地挑眉，看着眼前娇弱的小姑娘，不是太相信。

"初时是怕的，当滚烫的鲜血染红双手、洒满身与脸时，我却也没那么怕。事后是做过几次噩梦，可时间长了再想起，反倒觉得痛快。"顾见骊坦荡地道。

陈河皱起眉，忽然想起自己第一次杀人时的情景。他重新打量起面前的顾见骊。

"我只需要督主帮几个小忙，下手之时并不需要督主在场。若万幸成功，自然皆大欢喜；若失败，我自尽而亡绝不供出督主。听闻西厂擅用毒，若督主不信，可喂我吃下毒药，若我侥幸活下来，督主可在事成之后再给我解药。"

陈河笑了笑，道："毒药就不必了，帮你什么忙？"

"第一，潜入陛下的寝殿，拿到诏书宝盒。"

"这就是你说的小忙？"陈河笑道，"还有呢？"

"第二，听闻西厂与东厂向来不和，常起摩擦，后日夜里还请督主制造一出事端。第三……"

陈河慢慢收了笑，如今再也不会觉得顾见骊只是一时冲动。他打断了顾见骊的话，问道："何必这么麻烦？分明你只要撒个娇，姬昭就会帮你出手。看来你还不了解他的身手，这世上没有他杀不了的人。"

顾见骊怔了怔，完全没有考虑过姬无镜。她说："这些事情和他没有关系。"

若是些无关紧要的小忙，顾见骊愿意寻求帮助，可这般生死相关的事情，她并不想拖上外人。

半晌，陈河神秘莫测地笑了，道："你这话可千万别在他面前说。"

顾见骊不解。

陈河并不解释，只是道："不过估计你也没命活着出宫了。"他又补了句，"有趣得很哪——"

昌帝召见几位大臣商议了朝事，而后歇在寝殿内。他斜靠在罗汉床上，望着画卷上的女人。

小太监弯着腰，恭恭敬敬地奉上茶水。他扫了一眼昌帝手中的画卷，果然又是骊贵妃的画像。他奉承道："陛下对贵妃娘娘深情，感天动地！"

骊贵妃的画像？不，这是骊云嫣的画像。

昌帝不紧不慢地将画卷收好，接过茶水慵懒地道："宣窦宏岩进来。"

"喳！"

小太监弯着腰退下去后，窦宏岩进了殿内。

"事情办得怎么样了？"昌帝问道。

"回禀陛下，已经将人接进宫中，一切顺利。要不了多久，贵妃娘娘就会过来。"

过了一会儿，昌帝才问："姬昭身体如何了？"

"奴才到广平伯府接人时并未见到姬昭，他又陷入了昏迷之中。"

"姬昭此人奇技在身，真是可惜了。"昌帝惋惜地叹了一口气，随意地拨弄着茶盖，陷入沉思之中。

这些年，姬无镜帮他暗杀了许多反贼逆臣，帮他灭了敌国气焰，亦救了几次驾。姬无镜一身武艺，是个不可多得的人才。帝王皆需要能人，尤其是没有权力欲望的人才。昌帝也因此对姬无镜的乖戾作风十分纵容。

若姬无镜没有身中奇毒，仍能在玄镜门效力，昌帝根本不会动姬无镜的妻子。可如今姬无镜没有多少日子可活，没了利用价值，昌帝自然不必顾虑。

小太监在外面禀告骊贵妃求见。

昌帝将茶盖随意地放下，茶盖与茶盏碰撞发出清脆的声响。他挥了挥手，令窦宏岩退下，要单独见骊贵妃。

骊贵妃来时忐忑不安，反复回忆着顾见骊教她的话，如今站在寝殿内看着昌帝，这些年的屈辱慢慢压下了忐忑心情，让她整个人异常冷静。

她冷笑道："陛下是什么意思？用我来替代姐姐还不够，连姐姐的女儿也不放过，你可还有一点天子的风范？"

昌帝饮了一口热茶，一股暖流贯穿全身。他随意地理着袖口，不紧不慢地说："朕让爱妃如愿了一次，爱妃亦该投桃报李。"

"让我如愿？何时让我如愿了？陛下若真好心，请放我回族中！"

昌帝似乎笑了一下。他起身，一步步朝骊贵妃走去，刚走到骊贵妃面前，一巴掌甩了过去。骊贵妃被打得跌倒在地上，口中一阵腥甜，鲜血从嘴角流出。

昌帝蹲下来，说："朕虽然给你们下了药，可是与顾敬元一夜快活不正如你所愿？"

骊贵妃震惊地看向昌帝。

昌帝拽着她的头发，将她的脸拉到自己面前，咬牙切齿地道："你九泉之下的姐姐可知道你觊觎自己的姐夫多年？你对你姐姐的两个孩子视如己出是出于什么目的？你是不是幻想着那两个孩子是你给顾敬元生的？"

"你胡说！"骊贵妃挣扎起来，乱了云鬓。

"可惜啊，那个男人就算被下药神志不清，抱着你的时候也喊着你姐姐的名字。应该说，即使他被下了药，如果不是你长得像你姐姐，他也不会碰你。

昌帝掐住骊贵妃的脖子："你知道该怎么劝你外甥女。否则，朕就让顾敬元，让你姐姐，让你外甥女，让天下人都知道你的龌龊心思！"

顾见骊一边斟酌着计策，一边焦急地等着骊贵妃回来。她在屋内走来走去，终于停下来，将收在袖中的双手抬到眼前，双手正微微发颤。

怕啊，她怎么可能不怕呢？

但是她只能把胆怯藏在心底，不能露出来。她若露了怯，陈河只会笑她是个弱女子、是个孩子，未必会与她合作；她若露了怯，更不能稳姨母的心神。

听见上楼的脚步声，顾见骊急忙稳住情绪，迎上去。

骊贵妃脸色苍白，一侧脸颊红肿着，鬓发重新梳过，就连身上的衣服也不是去时的那一身。

顾见骊心头一沉，来不及问计划，先问："姨母可好？"

骊贵妃疲惫地扯起嘴角笑了一下，点了点头，说："姨母无妨的。"反正她都习惯了。

"我照你说的做了，暂且答应他会努力说服你，让他给你一点时间，不过拖不了太久。"

"我知道，能拖一天是一天，需要给陈督主时间。好了，今天先不说这些了，姨母好好休息。"

骊贵妃没精打采地点头，命宫女打了热水，洗了很久的澡。

出了浴房，她也没有回寝屋，而是去了角落里的小房间，里面摆着骊云嫣的牌位。

她跪在姐姐的牌位前，泪流满面。

"姐姐，我是不是真的很坏？肮脏又龌龊……"额头磕在地面上，她泪如雨下，"我心里藏了不该藏的人，对不起姐姐，我死后无颜与你相见。我罪孽深重，骊澜神不会宽恕我……我管得住言行，管不住心。我是不是要剜心才能得到解脱？……"

昌帝忌惮顾敬元武艺不凡，不受药物影响，又给顾敬元加了一份致幻的药。因为骊云莞长得像她姐姐，昌帝才在妃子里挑了她。

事后骊云莞崩溃痛哭，觉得对不起姐姐，亦觉得亵渎了骊澜神，将三尺白绫高高抛起以求自尽谢罪。她被昌帝救下后，昌帝才发觉她对顾敬元有情。

"我知道我永远不如姐姐。我从小就要姐姐庇护，如今更是酿成大错。天下男儿那般多，我偏偏倾心于最不该动心的那个人……"骊云莞悲痛地哭诉起那个藏了二十多年的秘密。

身后的声音让骊云莞一惊。

"谁？"她回头，看见了红着眼睛的顾见骊。

骊云莞惊慌之后，眼神迅速地黯淡了下去。

"你都听见了。"她自嘲地笑了。

顾见骊飞快地跑进去，跪坐在骊云莞面前，用力抱住姨母，轻轻地拍着她的背，哭着说："骊澜神不会怪您，母亲也不会怪您，您没有做错任何事。见骊小时候也觉得自己哪里都不如姐姐，是姨母告诉我，我也有我的好。姨母怎么自己忘了呢？母亲有母亲的好，可是见骊知道姨母也很好！见骊和姐姐念着母亲，同样把姨母当成最亲的人哪！"

骊云莞热泪盈眶，缓缓闭上眼睛，温柔地摸了摸顾见骊的头，好似怀里的顾见骊还是那个她看着长大的小女孩。她努力地笑起来，紧紧握着顾见骊的手，说："明日不可期，我们也许不能活着离宫。有件事情姨母要告诉你，你还记得你母亲是怎么去世的吗？"

顾见骊转过头，望着桌上供奉的牌位，泪水模糊了视线。

"记得，她早产伤了身，卧床不到一年便去了。"

这是顾见骊心里的一道疤。

在她很小的时候，她觉得自己不如姐姐出色，心想：父亲和母亲已经有了姐姐，如果母亲没有怀她生她，就不会那么早去世，没有多余的她，父亲、母亲还有姐姐就会一家人幸福地生活在一起，是她害死了母亲。

骊云莞苦笑道："姐姐身体很好。那时候你父亲不在京中，昌帝酒后失言表露了心迹，更暗示你父亲的差事危险，让姐姐担惊受怕动了胎气，姐姐这才早产！"

顾见骊不可思议地看向骊云莞，一字一顿道："您是说，昌帝的恐吓让母亲送了命？"

骊云莞艰难地点头。

"所以父亲为什么……？"

"你父亲不知道。你母亲认为，你父亲若知道此事，定然要报仇。当时你姐姐四岁，你刚出生，太危险了。她知道自己时日不多，便到死也没说出这件事，亦不许我说……"

巨大的愤怒压得顾见骊喘不上气。她所有的胆怯、畏惧都不见了，只剩下"杀了这个狗皇帝"的决心。

第二日中午，陈河悄悄潜进了咏骊宫内，告诉顾见骊，册立太子的诏书上写的名字是已经被发配北疆的二皇子。也许皇帝是在元宵宴前立下的诏书，还未来得及更改。

闻言，顾见骊松了一口气："太好了……"

原本她拿不准诏书上太子的人选会是谁，若是三皇子或四皇子，她免不得要犯难，没想到竟然如了她的愿是二皇子。

"好？"陈河若有所思地瞧着顾见骊的表情，"为什么好？"

"越乱越好。"

骊贵妃匆匆上楼，见到陈河吓了一跳。她看向顾见骊，说道："酒窖里的酒都拿了出来，分量足够。"

顾见骊点头，问陈河："陈督主，明天晚上西厂与东厂生事，可准备妥当了？"

"我已经派人故意生了事端，今天晚上东厂的人必然报复。明日再一来一往，到明晚时间刚刚好。"

"多谢督主奔波。"

"不必谢，我亦不是帮你，我们不过目的相同，合作而已。"陈河缓缓道。只是他再看向顾见骊的目光，早已不像当初那般随意。

顾见骊转过头从窗户望向天际，心里盼着最近几日可千万不要下雪，若是起风就更好了。

傍晚，昌帝又派人来召骊贵妃。

骊贵妃说顾见骊一直在哭，还需要再劝。

第二日上午，昌帝再召。

骊贵妃不改说辞。

下午，昌帝再召。

骊贵妃道："她不哭了，但是仍没同意。"

夜幕降临，顾见骊坐在铜镜前，垂眸瞧着身上的紫色霓裳。她梳着骊云嫣生前喜欢的坠马髻，轻声说："听说母亲生前喜紫色。"

骊贵妃点头："你穿这身衣服的确像你母亲。"

顾见骊笑了笑，道："还请姨母给我化一个母亲常化的妆容。"

骊贵妃不仅给顾见骊化了骊云嫣喜欢化的妆容，连她自己也装扮成了骊云嫣的样子。最后的云纹花钿绘完，顾见骊和骊贵妃一并望向铜镜。铜镜里映出两张美艳动人的脸，一个芬芳初绽，另一个风韵犹存。相似的容貌让她们看上去像一对母女。

夜渐深，昌帝终于到了。

他来时，阁楼里传出了琴声。他在楼下听了一会儿，听出来不是骊贵妃在抚琴。

他沿着楼梯缓缓走上三楼，看见垂首抚琴的顾见骊的那一瞬间，以为自己又见到了骊云嫣。

骊贵妃饮了酒，微醺，伏在一旁的案上，轻声哼唱。

他一言不发地立在门口，看着抚琴的顾见骊。直到一曲终了，他才迈步进来，道："琴技不错。"

顾见骊惊慌地起身，怯生生地行礼道："参见陛下……"

"陛下，你来啦。"骊贵妃笑道，身上的霓裳松了，香肩半露。

美人醉酒双颊微酡，媚意入骨。昌帝忽然生了兴致，连骊贵妃没有起身行礼都不怪罪了。他径自走到上首的位置坐下，随意指了一下顾见骊，道："看来你姨母很高兴你进宫陪伴，你应当常住。"

顾见骊胆怯地看了昌帝一眼，又迅速低下头去。骊贵妃娇笑着饮酒，酒香在室内弥漫开来。

昌帝道："你们是在抚琴玩乐？怎么朕来了就停了？继续。"

"臣妾领旨。"骊贵妃丢了酒樽，起身。

顾见骊重新坐好，将手指搭在琴弦上。动听的曲调重新响起，骊贵妃随着琴声翩翩起舞，身姿曼妙。

昌帝的目光一会儿落在骊贵妃身上，一会儿落在顾见骊身上。欲望与记忆融在了一起，一发不可收拾。

昌帝目光渐深。他一边欣赏着舞和琴音，一边随手拿起骊贵妃刚刚饮了一半的酒浅酌。

曲调逐渐激昂，顾见骊拨弦的动作越发行云流水。随着曲调转变，骊贵妃软软地抬起双臂转起圈来，一圈又一圈，浅紫色的霓裳裙层层叠叠绽放，花了昌帝的眼。

曲声未歇，骊贵妃却已转到昌帝面前，坐进他怀里。她饮了一口酒，勾着昌帝的脖子，亲口将酒水喂给他，媚眼如丝："只见新人笑，不闻旧人哭。陛下，是云莞不好吗？有了见骊，您就不要我了。"

"要。怎的不要？你们两个，朕都要。"他朝顾见骊招手："给朕过来。"

昌帝喝的酒中加了助眠的药。顾见骊记下了他喝的量，起身，红着眼睛走过去。

"从了朕，朕会给你个新身份，日后你便可日日与你姨母在一起。"

顾见骊低着头，没吭声。

"你这孩子不要不懂事，没看见陛下的酒樽空了？"

顾见骊听话地斟满酒，颤抖着手将酒樽递给昌帝。

她这是从了？昌帝满意地接了酒，一口饮尽，身心舒畅，说："今日，朕宣你侍寝。"

骊贵妃喝得醉醺醺的，娇嗔地笑道："她年纪小，还不会呢。臣妾亲自教她。"

她一边说一边去解昌帝的衣服。

齐人之福？昌帝兴致更浓。

屋外的两个东厂暗卫对视一眼，有些无奈地摇了摇头。

一道细小的绿色信号烟忽然升空。两个暗卫心里一惊。这是东厂的特级信号，代表督主有生命危险！

"督主有危险！走，回去看一眼。"

另一个人拉住他，不赞同地说："还在当差，岂能走开？"

先开口的那个人看了一眼房门，意味不明地笑了一下，说道："陛下正快活，能发生什么事情？"

"那也不成。"

"两个女人能把陛下怎么样？除非陛下兴致大了，骑在女人身上中风。"

"休得胡言！"

"受不了你，你盯着吧，我自己回去看能不能抢个功劳。"不过是一眨眼的工夫，他的身影便原地消失了。

另外一个人皱着眉立在原地，听着房中传来了女人的娇笑声。他回想着同伴刚刚说的话，也是，陛下能出什么危险？东厂暗卫保护陛下这么多年，可昌帝何时在宫中遇到过刺杀？从来没有过。更何况，两个小太监还在楼外徘徊。宫中每隔两刻钟还会有侍卫巡逻。

也许正如同伴刚刚所言，不过两个女人，一个是妃子，另一个年纪又小，根本不会出什么事情。

他正这般想着，先前的信号烟又亮起两道。他又看了一眼在楼下徘徊的小太监，迅速地飞身离去，赶往东厂。

这两个人离开不久后，骊贵妃身边的两个小宫女抱着酒壶走到楼下两个小太监身边，左一声"哥哥"，右一声"哥哥"，哄得两个小太监红了脸。不一会儿，两个小太监就被她们哄到了偏殿里喝酒。

楼上，昌帝连连打着哈欠，困意上涌，可是依旧心痒难耐。其实他身体大不如从前，今天倒是难得兴趣盎然。

顾见骊在心里计算着昌帝饮酒的量，估计差不了多少。骊贵妃有失眠的旧疾，宫中一直有太医院开的助眠药。顾见骊便将药加到了酒中。骊贵妃醉酒是装出来的，实际并没有喝几口酒。

给昌帝下毒？顾见骊最初不是没想过这个办法，可是一琢磨就否定了。宫里哪里是那么容易弄来毒药的地方，虽说太医院、东厂和西厂都有毒药，可数量记得清清楚楚。每一种毒药的出处、经了谁的手都会记下来，就算她从陈河那里弄来毒药，也有隐患。

"见骊，到朕身边来。"昌帝强撑着困意坐起来，朝顾见骊伸出手。

骊贵妃连忙说："酒壶空了，见骊，再去拿一壶酒来。"

昌帝刚要阻止，骊贵妃便坐进昌帝的怀中，用香吻堵住了他的话。

"是。"顾见骊低声回应着转过身去。

昌帝的视线越过骊贵妃看向顾见骊，他慢慢地皱起了眉，心里不由得疑惑自己为何这般困倦。而且骊云莞今日也太主动了。他看着向他献媚的骊贵妃，在心里冷笑。这个蠢女人莫不是想用这样的法子阻止他宠幸顾见骊？

昌帝自以为看穿了一切。没关系，他不急。猫捉老鼠的游戏慢慢玩才有意思，夜晚这么长。

顾见骊绕过屏风后迅速加快脚步，从门口的双开门矮柜中取出了准备好的锁。锁比她的手还要长，握在手中沉甸甸的。她冷静地将房门锁上后，提着的那颗心才稍安。

起风了，风吹动几扇窗户前的垂幔，露出屋内摆满的酒坛。

夜风凉凉地吹在脸上，顾见骊勾起了嘴角。

没下雪，起风了——天助我也。

她开始关窗，将窗户的插销牢牢插上，一扇又一扇，只留下角落里被名画遮挡的一扇。窗户是湿的，早就被她浇了酒。

"见骊，你在外面做什么？进来。"昌帝发话道。

"起风了，我关窗户。"顾见骊装出委屈的模样来，背对着屏风，举起高脚桌上的蜡烛，点燃了铺在桌子上的锦缎。

放好蜡烛后，她转身绕回了屏风里侧。

昌帝舒舒服服地倚靠在床上，闲适地抚摸着伏在他腿上的骊贵妃的背。他看着顾见骊逐渐走近，仿佛二十年前从马车上下来的骊云嫣不是走向了顾敬元，而是朝着自己一步步走来。

"陛下，臣妇给您唱一首骊族的曲儿吧。"顾见骊低眉顺眼地坐在床侧。

昌帝皱起了眉，道："日后把自称改了。"

"是……"

昌帝顿了顿，才说："唱吧。"

顾见骊声音婉转地低吟起异族优美的调子。

昌帝目不转睛地盯着顾见骊，像是弥补一件憾事。

骊贵妃起身，朝昌帝身后望去，屏风后映出了微弱的光，那是跳跃的火苗。

一曲终了，昌帝望着顾见骊的眼睛道："你发间的这支金簪不适合这身紫衣，你当学学你母亲的穿戴。"说着，他就要摘掉顾见骊发间的金簪。

顾见骊在他探手过来之前自己摘下了金簪，绾起的云鬓泼墨般落下。她握着金簪，低眉顺眼地道："陛下不喜，我日后不戴了。"

昌帝心满意足地点头，随意地扯了扯领子，不耐烦地说："朕怎么觉得这么热？更衣吧，时辰不早了，该歇了。"

骊贵妃连忙接话道："臣妾帮陛下更衣。见骊，没听见陛下说热吗？去将窗户开开。"

"是。"顾见骊握着金簪退到屏风外，检查火势。

昌帝望着顾见骊婀娜的背影，眯起眼睛。小姑娘害羞，他堂堂天子应当多点耐心，哪里能像个土匪一样强来？该让这孩子主动。

当顾见骊回来时，昌帝已经脱了个精光，四仰八叉地躺在床上。顾见骊一步步走过去，走到灯架前，吹灭了蜡烛。

屋子里一下子陷入黑暗中。昌帝脊背一凉，忽然有一种不好的预感。

"为什么吹熄蜡烛？点燃！"

骊贵妃一边悄悄下床，一边笑着说："陛下怎么这般不解风情？"

昌帝侧耳，从骊贵妃的声音里听出来她下了床。他敏捷地拉住骊贵妃的手腕，质问道："你要去哪儿？来人！来人！"

不能让他喊人！

顾见骊冲了过去，将藏在床幔后的白绫抽出来，跑到昌帝身后，用白绫缠住了他的脖子。

骊贵妃从惊慌状态中反应过来，来不及找东西，用自己的手捂住了昌帝的嘴。

昌帝大怒。他轻易就挣脱开了，顾见骊和骊贵妃跌坐在地上。昌帝顾不得她们，朝外冲去，刚跑到屏风外，一股热浪扑面而来。借着火光，他看见了房门上沉重的锁。

"听义、听武，人呢？来人！"

顾见骊爬起来，抓起落在地上的白绫，朝昌帝追了过去。骊贵妃也跟着随手抓起床头高脚桌上的花瓶，冲了过去。

顾见骊手中的白绫还未来得及勒住昌帝的脖子，就被昌帝躲了过去，他大力捏住顾见骊的手腕，恨不得捏碎她的手骨。

骊贵妃将手中的花瓶朝着昌帝的脑袋砸去，可惜锦衣玉食的生活让她没什么力气，花瓶根本没碎，反而震疼了她的手。

"你这个贱人！"昌帝松开顾见骊，掐住骊贵妃的脖子，将她抵在屏风上。

他逐渐收紧手，只想掐死她。

跌坐在地上的顾见骊摁了一下金簪顶端的坠饰，一根簪长的长针弹了出来。她抬起头望向昌帝，身后的大火在她的眼底映出一抹红。

"男人身体上的弱点在这里。只要轻轻一捏，男人就会浑身无力，丢盔弃甲，再无还手之力。如果像这样转动一圈，男人的性命就在你的掌中。"

姬无镜带着戏谑之意的话落入顾见骊的耳中。

顾见骊抿唇，握紧手中的金簪，将长针狠狠地刺入了昌帝的胯间。

昌帝吃痛，四肢乏力，立刻松了骊贵妃，弓着腰躺下去，冷汗顺着脸颊淌了下来。他摇摇头，发现视线有些模糊。酒中助眠的药物终于生了效。

两个人已经不需要再去捂他的嘴，他已经喊不出来了。

顾见骊和骊贵妃紧紧地握着对方的手，紧张地盯着昌帝。鲜血在他身下漫延，他丑陋的身躯不停地颤抖着。慢慢地，他颤抖的幅度小了起来。

骊贵妃身子一软，差点跌倒。顾见骊及时扶了她一把。

"钥匙被你扔了是不是？"骊贵妃望着眼前的火势，颤声问道。这个时候，她开始害怕了。

顾见骊望着门的方向，说："即使有钥匙，我们也不能穿过去开锁。"

大火已然烧到她们眼前。她们与那道门之间，是火海。

她们立在原地没有动，盯着血泊中的昌帝。

火焰逐渐烧到昌帝的身体，他痛苦地呻吟着。巨大的痛苦和药物作用让他喊不出来，呻吟声低哑得可怕。

火是个好东西，能够将刺杀伪造成一场意外，也能烧掉昌帝身上的伤口，把一切证据销毁。

顾见骊搀扶着虚脱的骊贵妃，朝那扇唯一开着的窗户走去。

"姨母，如果我们活下来了，你可还记得接下来我们要怎么做？"

"记得，都记得。可是，我……我不敢跳……"骊贵妃后退。

顾见骊握紧她的手，说："不怕的。三楼而已，跳下去我们还有可能活命，否则定然被烧死。摔死只是一瞬的事，烧死却很痛苦。"

昌帝痛苦的呻吟声还在身后响着，骊贵妃发起抖来。

"不怕，我们一起。"顾见骊扯开挂画，拉着骊贵妃爬上窗台。

寒风越来越大，顾见骊紫色的衣裙被吹了起来。

顾见骊拉紧骊贵妃的手，逆风跳了下去。两个人似乎是同时跳下去的，但顾见骊故意快了半步。

将要落地时，她抱紧骊贵妃，挡在姨母身前。她清晰地听见了骨裂之音，腿疼得打了个寒战。但顾不得疼痛，她扯着嗓子大喊："走水了！来人哪！救驾——"

陈河带着西厂的人，一手负于身后立在东厂庭院中。窦宏岩擦去嘴角的血迹，盯着陈河，身后是东厂的人。

东厂与西厂多年不和，两方这般对峙亦不是第一次了。为免一方势大导致宦官当权，两方不休的争斗正如了帝王的愿。

窦宏岩阴着嗓子开口："陈河，你带着西厂的人气势汹汹地来我东厂所为何事啊？"

"窦督主何必明知故问？"陈河儒雅地微笑，缓缓说道，"你东厂的人伤了我的手下，晚辈虽不愿争执，可既然做了他们的督主，自然要为属下讨一个公道。"

陈河拖着时间，直到有人跑来禀告咏骊宫失火。

窦宏岩大惊，虽说东厂与西厂都有护卫宫廷的职责，可宫中安全主要由东厂负责。

原本昌帝身边的那两个暗卫吓得冷汗流了一身。

不再管陈河，窦宏岩带着东厂的人匆匆赶往咏骊宫。陈河做出惊讶的样子，稍微落后东厂的人一些，带人也往咏骊宫赶去。

路上，一个小太监从角落里跑了出来，来到陈河身边。陈河目视前方，问："消息带到了？"

"属下无能，没能见到玄镜门门主，还……还受了伤……"

陈河惊讶地看向小太监。小太监立刻压低声音解释道："姬门主的那个护卫好生厉害，守着院门不让属下进去。属下说了有急事要禀，他也不通融，称他家夫人交代了五爷醒之前不得放任何人进院里。属下只好硬闯，可惜打不过他。玄镜门怎么连个看门的人身手都这么厉害？"

陈河想起顾见骊说"我杀过人"时的淡然模样，微微抬头，眯起眼睛望着咏骊宫的方向。

她还没入宫的时候就安排了这么多事？他忽然觉得这个小姑娘兴许真的能成功。那就……有意思了。

陈河赶到咏骊宫时，一眼就看见了顾见骊。她被人搀扶着立在火海前，一身紫衣被夜风吹拂着扬起裙角，墨发柔软地落在肩上，衬得她巴掌大的小脸越发动人。她眼中噙着畏怯之色，望着面前的大火，颤声说："快呀，快救火，救救陛下！"

谁也不会怀疑她的担心，甚至瞧着她这个样子，就已经开始心疼了。

阁楼是全木制的，火焰一起，火势汹汹。窦宏岩一看这火势，心立刻凉了半截。他冲到顾见骊面前，问："发生了什么事情？陛下如何了？"

顾见骊受了惊似的颤了颤眼睫，畏惧地向后退了一步。

陈河走过去，慢条斯理地说："窦督主，你吓到她了。慢慢说，为何会起火？陛下如何了？"

"我……我也不知道。我好好睡着，忽然就起了火。我跑到娘娘那里，和娘娘一起大喊救命，可是没有人来。火越来越大，我们好怕，门口全是火，出不去。我们决定从窗户跳下来。陛下是万尊之躯，怎能涉险跳下来？所以只有我和娘娘跳了下来，找人救火！"

窦宏岩焦急地问："陛下如何了？"

"我和娘娘跳下来的时候，陛下尚好。只是要快些扑灭这火才好！"

窦宏岩口气不善："你们怎么能把陛下独自留在阁楼中？"

顾见骊委屈地小声说："陛下不能也不愿意和我们一起跳下来，下旨让我们下来找人……""

陈河在一旁慢悠悠地开口："是啊，也不知陛下身边的暗卫怎么能把陛下单独留下。"

搀扶着顾见骊的骊贵妃怒道："眼下救火要紧，若陛下真有个三长两短，谁也担不起！"

窦宏岩连忙应了骊贵妃的话，带着人救火。

窦宏岩和陈河赶来没多久，事情就传到了三皇子和四皇子耳中。作为宫中仅剩的两位皇子，如今这样紧要的时刻，他们哪里敢耽搁，悲痛欲绝地亲自救火，以显孝道。

大火直到黎明才被扑灭，朝中文武官员亦被惊动，纷纷赶来宫中。事态紧急，宫中侍卫守紧了宫门。大多数臣子只能跪在宫门外候着，一边痛苦，一边在心中暗暗筹谋。

昌帝面目全非的尸体被抬了出来，两位皇子更是将断肠之悲演绎得感人肺腑。戏做得差不多了，他们才匆匆赶去昌帝的寝宫。

为了宝盒内的诏书，他们争分夺秒。每一刻都很重要。

窦宏岩亲自取下龙床上方的檀木宝盒，将诏书取了出来。

姬岚和姬嵩紧张起来。

窦宏岩慢慢地展开诏书。二皇子姬岩的名字露了出来，姬岚眸色一紧，姬嵩眼中的神色却是一松。姬嵩与姬岩乃一母所出。姬嵩年纪不大，如今才十三岁。

"国不可一日无君。我这就派人去把二哥追回来，三哥不会有意见吧？"

"当然。"姬岚儒雅地微笑道。

姬嵩乐了，抓起窦宏岩手中的诏书，转身便往外跑。然而他没有跑出多远，一支利箭从他身后射来，破体而出。

手中的诏书落了地，他用最后的力气转过身去，不可思议地望着手持弓箭的三哥。

姬岚面无表情，生在帝王家，哪里有什么手足情？

宫中大乱，人人自危。骊贵妃与顾见骊暂歇在咏骊宫没被大火殃及的最偏远的一座殿内。

日头逐渐西沉，柔和的落日余晖洒满庭院。房门开着，顾见骊透过房门望向远处的院门。

骊贵妃颤抖地握住顾见骊的手，惊魂未定，担忧地道："这世上没有什么计策是万无一失的，怎么办？他们会不会查出来？即使没查出来，我们也有护驾不力的罪过啊……"

顾见骊转过头来，脸上挂着浅笑。她温柔的眉眼间没有慌张之色，这让骊贵妃的心安定下来。

"姨母勿虑，倘若昌帝还有一口气，我们生机渺茫。如今他死了，我们已是生门大开。一朝天子一朝臣，眼下最重要的是新帝如何坐稳龙椅，而不是旧帝的死。"

"你的意思是，我们都能活下来？"骊贵妃还是有些担心。

"那就要看新帝是否我所愿的那一位了。"顾见骊转头望向门口的方向，语气放缓，带着几分期待之意，"若是他，我们不仅能活着离开，父亲也可以重得权势，姨母也可以隐姓埋名地离宫。"

"什么？"骊贵妃惊了。她还没来得及问，院门就被推开了。

顾见骊攥紧袖口，忽然紧张起来。宦官鱼贯而入，直到最后姬岚的身影映入眼帘，顾见骊笑了。

她吃力地撑着骊贵妃的手站了起来。当姬岚迈过门槛时，她伏地跪拜，恭敬地道："顾家女代父亲恭贺陛下，陛下万岁。"

姬岚站在门口，意味深长地看着伏地的顾见骊。许久之后，他挥手，让所有人退下。

房门徐徐被关上，屋内的光线跟着暗了下来。他缓缓走进来，在上首的椅子上坐下，问道："顾二是如何得知的？"

顾见骊抬起头来，道："陛下文韬武略，在诸位皇子中出类拔萃，更是得朝中众臣支持，即位顺理成章。"

得朝中众臣支持？姬岚轻笑一声。

与其他几位皇子母族势大不同，姬岚的母妃只是个宫女，所以就算他出类拔萃，也是最没有势力的那一个。他拉拢朝臣，甚至连已经失势的顾敬元也不放过，三番五次暗中拜会。顾敬元犯了什么罪不重要，重要的是顾敬元有那个能力，能助他。

"平身吧。"姬岚抬手，"顾二似乎受了伤，等一下让太医瞧瞧。"

骊贵妃立刻心疼地搀扶起顾见骊。

"多谢陛下关心。"顾见骊垂眸道。

姬岚来这里，本意是利用顾见骊让顾敬元投诚，如今见顾见骊是这种态度，心中略松。诏书上不是他的名字，姬岩活着还是个威胁，眼下还有太多的事情需要他处理。

姬岚刚起身，宦官就在门外焦急地禀告道："陛下，刘将军从西门进了宫！"

姬岚皱眉。刘将军是姬岩一党，是他即位最先需要解决之人。

顾见骊忽然开口道："刘将军与武贤王不和，他买通骊贵妃，诬陷武贤王奸淫之罪。先帝驾崩，骊贵妃悲痛欲绝殉葬前道出实情。刘将军之恶，当斩。"

姬岚猛地回头看向顾见骊。顾见骊还是那般冷静从容的模样，说话时温声细语，不过是个人畜无害的小姑娘。

骊贵妃也惊了，不可思议地看向顾见骊。

姬岚盯了顾见骊半晌，目光黯了，眸中的寒意渐浓。他大步离开，下令将刘将军乱箭射杀。

　　姬岚离开之后，顾见骊身子一下子软了下来，腿上钻心的疼痛逼得她眼角泛红。

　　"见骊！"骊贵妃泪如雨下地扶住她，却发现她脸色苍白，冷汗浸湿了后背，整个人都在打战。

## 第十九章 星河灿烂

小白兔蹦又跳，
一二一，一二一。
哎呀，摔咯。

一片混乱中，一道红色的影子飞过。

"什么人？"侍卫阻拦道。

"滚。"姬无镜声音沙哑，眸色渐猩，视侍卫如无物。

当姬无镜出现在顾见骊面前时，顾见骊怔住了。她忍着疼痛，努力地扯起嘴角，虚弱地说："你醒啦。"

姬无镜盯着顾见骊的脸，眸中的猩红淡了下去，阴鸷之色却未消，阴森可怕。他捏住顾见骊的手腕，带着怒意转身。顾见骊急忙拉住他。

姬无镜回头。

她将另一只手搭在姬无镜的衣襟上，手和身子一并软软地往下滑去，颤声说："疼……"

姬无镜这才注意到她的腿有些别扭。

他垂眼看着她，握住她纤细的胳膊，将她扶了起来。顾见骊五官皱在一起，眼睫轻颤。姬无镜多看了她一眼，扶着她向后挪了两步，让她在椅子上慢慢坐下。

顾见骊低着头，将双手搭在膝上，紧紧攥着裙子，过分用力使得指节发白。

姬无镜在她身前蹲下，掀起她的裙子，露出两条并在一起的白皙小腿。她的左小腿肿起来了。顾见骊下意识地想要将腿往后缩，却疼得使劲地咬紧了唇，在淡粉的樱唇上留下了一道白印子。

姬无镜冰凉的手掌抚过她红肿的小腿。她骨折了。

顾见骊疼得低吟，小腿上的肉也跟着颤抖。她攥着裙子的手越发用力，咬得发白的唇上沁出血丝。

姬无镜抬眼看向她，她额上满是细密的汗珠。偏殿内没有生炭火，这样冷的天，她定然是疼得厉害才会这样。姬无镜的脸上看不出情绪，他说："胆子很大啊。"

顾见骊不知道姬无镜为什么不高兴，不过他向来喜怒无常，她也没有多想，诧异地问："你……知道什么了？"

按照七日时间推算，他应该刚醒过来就赶来了。那她在宫中发生的事情，他应该不知道吧？

姬无镜冷冷地道："骗子。"

疼痛让顾见骊顾不得思考她到底骗他什么了。

骊贵妃一直守在外面等太医赶来,今日宫中大乱,派去太医院的宫女去了一个又一个,太医一直没来。虽说身上的伤不致命,可是顾见骊疼啊!

不知道是不是她太敏感,她觉得外面的打斗声一直没停,似乎离这里也不远。

终于有位太医被宫女扯着胳膊往这边跑来,那位太医看上去年纪不大,估计平时连问诊的资格都没有。只是如今骊贵妃哪里还顾得上他的资历?

骊贵妃赶紧将人带进屋内。

门被推开的前一刻,姬无镜将顾见骊的裙子放了下来,遮住她的小腿。

"太医终于过来了……"骊贵妃看见姬无镜,吓了一跳。她一直守在外面,姬无镜是什么时候过来的?他是从哪儿进来的?

看见姬无镜,年轻的太医也愣了一下,硬着头皮提着药匣往前走去。

"东西留下,人滚出去。"姬无镜说。

年轻的太医巴不得呢,赶紧将药匣放在地上,撒腿就往外跑。

骊贵妃看着太医的背影,心急火燎地抱怨道:"怎么赶走了?好不容易才有太医过来。"

姬无镜没搭理骊贵妃,重新将顾见骊的裙子掀起来。他打开药匣,扫了一眼里面的东西,从里面拿出一个小瓷瓶,将药液倒在掌中。

顾见骊也扫了一眼药匣里乱七八糟的东西,警惕地看向姬无镜。

姬无镜对上她的目光,说:"不扎针。"

顾见骊松了一口气。

姬无镜将药液揉在顾见骊肿起来的小腿上。

"疼!"顾见骊闭上眼睛。

"疼?"姬无镜嗤笑了一声。

顾见骊感受了一下,小腿上凉凉的,还有些发麻,竟没有先前那么疼了。她抿起唇,不吭声了。

随后,姬无镜用帕子擦了残留在掌心上的药液,漫不经心地说:"早前就想敲断你的腿,这下你自己摔断了,不错啊,给叔叔省事了。"他一副幸灾乐祸的样子。

骊贵妃在一旁,担忧不已。

顾见骊不爱听这话，皱起了眉。姬无镜偏偏还要继续说："不过到底不是我敲的，不成，把另一条腿敲断了才行。"姬无镜将另一只手也搭在她的小腿上，说，"说吧，拿什么敲？锤子、砖石、刀柄，还是干脆我直接上手？"

顾见骊瞪了他一眼，气恼地说："你把太医赶走不说，还……啊——"

顾见骊听见清脆的声响钻进耳中，让她顿时头皮发麻。这声音和当初她从楼上摔下来时的骨裂之音一模一样。姬无镜真的直接上手把她的另外一条腿弄断了？

剧烈的疼痛让顾见骊一下子哭了出来，她疼得大喊大叫，胡乱去推姬无镜，偏偏无论如何也不能将他推开半分。她气得抬腿去踢他，一脚又一脚。

没多久，顾见骊动作一停，沾着泪的眼睛迷茫地看向自己的右腿——光洁完好。她低下头去看自己的左腿，后知后觉地发现姬无镜没弄断她的另一条腿，而是将她的左腿上折断的骨头归位了。

她慢腾腾地抬起眼，看向姬无镜，眼泪直往下掉。

姬无镜黑着脸，用力抹去沾在顾见骊眼睫上的泪。他那么用力，擦得顾见骊眼睛都疼了。顾见骊听见他阴森森地说："顾见骊，你有病啊。"

顾见骊讪讪地将右腿收回来，尴尬地低着头，又忍不住偷抬头去看姬无镜的表情，不承想正撞上他的目光，又迅速低下头去。

她腿上还是疼，眼泪打湿了堆在膝上的绫罗裙。

"可是还是很疼嘛……"顾见骊委屈地哭着说。

她慢慢抬起手，用双手捂住脸。

姬无镜阴阳怪气地说："敲晕就不疼了。"

顾见骊身子颤了颤，使劲地摇头，被敲的时候也很疼啊。

姬无镜随意地笑了一下，从药匣里拿出两块木板和白棉布，将木板一左一右搭在顾见骊的左小腿上。

一股她从来没尝过的疼痛感传来。

"见骊，再忍一忍。"骊贵妃心疼得落泪，蹲在顾见骊身侧，握住顾见骊的手，恨不得自己替顾见骊疼。

一滴血落在姬无镜的手背上，姬无镜动作一顿，抬眼去看顾见骊。她咬破了唇。

姬无镜阴沉着脸舔去手背上的血珠，拿棉布将两块木板一圈一圈地缠好，说:"顾见骊,你还知道疼啊?多拖一天你能死?"

顾见骊想说话,一张口,又一阵剧烈的疼痛感袭来。她胡乱一抓,抓住了姬无镜的手,也不多想,止痛一般地紧紧攥着。

姬无镜没挣脱开,右手仔细地缠着棉布,必须紧紧缠上,才能让骨头长好。他缠到最后,那捆白棉布还剩很长一段。姬无镜看了一眼被顾见骊握住的左手,收回视线。

骊贵妃从药匣里拿了剪子,转过头来,看着眼前这一幕,因意外而有些蒙。

姬无镜单膝抵着地面,弯腰凑过去,面无表情地用牙齿将棉布撕断了。顾见骊反应过来,讪讪地松了手。

骊贵妃多看了姬无镜一眼,也来不及多想,关心着顾见骊的状况。

过了两刻钟,药起了作用,顾见骊腿上的疼痛感稍微缓解了些。

顾见骊刚仰起脸望向姬无镜,姬无镜便弯下腰来,一只手搭在顾见骊的腰上,另一只手从她的膝下穿过,将她抱了起来。腾空的瞬间,顾见骊听见姬无镜说:"是时候算算账了。"

冷风吹拂在脸上,顾见骊才发现自己飞在高处。许是因为有了从楼上跳下来的经历,她莫名其妙地有些惧高,下意识地勾紧了姬无镜的脖子,偏偏姬无镜动作极快。

顾见骊惊恐地闭上眼睛,再睁眼时,姬无镜正抱着她站在梅园最高的那株红梅树上。

"五爷,你要做什么?"

姬无镜看着她,问:"想起来骗我什么了吗?"

顾见骊茫然地望着他。

"想不起来就把你从这里扔下去。"他双臂略前倾一些,将贴在怀里的顾见骊往前送。

顾见骊急忙抱紧他的脖子,急呼:"我在想!"

她什么时候骗他了?

顾见骊想啊想,不太确定地道:"是你昏迷的时候我在你耳边说回家住几日?"

"哦,不是不记得了?"

顾见骊用勾着姬无镜的脖子的手试探着去抓他身后的梅枝，以防他松手时她掉下去。她胡乱说："我不是有意骗你的，只是想让你安心地睡……"

"骗就是骗，不分善意还是恶意。"姬无镜看着她的眼睛，眸色深沉。

顾见骊终于抓住了梅枝。她对上姬无镜阴冷的眸子，低声道："原来你昏迷的时候能听见别人说的话……"

"当然。"

姬无镜忽然想到了什么，扯起嘴角古怪地笑了笑，望着顾见骊道："我还知道你把我脱光，摸了个遍。"

顾见骊一惊，猛地睁大了眼睛，手一抖，枝上的红梅翩翩落下。其中一朵红梅落在了姬无镜的肩上。

顾见骊望着那朵红梅，小声说："我没有……"声音低了下去，她眼前竟然浮现了不该浮现的画面。目光落在姬无镜的胸前，她像是看见了他左胸下那粒小小的红痣，它和他的左眼眼尾下的泪痣一样。

她的脸忽然红了，如落在姬无镜肩上的那朵红梅。

顾见骊回过神来，眼前是姬无镜脏兮兮的衣襟——她刚刚踢脏的。她讪讪地抬手，拂了拂他的衣襟，又整理了一下，然后说："我只是想帮你擦身子而已……"

姬无镜垂眸看着她，问："为什么不等我醒来？"

顾见骊虽然已经止了泪，可眼睛早就哭红了，迷茫地望着姬无镜，眸中的湿意惹人怜惜。她小心翼翼地拿走姬无镜肩上的红梅，又丢了下去。

姬无镜侧过脸，视线随着那朵红梅移动。

"我问过你的，你说看心情。我不知道你什么时候心情好，什么时候心情不好……"顾见骊低声说。

她问过的。

"五爷，我听说有些人会卖妻。倘若有人出高价，五爷可会把我卖掉？我随口说着玩的，五爷别当真。"

"看心情哪。"

姬无镜收回视线，看向顾见骊的唇。

她的唇又出了血。而她垂着眼，浑然不觉。

姬无镜弯下腰凑过去，在顾见骊震惊的目光中含住她的唇，吮去她唇上的血珠。

姬无镜对上顾见骊的视线，没有退开，不紧不慢地说："只要你不惹叔叔生气，叔叔会一直心情好。"

他的唇轻轻摩挲着顾见骊的唇，酥酥麻麻的感觉蔓延开来，让顾见骊忽然慌乱起来。

"不要……"她刚刚开口，唇又擦过姬无镜的唇。她不敢动了，也不敢再说话，怔怔地望着姬无镜。

天色不知何时黑了下来，一轮圆月爬上天际，星伴着圆月闪烁。天地皆静，唯有心脏在剧烈地跳动。

姬无镜忽然直起身退开。

顾见骊缓慢地眨了一下眼，望着姬无镜，顺着姬无镜的目光转过头去。

天色太暗，她看不太清，等了好一会儿，才看见一道人影从远处走来。那人又走近一些，顾见骊才看清是陈河。

陈河一手负于身后，慢悠悠地走到树下，抬头笑道："宫里正乱着，身为玄镜门门主，你不打算抢个功劳？"

姬无镜脸色不是太好，没回话。

顾见骊想了想，猜测是陈河告诉了姬无镜昨天夜里宫中发生的事情。

陈河对姬无镜的态度并不意外，反正姬无镜性情古怪，而他过来也不是找姬无镜的。

陈河移开视线，看向了顾见骊。顾见骊因被姬无镜抱在怀中，觉得有些尴尬。

"我过来是带了陛下的旨意。"陈河道。

顾见骊听了，立刻略紧张地望向陈河。

"武贤王沉冤得雪，下次再见，陈河当称呼夫人为'郡主'了。"

顾见骊心中一松。

陈河又道："我已派人到骊贵妃处给她换上宫女的衣服，稍后会将她悄悄送出宫。师兄行动太显眼，所以她与你们分开离宫。"

顾见骊望着陈河感激地笑起来，说道："多谢督主帮忙。"

"夫人说错了，陈河什么都不知道，也没有帮过夫人任何忙。"陈河笑得淡定。

顾见骊了然，亦不再多言。

姬无镜抱着顾见骊从红梅树上一跃而下，悄声无息地落了地，身后的红梅树纹丝未动。他抱着顾见骊大步往前走，经过陈河身边的时候，连看都没看陈河一眼。

陈河一怔，转过身，望着姬无镜的背影道："师兄。"

"别，当不起，我可没你这么厉的师弟。"

陈河看着姬无镜走远，气笑了。自己护不住媳妇，赖在他身上了？这简直毫无道理。

一道白影从树端跃下，稳稳地落在陈河的怀里。陈河轻轻地抚摩着雪团柔软的毛发，垂眉望着它时，目光霎时间变得温柔。他对它说："这世间哪，还是我的雪团最好。"

雪团眯着眼在陈河的怀里伸了个懒腰，舔了舔他修长的手指，又合上眼睛睡觉。

陈河点了点它的额头，说道："今日忙了些，没顾上你这小家伙，接下来都不离开你……"

姬无镜抱着顾见骊走了没多久，就看见了侍卫交手打斗的场面，也不知道是亡了的四皇子心腹为主子报仇，还是姬岚要清除异己。

姬无镜懒得理这些人，抱着顾见骊缓步而行。顾见骊本有些害怕，可是瞧着姬无镜从容的样子，倒是心安了许多。

她忽然说："五爷，我们回家吗？"

姬无镜不答反问："你想住在宫里？"

"不是！"顾见骊急忙反驳，又说，"我们先不回家，去我父亲那里一趟好不好？我知道陈督主定然会派人去送消息，只是昨夜到今日发生的事情，送信的人定然没有我更清楚，我想亲自告诉父亲。"

姬无镜没开口。

顾见骊等了又等，用手轻轻拉了拉他的衣襟。姬无镜这才看着她，不耐烦地说："话真多。"

顾见骊认真地打量了一下姬无镜的表情，隐约觉得他应该是同意的。她闭上嘴巴，不吭声了，安静地由他抱着，一步一步地离宫。

高处,姬岚不经意间看见姬无镜抱着顾见骊离开的场面,皱起了眉。

"可惜了……"他自言自语,眉宇间带出几分惋惜之情。有着那般才智的女子,还是顾敬元的女儿,可惜已经嫁人了。

候在一旁的东厂督主窦宏岩揣摩着圣意。坐在龙椅上的人虽然换了,可臣子还是那些臣子。

宦官与朝臣不同,谁是皇帝,窦宏岩就拍谁的马屁。

姬无镜抱着顾见骊走到宫门口,正迎上骑马而来的顾敬元。

"见骊!"顾敬元跳下马冲了过来。

姬无镜嫌弃地瞥了他一眼,道:"你这老东西,说话能不能不像打雷似的?"

"你!"顾敬元刚想骂姬无镜,这才发现顾见骊依偎在姬无镜的怀里睡着了,立刻噤了声。

姬无镜看着顾敬元身后的马,说:"我说敬元兄啊,你就骑着匹马过来接人,连辆马车都没有?"

顾敬元看了一眼顾见骊的小腿,心疼得不得了。他正后悔没带马车过来,没承想被姬无镜直接说了出来。他恼了,重重哼了一声,道:"逆子,叫爹!你聪明啊,你聪明得连马都没骑,只有两条腿!"

刚刚睡着的顾见骊蹙了蹙眉,发出轻吟。

顾敬元伸手,想要把女儿抱过来。姬无镜侧过身避开,微微抬起下巴示意前方,说:"好爹,你的另外一个女儿摔倒了。"

顾敬元回过头,前方黑漆漆的,哪里有半个人影?

耳畔一阵风掠过,顾敬元回过头去,只见姬无镜抱着顾见骊一跃而起,踩了一下马背,消失在了夜色里。

"姬狗!"顾敬元指着姬无镜的背影,气得手指都在发抖。

姬无镜不仅抱着顾见骊运轻功先走了,还故意踩了马。马受惊,不知道跑到哪里去了。姬无镜这是欺顾敬元旧疾未愈,不能运轻功。

等顾敬元赶回家时,陶氏迎上他,告诉他姬无镜抱着顾见骊回来了。顾敬元望着小女儿的房间的方向,顿时觉得一言难尽。

他们既然是同路,姬无镜跑什么啊?

"去看看吗？"陶氏问。

"见骊睡着了，明天再说！"顾敬元没好气地转身回了屋。

陶氏没歇，守在院门口，等派去广平伯府的人把季夏带来了，才放心地歇下。

顾见骊的腿一直很疼，顾在骊煮了止痛和助眠的药让她喝下。药逐渐起了作用，顾见骊变得很困，偏偏因为疼痛睡不着，身上的衣衫又一次被汗水打湿。

顾见骊合上眼，告诉自己睡着了就不疼了，默默在心里数绵羊。

一只绵羊、两只绵羊、三只绵羊……

意识逐渐变淡，顾见骊迷糊中觉得锁骨处一凉。她缓慢地睁开眼睛，看见姬无镜坐在床侧，在解她的衣服。顾见骊呆呆地看了他一会儿，反应过来后惊愕地问："你做什么？"

顾见骊今日的紫衣款式特殊，半透明的宽松广袖短衣里的衣服紧紧贴在身上，系带在胸前从上至下穿插着。

姬无镜慢条斯理地解着系带，说："给你擦身啊，擦了汗你才能舒服地睡觉。"

"不用了！"顾见骊急忙将双手搭在胸上。

她觉得自己的反应有些大，又在姬无镜抬起眼睛看过来时小声说："五爷刚醒过来，要以养身体为重，哪里能因这种事情劳烦你？让季夏进来做就好了……"

"季夏在厨房里给你熬明早要喝的药和大骨补汤，你还让她进来伺候？"姬无镜眼中带着笑，"顾见骊，你这主子也太不体恤人了。"

顾见骊微微蹙眉，说："可以让姐姐来帮我……"

"现在已经过了子时，除了季夏，整个家里只有我被你吵得没睡着。"

顾见骊怀疑地望向窗户的方向，窗前拉着帘子，看不到外面的天色。不过她在心里算了算，猜测此时应该很晚了。

她收回视线，瞧着床旁小杌子上的木盆，闷声说："我只是伤了腿而已，手又没有受伤，可以自己来。"

"哦？你能给自己擦背？"姬无镜问。

顾见骊脱口而出："那你帮我擦背，剩下的我自己来！"

姬无镜得逞地勾起嘴角。

"起来。"姬无镜朝顾见骊伸出手。

顾见骊忽然觉得姬无镜是故意逼她这样说出来的。她将一只手递给姬无镜，另一只手撑着床榻，慢腾腾地坐了起来，稍微动一下，分明没有挪动左腿，还是觉得疼。

"醒了也好，自己脱。你身上那衣服的带子太麻烦。"姬无镜起身，绕到顾见骊身后坐下。

顾见骊抓着搭在腿上的被子，一动不动。

坐在她身后的姬无镜笑着用手指戳了戳她的肩头，说："怎么，想让我给你脱？"

"才不是。"顾见骊低下头，慢腾腾地解开胸前的系带，将上衣脱了下来。

瞧见自己紧身衣里面穿的贴身小衣，顾见骊懊恼地皱起眉头。

她前几天还穿着露背的兜肚，偏偏昨天为了搭这身紫衣，换了小背心。她若穿的是露背兜肚，脱到这里就可以了，然而此时穿的小背心遮了她的背。因为疼痛，她流了很多汗，此时小背心粘在身上，着实不太舒服。这让顾见骊觉得更尴尬了。

她磨蹭了很久，才捏着小背心的下摆将它脱了下来，又急忙抓着被子挡在胸前。

即使只是背部展露在姬无镜眼前，顾见骊亦觉得难堪。

姬无镜慢悠悠地将她柔软的长发拢进掌中，又放在她的肩膀前面。

顾见骊挺直腰背，身子有些僵。窘态竟让她暂时忘了腿疼。

姬无镜拧干了浸在热水里的帕子，贴在顾见骊的背上。顾见骊的身子颤了一下。

"烫？"姬无镜问。

顾见骊点头，又摇头。

"到底烫不烫？"

"有一点……"

姬无镜移开帕子，见顾见骊的背上红了一片。他看向手中的帕子，为小姑娘的肌肤那么嫩感到惊讶。

他将帕子丢进木盆中，重新兑了凉水，再次拧干帕子，将帕子从顾见骊的后肩递到她的耳前,说:"自己试温度。"

顾见骊抬手摸了一下,又迅速将手收回来,重新捏着被子说:"不烫了。"

姬无镜便仔细地给她擦着后背。

顾见骊很白,腰背线条美好。

姬无镜的目光从她的蝴蝶骨往下移,落在她纤细的后腰上。他伸手比了一下,她的后腰不过一掌宽。

帕子上的水珠沿着她的后背缓缓滑落,没于紫色的裙腰中。当另一滴水慢悠悠地滑落时,姬无镜伸手,用拇指接下了。

顾见骊感觉到了,腰下意识地向前挪了一些。

姬无镜收回视线,转过头,将帕子浸在水里重新打湿,再拧干。在"哗啦啦"的水声中,他漫不经心地问:"顾见骊,你是在害臊吗?"

"不是,我只是……阿嚏!"顾见骊还没有说完,打了个喷嚏。

下一瞬,姬无镜张开双臂,从她身后抱住了她。

他将下巴搭在顾见骊的肩窝上,懒洋洋地说:"害什么臊啊,你早晚是要被我看光的。你的身体,你自己看不见的地方,我也都会看个清清楚楚。"

他抓住顾见骊的手,将其从被子上挪开。被子滑落下来,堆在顾见骊的腿上。

姬无镜垂眸,光明正大地俯视着她,神情专注。

顾见骊如坐针毡,忍了很久很久才颤声说:"五爷,你别这样看……"

"看就是看,什么这样那样?!"姬无镜说。

顾见骊胡乱重复道:"别这样看了,怪吓人的……"

姬无镜终于移开了视线,下巴仍搭在顾见骊的肩窝上,偏过头来近距离地望着她红透了的脸,道:"求我啊——"

顾见骊无奈地叹了一口气,小心翼翼地抓着被子重新挡住胸口,鼓起勇气转过头,对上姬无镜的视线,软软地开口道:"叔叔,我困了,还有点冷,我们睡觉好不好?"

"不好。"姬无镜皮笑肉不笑地扯了扯嘴角。

顾见骊恍然大悟自己被骗了,表情呆呆的。她很快反应过来,抿起唇,带着嗔意地看了姬无镜一眼。

然后,她凑过去,在姬无镜的嘴角上轻轻亲了一下,又迅速退开。

姬无镜一怔，脸上的笑消失了，神色古怪地看着顾见骊。

顾见骊眨了一下眼睛，无辜地望着他，用低柔的声音说："睡觉啦。"

姬无镜舔了一下唇角，将手中的湿帕子塞进顾见骊的手里，说："赶紧把自己擦干净，我不想抱着个满身臭汗的人睡觉。"

顾见骊歪着头，看着姬无镜起身走了出去。他没有走远，只是站在门外，修长的身影映在门上。

顾见骊看了一会儿，拿着帕子手脚麻利地擦了身子，又拿起放在一旁的干净寝衣换上。她穿裤子的时候折腾得久了点，还不小心碰到了左腿，又是一阵疼痛。她平躺下来，费力地喘了两口气，道："五爷，我好啦！"

姬无镜走进来，扫了一眼顾见骊红扑扑的脸蛋儿，简单地收拾了一下，吹熄了灯上床。

顾见骊全身被热水擦过，热气丝丝缕缕地渗进体内，暖融融的，舒服得很。即使腿上的疼痛一时不休，她还是很快睡着了。

姬无镜却睡不着。

他侧过脸，在一片黑暗里望着顾见骊，面无表情。

他长久地凝望着她。

第二天一早，顾见骊睡得正香，却被姬无镜推醒，半睡半醒地吃了粥、喝了药，又重新睡着了。

她彻底醒来时已经快中午了。

屋子里只有她一个人。她撑着床费力地坐起来，把右腿搭在床下，又把左腿从床上搬下来。这样简单的动作让她疼得皱了眉。

她望着自己绑着两块木板的左腿，无奈地叹了一口气。

只要一想到接下来一段时日会那么不方便，她就觉得心烦。不过她又觉得庆幸，庆幸自己替姨母挡了一下，要不然姨母便要遭这样的罪。

外面一片嘈杂，顾见骊听了一会儿，单腿站起来，扶着床和桌椅一步一步蹦到了窗前。

顾见骊推开窗户，温柔的阳光洒了一脸。她弯唇，眯起了眼睛。

圣旨到了，除了兵权，父亲曾经拥有的一切都回来了。他又是大姬唯一的异姓王了。

顾见骊望着庭院中的父亲，忽然想起来她很快就可以搬回王府了。然而喜悦一闪而过，她的眼神又黯淡下去。

她怎么忘了，她已经嫁了人，就算父亲搬回王府，她也不能回去住。那里已经不是她的家了。

她忽然很失落。

顾敬元看见了顾见骊，急忙大步走进屋内。

她之前还睡着，一家人都不敢吵她。得知她醒了，一家子的人都赶过来看望她，与她说话。

顾见骊将在宫中发生的事情一五一十地说给了顾敬元听。顾敬元一言不发，其他人胆战心惊。

"真是太凶险了。"陶氏一刻钟内说了三遍，又夸道，"见骊真厉害，我真是……不敢想。我还是觉得不可思议。"

顾见骊温柔地笑着，温声细语："运气好罢了。"

"哪能都归功于运气？"陶氏不赞同。

顾见骊想了想，说："除了运气，我倒要感谢女儿身。若不是女儿身，昌帝不会轻视我，暗卫不会离开，就连陈督主也不会信我帮我，就算事成，新帝也不会留我的性命。说到底……只因为这世间绝大多数人轻视女子罢了。"说到最后，她的声音里多了几分怅然之意。

顾敬元终于开口，说道："你好好歇着，剩下的事情不要多管。"

"知道了。"顾见骊道。

顾敬元说完就起身，更衣进宫去了。

没多久，丫鬟匆匆跑进来禀告骊贵妃被西厂的人送来了。顾见骊眼睛一亮，顿时欢喜起来。

"你别动，安生歇着。"顾在骊拍了拍顾见骊的手，起身去迎。

陶氏飞快地看了门口的方向一眼，又迅速移开视线，面带微笑，装作毫不在意的样子。可是她的神情变化没有逃过顾见骊的眼睛。

顾见骊微怔，轻轻蹙起眉。

直到用午膳的时候，顾见骊才发觉少了点什么。原来她自醒来后就没见过姬无镜。

她坐在床边，看着坐在窗前缝衣服的季夏，想问，但是莫名其妙地没有问出口。

顾在骊推门进来，顾见骊看了一眼姐姐身后，问："姨母怎么没过来？"

"她本来是想过来看望你的，但我瞧她倦得很，让她先睡一会儿。她还不肯，我只好骗她你睡着了。"顾在骊说着，挨着妹妹坐下。

顾见骊点点头，拿起一旁的食盒里的点心小口吃着，说："姨母定然吓得不轻，需要好生休养一番才好。"

"怎么样，你可还疼得厉害？"顾在骊望着妹妹的伤腿。

顾见骊摇摇头，说："一点都不疼，姐姐不要挂念。我只是行动不大方便……"她挽起姐姐的胳膊撒娇道，"姐姐，给我弄个拐杖来吧。"

顾在骊知道妹妹向来报喜不报忧，伤筋动骨的，怎么可能不疼？她也不揭穿，只是说："让掌柜给你买去了，要不了多久就能送来。"

"姐姐最好啦！"顾见骊眼中带着期待，问，"什么时候搬回王府？"

虽然她不能搬回去常住，可住上几日总是可以的。她一直怀念王府，那个她长大的地方。

"王府自然要修葺一番，也不知道被糟蹋成什么样子了。"

"大姊！"顾川趴在窗户上喊，"酒楼来了人，给你送账本！"

"这就来。"顾在骊应了一声，没再与顾见骊多说，离开了，顺便将顾川带走，叮嘱他好好读书。

顾见骊又吃了一块糕点，忽然想起上午陶氏的神情。她让季夏扶着她，去了陶氏那里。

陶氏坐在小杌子上，手里握着印章一下又一下地摁在纸钱上。桌子上堆着高高的两摞纸钱，其中一摞上已经印了章。按照大姬的传统，忌日给亡人烧的纸钱上，每一张都得盖上"福寿顺享"等印章，才能表诚意。

"母亲。"顾见骊站在门口喊了一声。

陶氏动作一停，立刻笑道："这腿正是疼的时候，怎么过来了？"

"不碍事的。"

顾见骊被扶着在桌前坐下，摸了摸桌上的纸钱，心里忽然很不是滋味儿，责备自己不孝。她居然忘了母亲的忌日快到了。

她抱歉地说："您这么早就开始准备了。我可真不像话，还没准备。"

陶氏笑着说:"不急,这不还有半个月?我是闲来无事,提前给你母亲准备着。"

望着陶氏,顾见骊蹙了蹙眉,犹豫了一番,刚要开口,便从开着的窗户里看见姬无镜大步走进庭院里。

顾见骊的视线落在姬无镜手中的轮椅上。

陶氏顺着顾见骊的目光看过去,了然地笑了。她拍了拍顾见骊的手,颇为感慨地说:"我们见骊的运气真的不差!"

"什么?"顾见骊不解其意。

姬无镜已经走了进来,陶氏便没有再说。

姬无镜走到顾见骊面前,一言不发,直接将她抱了起来,转身就走。顾见骊跟陶氏打了个招呼,才用虚握成拳的手在姬无镜的胸口上埋怨地敲了一下,闷声说:"不用你抱,我自己可以走路。"

"轮椅推不进来。"姬无镜说着将顾见骊放在了轮椅上,推着她离开。

他要带自己回广平伯府?顾见骊一惊,连忙转过头看着姬无镜,急中生智,道:"我困了,想睡觉,现在就想睡,耽搁不得。"

姬无镜嗤笑了一声,颇为嫌弃地瞪着顾见骊,说道:"顾见骊,收起你那小心思,我没想把你带回广平伯府。"

顾见骊顿时欢喜起来,弯起眉眼,笑靥甜美,脱口而出道:"叔叔真好!"

姬无镜盯着她的脸,接下来想训她故作聪明的话也没有再说了。

陶氏一直看着姬无镜带顾见骊走远,才折回房中,继续在纸钱上盖章。

又过了近一个时辰,她才忙活完。她起身走到里间,将骊云嫣将要烧尽的香火又续上,恭敬地行了妾礼。

陶氏望着骊云嫣的牌位,微微出神。她一直觉得自己出身低微,配不上顾敬元,更觉得自己没有学识,模样不够出挑,连骊云嫣的一根头发丝都比不了。她知道京中的贵妇们暗地里说她上不得台面。

她并不知道骊云莞对顾敬元藏了二十年的心事,可是敏感地觉得顾敬元和骊云莞之间毕竟发生了那样的事,骊云莞还是骊云嫣的妹妹,想必是要留下的。若骊云莞留下来,陶氏自然不敢说半个"不"字,甚至觉得自己应当主动退至妾位。

她望着骊云嬷的牌位，勉强地笑了笑，在心里告诉自己顺其自然就好，没有什么不知足的，能留在顾敬元身边照顾他就很好了。

顾敬元下半夜才回来，陶氏一直等着他，服侍他梳洗过后一起歇下。顾敬元累了一天，很快睡着，陶氏却辗转反侧。

"怎么了？"顾敬元带着困意开口道。

陶氏连忙说："吵醒你了？没事……"她转过身，再也不敢发出声音，却一夜未眠。

顾见骊也没睡着。因为腿上的伤，她忍住不翻身，睁着眼睛望着床顶。

姬无镜睁开眼睛，转过头望向她。

顾见骊感受到他的目光，也扭头看向他。

安静的夜里，近距离地四目相对，两个人都没说话。

过了好一会儿，顾见骊实在是忍不住了，小心翼翼地抬起手，捏住姬无镜的袖子拽了拽，小声说："帮我喊季夏好不好？"

姬无镜问："这天下有什么事情是她一个丫鬟能做我却不能做的？"

顾见骊立刻弯起眼睛撒娇道："叔叔……"

"你叫叔叔没用，亲嘴也没用。"

顾见骊皱眉。

"说，到底又怎么了？"

顾见骊左腿不能动，右腿微微弯曲着，两条腿紧紧并着。

察觉顾见骊细小的动作，姬无镜看向她身上的被子。因为顾见骊的腿伤了，最近他们没有盖一床被子，各盖各的。

顾见骊小声说了什么，以为姬无镜不会听见。可姬无镜自幼习武，听觉异于常人。

"就这么点事，把你难为到半夜？"姬无镜戳了戳顾见骊的额头。

顾见骊揉着额头说："那你给不给我叫季夏？"

"不叫。"

"我自己叫。"顾见骊轻哼了一声，大声喊："季——"

可惜她刚刚发出一个音，就被姬无镜捂了嘴。她望着姬无镜饶有兴致的眼睛，气得想敲他的头。可是她不敢……

姬无镜松了手，下了床，从黄梨木衣架上拿了顾见骊的外衣给她披上，然后抱起她走出屋，去了浴房。

准确地说，他们是去了浴房里面的恭房。

到了恭房门口，姬无镜把顾见骊放下来，笑着问："不用我帮你吧？"

"才不用。"顾见骊单腿蹦着进了恭房内。

姬无镜看着顾见骊别别扭扭的样子，觉得有趣。

顾见骊的声音从里面传来："你出去等我！"

"不。"

"五爷……"顾见骊放软了声音。

"你再磨蹭，我就进去等。"

顾见骊脱下裤子，艰难地坐下来，小声抱怨道："真是臭不要脸……"

"顾见骊，我听得见。"

顾见骊一惊，吓得左脚下意识地踩住了地面，一阵钻心的疼使得她的眼圈瞬间红了。

"顾见骊？"

"我好得很，你别进来！"

方便完，顾见骊扶着墙艰难地站起来，将衣服整理好，单腿蹦了出来。

姬无镜刚想要抱着她，她扭身躲了过去，尴尬地不去看他，说："不要你抱，我自己走回去，就……就当锻炼了。"

寂静的夜里，顾见骊单腿蹦着回房间。姬无镜跟在后面，望着她蹦蹦跳跳的单薄背影，慢悠悠地说："小白兔蹦又跳，一二一，一二一。"

顾见骊脚步一顿，身子跟着一趔趄，失重感袭来，惊呼一声，朝后摔去。

想象中的疼痛没有袭来，她稳稳地靠在了姬无镜的胸膛上。顾见骊睁开眼睛，仰起头望着姬无镜。

星河灿烂尽在姬无镜身后。

姬无镜用指腹拨弄了一下顾见骊的眼睫，懒洋洋地开口："小白兔蹦又跳，一二一，一二一，哎呀，摔咯。"

所有的星河啊，一瞬间熄了。

顾见骊重新直起身来，也不看他，回房睡觉。

# 第二十章 圆房

「你声音太小，我听不见。」
「你听见了的。」

第二天，顾见骊坐在轮椅上，由姬无镜推着到了正厅，和大家一起用早膳。顾敬元是最后一个到的，落座时看见骊云莞，愣了一下，几不可见地皱了皱眉，端起碗吃饭。

陶氏习惯性地拿起小碟子，给顾敬元夹了几道他爱吃的菜，正要将碟子放到顾敬元面前时，忽然犹豫了。

"发什么呆？"顾敬元看了她一眼。

陶氏回过神来，默默地将小碟子摆在顾敬元面前。

谁都没有再说话，每个人都各怀心事。倒是姬无镜一个人怡然自得地吃着鱼，不管别人的情绪，还偷偷喝了两口给顾见骊熬的骨头汤。

骊云莞只吃了一点便放下碗筷，先离席了。

其他人依旧沉默地吃饭。

顾敬元看着碗里的米粥，先是微微出神，而后忽然放下碗筷，起身走了出去，像是往后院骊云莞暂住的厢房去了。

顾川眨了眨眼，小声问："父亲怎么不吃了？"

"父亲有事要忙，小川好好吃饭。"顾在骊夹了一块肉放在顾川的碗中。

"哦……"顾川应了一声，低下头吃饭。

顾见骊也有些心不在焉。姨母和父亲的事让场面尴尬了起来。顾见骊望了一眼陶氏，心下茫然。若说远近，她自然与姨母更近一些，可自从家中落了难，与陶氏一起经历了那么多事，她们早已不是当初疏离的继母女关系。

顾见骊将心事写在脸上。姬无镜看了她一会儿，忽然凑过来，压低声音问："想不想去偷听？"

顾见骊大惊，急忙说："非礼勿听！那是父亲，成什么样子！"

姬无镜懒洋洋地"哦"了一声，说："那你慢慢吃，我要去看那老东西的热闹。"

说着，他站了起来。

顾见骊急忙拉住他的袖子，特别认真地说："这样做是不对的！"

饭桌边的其他人都看了过来。

顾见骊执拗地攥着姬无镜的袖子不松。

姬无镜认真地看了顾见骊一会儿，俯下身来，贴在她的耳边问："真不去？"

大庭广众之下，他们这般近的距离让顾见骊浑身不自在，更别提其他人一直望着他们。她皱着眉，用略带埋怨的语气说："如果被发现了……"

"不会被发现的。"姬无镜直起身来，推着顾见骊的轮椅离开。

顾见骊小声劝阻："你别闹了……"

"顾见骊，你父亲那个脾气，说不定会出事。"

顾见骊犹豫了一下，小声问："真的不会被发现？父亲要是知道了，会狠狠地罚我的……"

姬无镜嗤笑了一声。

顾见骊心中忐忑。

藏身在衣橱里时，她仍是恍惚的。她从没想过有一天自己能做出偷听的事情来。她觉得这样的举动是错的，心中偏偏又生出一种莫名其妙的兴奋感。

姬无镜笑话她，道："顾见骊，你不觉得按部就班的日子很无聊？顾敬元那老东西真不会养闺女。"他拍了拍顾见骊的头，惋惜道，"好好的一个小姑娘，养得呆呆的。"

顾见骊不赞同地看向姬无镜，刚想说话，他将食指抵在她的唇上，让她噤声。顾见骊抿唇，从衣橱的雕花孔洞朝外望去。

房门被推开，骊云莞走在前面，盼儿跟在她后面。顾见骊瞧见盼儿手里端着的汤药，才明白为何姨母从前院回来后没直接回房。

一想到自己在偷听，顾见骊就有些紧张。她单脚立着，后背靠着衣橱借力。她低下头瞟了一眼，装作神不知鬼不觉地把左脚搭在了姬无镜的靴子上。

姬无镜用余光瞥了她一眼，假装不知道。

骊云莞在桌前坐下，接过盼儿递来的药。

"娘娘，您就不该过去吃饭，奴婢瞧您也没吃多少……"

"不然呢？"骊云莞优雅地捏着勺子，轻轻搅动还很烫的汤药，"难道还要拿出贵妃的做派，单独吃不成？"

"依奴婢看，您就不该过来……"盼儿望着主子的目光很是心疼。人人有自己的立场，她只心疼自己的主子。

"我与他总是要见一面的，坦坦荡荡地把话说清楚，若是不告而别……"骊云莞若有所思地望着汤药，沉默了一会儿，声音低了下去，"他会自责的。"

"您总是考虑别人，就不能为自己想想？娘娘……咱们不喝这药成吗？"

盼儿说着就红了眼睛,"太医分明说了,您这些年喝过太多次了,再喝一次恐怕再也做不了母亲了。"

衣橱里的顾见骊猛地睁大了眼睛,差点惊呼出声,幸好姬无镜及时捂住了她的嘴。她回头望向姬无镜,发现他神情懒散地靠着衣橱,根本没有看外面,一直在看着她。

头些年,昌帝每次碰骊云莞,骊云莞都会偷偷喝下避子汤,喝得多了,损了身子不能生育。正因为太医说过她不能生,所以那次与顾敬元发生关系后,她没喝避子汤,谁知道竟然……

那日在昌中,她和顾见骊一起从阁楼上跳下来,落了红,动了胎气,才知道这个孩子的存在。

骊云莞举起汤碗,将黏稠苦涩的汤药一口一口喝下。

放下碗,她脸上挂着浅浅的笑,说:"怎么会做不了母亲呢?我有两个女儿呢。姐姐的女儿就是我的女儿。"

"那怎么一样?"盼儿一下子哭了出来,"到底不是亲生的,她们是能承欢膝下还是能给您养老送终?"

骊云莞笑着擦去盼儿的眼泪,说:"我还有盼儿呀。好孩子,不哭了,咱们已经从牢笼里出来了,日后是要过好日子的。"

顾敬元立在门前,大声问:"云莞,你可在?"

骊云莞脸上的笑容微僵。

盼儿擦了脸上的泪,说:"奴婢去请武贤王进来。"

"把门开着就行了,他不会进来的。你去里屋检查一下昨晚收拾的东西可有遗漏。"

盼儿应了,把眼泪逼下去,开了门,恭敬地行了礼,随后转身回了里屋。

顾敬元立在门前,没有再往前走的打算。

两个人遥遥相望,骊云莞忽然想起初遇的那一日,也是这样寒冷的日子,她与姐姐逃亡时被困在雪山中,遇见了马上一身戎装的顾敬元。

姐姐欢喜地对她说可以与顾敬元联手,她那时不过十三岁,听不懂,只知道马背上的顾敬元好威风,把他的样子悄悄记在了心里,一记就是二十年。她总是安静地坐在一旁听姐姐与顾敬元商议她听不懂的大事,后来敏感地发觉顾敬元望着姐姐的目光特别好看。再后来,他送姐姐胭脂、首饰、绫罗和美玉,顺带送她些糖果。糖果很甜，她不舍得吃，都化了。

记忆被她寸寸收起，她望着顾敬元，温柔又疏离地微笑着，喊了一声："姐夫。"

顾敬元松了一口气，随着这一声"姐夫"，原本想好的说辞便不必说了。

他望着骊云莞的目光光明磊落，话也说得直接又诚恳："云莞，如果你不是云嫣的妹妹，我会把你留在身边，给你个名分。可你是她的妹妹，五官轮廓与她极为相似。"顾敬元顿了顿，又说，"云莞，你前半生活成你姐姐的影子，若留在我身边，只能还是她的影子。姐夫说话直接，知道你在你姐姐面前一直很自卑。可你姐姐在时时常与我说你的好，她喜欢你的温柔、细腻和你纯粹的善。离开你姐姐，你应当过属于自己的生活。"

"若你想回骊族，姐夫会派人将你送回去；若你想留在京中，姐夫会把你安顿好。日后你若再嫁，姐夫以娘家人的身份送你出嫁；若你不想嫁，只要姐夫活着，保你衣食无忧。在骊和见骊都喜欢你，你也疼这两个孩子，姐夫不会阻止你与她们来往，只不过……"顾敬元沉默了片刻才接着说，"我们余生就不必再见了。"

骊云莞脸上始终挂着优雅得体的浅笑，安静地听顾敬元说完。天地间安安静静的，她的心也是安静的。

"姐夫这话说得让云莞心中惶恐，我又不是豆蔻年华不知人事的清白姑娘家。不过小事而已，竟让姐夫难为成这样。留在姐夫身边？做你的女人？姐夫在说笑吗？"骊云莞轻笑出声，不以为意地道，"不过如今我离了宫，自然要仰仗姐夫。我回骊族的盘缠姐夫可要给足了。你要是拿些碎银打发我，我可要托骊澜神向姐姐告状的！"

顾敬元看着骊云莞脸上的笑，沉默片刻，颔首道："好，姐夫都会给你安排好。"

顾敬元转身，没有回头。

他说余生不必相见，他们余生就真的再也没有相见。

骊云莞目送顾敬元离开，直到看不见他了才颤声说："盼儿，关门。"

泪流满面的盼儿从里间跑出来，用力地将门关上。

骊云莞用双手捂住嘴，努力克制着不哭出声来。剜心的痛压得她喘不过气来，压得她连腹中的疼痛亦察觉不到了。鲜血染红杏色的长裙，染脏了椅子，在地面上落成一小汪血水。

可她又笑了。她没让他知道她肮脏的心思,他永远都不会知道的。

藏在衣橱里的姬无镜看着顾见骊,她的眼睛一点点湿润,泪珠一颗一颗滚落,弄湿了她的脸。姬无镜的脸色一点点阴沉下去。他后悔了,不该一时兴起把顾见骊带过来。

顾见骊望着不敢哭出声的骊云莞,仿佛与姨母一样疼。她想起了姬玄恪,恍惚间明白自己对姬玄恪的喜欢是那么浅薄,不值一提。

在昏暗狭小的衣橱里,顾见骊第一次明白情如刀刃,可以让人遍体鳞伤,狼狈不堪。

她真诚地许愿,愿自己今生永远不会被情字所扰,永远冷静自持、优雅体面。


顾敬元走到前院,微微仰头望着飘落下来的雪。

他心里有些闷,看见骊云莞,又想起了二十年前与骊云嫣在雪中初遇的场景。彼时天地皆白,她一袭紫衣在雪山中出现,这一幕便成了他终生不得忘的画面。

"云嫣,如果你还在该多好啊……"

一片雪花摇摇晃晃地落进顾敬元的眼中,微凉,凉得顾敬元的眼睛都红了。他晃了晃头,打起精神来,便看见陶氏抱着件袍子,守在月门旁望着这边。

顾敬元皱着眉走了过去,陶氏连忙上前两步,说:"下雪了,我看你穿得少,给你拿了件外衣来。"她将外衣递给顾敬元,顾敬元接过来随意地披在身上,往寝屋的方向走去。他走了两步停下来,回头看向跟在后面的陶氏。

陶氏疑惑地抬起头,问:"王爷,怎么了?"

"别整天胡思乱想,有时间多看看川儿的功课。"顾敬元粗声粗气地说,说完迈过门槛进了屋内。

陶氏站在门外反应了半天,后知后觉地露出了笑脸,也不管顾敬元还能不能听见,轻轻应了一声。

骊云莞哭了很久。

骊云莞哭,盼儿也哭,两个人抱在一处无声地哭。

顾见骊的眼泪也没有停过。她真的很想走出去抱抱姨母，可也知道姨母定然不愿意让她看见这些。

　　姬无镜的脸色越来越差。这有什么好哭的？他四岁时，母亲和他四哥死在他面前他都没掉过眼泪。他对这种咸咸的水有些陌生。他不耐烦地看着顾见骊无声地落泪，忽然捧起了顾见骊的脸，凑过去舔去她脸上的泪。

　　顾见骊睁大了眼睛惊愕地望着他，不敢发出声音。

　　姬无镜原本只是一时兴起，可将眼泪舔入口中认真地尝了尝，从咸味儿里尝出了甜。

　　泪味道不错。

　　于是姬无镜又凑过去，认真地舔遍她的脸，尝她的泪。

　　顾见骊脸上酥酥麻麻的，还痒。她泪眼婆娑地望着姬无镜，觉得头皮发麻，忽然想：姬无镜是不是吃人哪？

　　眼看姬无镜凑到眼前，她下意识地闭上眼睛，由着姬无镜舔去她眼角的泪，亦吮去她眼睫上的泪。

　　姬无镜望着顾见骊，邪气地笑了，摆着口型无声地问：恶心不？

　　顾见骊皱了皱眉，用双手狠狠地抹去脸上的口水。姬无镜不乐意，擒住顾见骊的手，又在她的脸上舔了一口。

　　顾见骊生气了，心里埋怨姬无镜太不会挑场合。她正心疼着姨母呢，他……他……他……太过分了！她再一次伸出手，手贴着脸蛋儿用力地抹去脸上的口水。她力气很大，粉嫩的唇被挤得噘了起来。

　　姬无镜忽然握住她的手，手掌仍贴在她的脸上，凑过去舔她噘起来的唇。

　　顾见骊瞪圆了眼睛，又不敢推姬无镜，怕他撞到衣橱发出声响，只好僵着身子，由着姬无镜胡来。

　　姬无镜慢悠悠地舔过她的唇，舌头挤了进去，抵着她的贝齿。

　　忽然被侵入的感觉让顾见骊心跳加快，整个人都慌了。这和姬无镜之前随意亲她的唇不一样，那时她会害羞，此时却有了对未知的恐惧。

　　她紧紧咬着牙，眼睛一眨不眨地望着姬无镜。

　　姬无镜没有再采取行动，只是仔细地感受着她的气息。

　　顾见骊用右腿站了好久，终于有些支持不住了，身子朝后倒去。姬无镜搂着她的后腰，将她拉进怀里，二人紧密相拥。

听着外面姨母的哭声，顾见骊一惊，本能地咬住了姬无镜的舌。

四目相对，两个人都没有任何动作，安静地相拥，直到顾见骊感觉到口中的血腥味儿。她微怔，惊觉自己咬破了姬无镜的舌。她立刻松了口，又是抱歉又是慌张。

姬无镜捏着顾见骊的下巴，舌在她香甜的嘴中胡作非为。顾见骊节节败退，退无可退。

姬无镜几不可见地挑起狐狸眼，眼尾勾勒出几分笑意。

顾见骊慢慢站不住了，整个人靠在姬无镜的怀里。即使这般，她还是觉得脚没踩在地上，身子都软了，身下是万丈深渊，一个不注意就会摔得粉身碎骨。迷糊中，她下意识地攥紧了姬无镜的衣襟。

感觉到顾见骊的慌乱，姬无镜慢慢松开顾见骊，捧起她的脸，用口型对她说：喊叔叔。

顾见骊眯起眼睛，努力地控制着紊乱的呼吸，不想被骊云莞发现。泪水盈满眼眶，泪珠一颗一颗滚落，这次她却不是因为心疼姨母。

她望着姬无镜，委屈地无声哭道：你……你欺负人……

她每说出一个字，泪珠就落下一颗。

姬无镜眼中的笑意略收，沉默地看着顾见骊哭了好一会儿，拉起她的手，在她的掌心里写字。

姬无镜写得很慢，也写得很认真。顾见骊终于看懂了。他写道：下次让你欺负回来。

顾见骊气恼地抓起他的手，亦在他的掌心中用力地写字：谁稀罕！

姬无镜笑得不羁，捏着顾见骊的脸无声地说：顾见骊。

顾见骊生气地扭过头，不看他。姬无镜便弯下腰来，懒洋洋地将顾见骊挂在脸上的一滴泪舔入了口中。

顾见骊稍微冷静了些，抬起头，无声地央求道：叔叔，不要闹了，我求求你了……

她目光流转，示意姬无镜衣橱外的人。姬无镜摸了摸她的头，勉为其难地点了头。顾见骊松了一口气，不由得在心里叫苦，心想：自己这是嫁了个什么怪物？

心里虽然埋怨着，她却倚靠在姬无镜的怀里——她站不稳。

姬无镜果真不再玩，安静下来，暂且做起了顾见骊的拐杖。

顾见骊透过衣橱上方雕花的孔洞望向外面的姨母，眸色重新黯淡下来。不过兴许是被姬无镜搅了一通，她心里那股沉闷感稍消，没有再哭了。

盼儿要请大夫，骊云莞怕被人发现，没依。

时间缓慢地流逝，顾见骊和姬无镜在衣橱里躲了半日，还是没找到偷偷离开的机会。顾见骊的脸色慢慢变得难看起来。

姬无镜觉察出异常，观察顾见骊，视线落在她紧紧并在一起的两条腿上，隐约猜到了什么。

一直到中午，盼儿才扶起骊云莞进入里屋。她们刚走，顾见骊立刻转过头望着姬无镜，压低声音央求道："快点回去，我……我要去浴房……"

姬无镜暂时放下逗她的心思，吹了一口气，衣橱的门无声打开。他抱起顾见骊，迅速离去。端着木盆从里屋出来的盼儿只看见了一道红影，还以为自己眼花了。

姬无镜抱着顾见骊将她送到恭房门口，顾见骊右脚落了地，急忙扶着墙，慌慌张张地蹦了进去。

门猛地被关上，姬无镜无语地转过身，却听见里面传来人摔倒的声音。

"顾见骊？"

回答姬无镜的是顾见骊的哭声。

姬无镜推门进去，就见顾见骊跌坐在地上，抱着左腿，疼得指尖发抖。

坏了。姬无镜蹲下来要看顾见骊的腿。

"你出去。"顾见骊胡乱地推着姬无镜，心急火燎地想要起来。

她急，真的急。

姬无镜无奈地瞥了她一眼，将她扶起来，利落地将她的裙子往下一拉，然后将她按到木马子上坐下。

姬无镜动作太快，顾见骊反应过来后，本能地抓起一侧架子上的香胰子朝他扔了过去。姬无镜轻松抓住，慢悠悠地转过身，漫不经心地说："害什么臊啊。"

顾见骊用双手捂住自己的脸，哭着说："你出去……太丢脸了……"

顾见骊真的生气了，连午饭都不肯吃，借着午睡的名头钻进了被窝里。她虽仰躺着，却扭过头，面朝里侧，身子更是使劲地贴着墙。

顾在骊亲自给妹妹端来吃的，顾见骊齉声齉气地说："姐姐，我暂时不饿，困得很，想睡了。"顾见骊裹着被子，恨不得把脑袋都藏起来。

顾在骊有些意外，因为以前顾见骊虽然也有任性的时候，却不会连饭都不吃。她想问妹妹是不是有心事，但瞧着妹妹现在这个样子，显然不是询问的时机。她暂且把话压了下来，说："好，我让季夏把吃的东西收进锅里温着。你什么时候饿了，让季夏给你送来。"

"知道了，姐姐。"顾见骊闷闷地应了一声。

顾在骊蹙着眉离开。

没多久，姬无镜进了屋内，抱着胳膊懒懒散散地走到床边，好笑地俯视着顾见骊道："顾见骊。"

顾见骊假装睡着了。

姬无镜揪了揪顾见骊的耳朵，顾见骊硬撑着一动不动，一点反应都没有。姬无镜松了手，在床边站了一会儿，转身放下窗前的垂帘，又折回来脱了靴子上床，放下床幔，隔绝了光。床榻上一片昏暗。

感受到姬无镜的气息，顾见骊决定装睡到底。

姬无镜上了床，懒洋洋地靠近顾见骊侧躺着，额头抵着她的肩，手搭在她的腰上，然后合上眼睛睡午觉。

顾见骊不敢放松警惕，悄悄打起精神，以防姬无镜忽然耍流氓。

她等啊等，慢慢睡着了。

顾见骊是饿醒的，闻着香味儿转头，就看见姬无镜坐在窗前吃东西，桌上摆满了菜肴。他正悠闲地喝着骨头汤。

顾见骊安静地看着他吃了好久，终于慢腾腾地道："你又喝我的汤。"

姬无镜没抬头，又饮了一口骨头汤，才不紧不慢地说："其实骨折这种伤分为早、中、晚三个治疗期，你如今刚断腿，大补不行，吃些豆类蔬菜才对。这汤叔叔就勉为其难地帮你喝了。"说到这里，他含笑望着顾见骊，一本正经地说，"你知道叔叔喜欢鱼，真的是替你解忧。"

顾见骊抿着唇，一声不吭地看了他好一会儿，才慢腾腾地撑着身子坐起来。她穿上鞋子，扶着墙壁、桌椅，缓慢地挪到姬无镜对面坐下。她默默说了句"我才不理你"，然后给自己夹了两个煎饺吃。

姬无镜有些意外，盛了一小碗骨头汤放在顾见骊面前，道："你少喝点也是行的。"

顾见骊拿了一块素饼吃，不看骨头汤，更不看盛汤的人。

姬无镜欠身，从她手里抢走素饼。顾见骊眼巴巴地看着他慢条斯理地将素饼掰碎，一小块一小块地吃着。

顾见骊再忍，低着头吃白米饭。

姬无镜放下筷子，将手肘搭在桌沿上，上半身微微前倾，声音低哑地说："顾见骊，你再挑食，叔叔要喂你吃了。"

顾见骊手一抖，筷子上的白米饭落进了碗中。

他们在狭小的衣橱里亲热的画面浮现在顾见骊的眼前，顾见骊觉得自己的舌头和牙齿都在发痒。她默默拿过姬无镜给她盛的大骨汤，一口气喝光，然后将碗重重放在桌子上，费力地站起来，扶着墙壁走到门口，拿了拐杖出了屋。

雪越下越大，纷纷扬扬，在地面上铺了一层白。姬无镜追出来，懒洋洋地问："顾见骊，你要去哪儿？"

"去看望姨母。"

姬无镜握住了顾见骊纤细的小臂。顾见骊回头，看着他生气地说："你管得太多了！"

"阿姊！"顾川从远处跑过来，站到顾见骊身边，警惕地瞥了姬无镜一眼，问，"阿姊，他是不是欺负你？"

顾见骊微怔。而她瞬间的犹豫反应让顾川的眼中爬上怒火，他指着姬无镜，愤怒地道："你不许欺负我姐姐！"

姬无镜但笑不语。

顾川被姬无镜的态度激怒了，愤愤地说道："我知道你厉害，可是我会长大！你若再欺负我姐姐，我长大了学本事杀你！"

姬无镜慢慢收了眼中的笑。

"顾川！"顾见骊一惊，严肃地道，"不许这样跟你姐夫说话！"

"我不认他这个姐夫！"顾川气得涨红了脸，"广平伯府就没有一个好人！他们是怎么仗势欺人的？阿姊，你不要再回去了，回家和我们在一起。等我长大了，我养着你，不让你再嫁人受委屈。"

顾见骊听了顾川的话，想起他曾经的调皮模样，心里微暖。可是她狠了狠心,板起脸来,说道:"顾川,我再说一次,不许你这样跟你姐夫说话。你太没有规矩了。"

顾川不说话了,眼里写着不服气、不甘心。

顾见骊稍微放缓了语气,说:"你姐夫没有欺负我,只是雪天路滑,他怕我摔了。"

顾川半信半疑。

顾见骊拍了拍顾川的肩膀,温柔地说:"最近每天都是你姐夫照顾姐姐,不是吗?川儿不许再说这样大逆不道的话,姐姐听了也会难过的。"

"好,我听姐姐的……"

顾见骊笑了,说:"别在外面玩了,去把功课做完,省得父亲晚上回来训你。"

顾川点头,转身离开前,警告地瞪了姬无镜一眼。

"他年纪小不懂事,你别跟他计较。"顾见骊说。

姬无镜笑着拆穿她:"你是怕我一个不高兴,拧断这小子的脖子吧?"

"我没有这样想……"顾见骊的声音低了下去。

姬无镜看了她一眼,叹气道:"顾见骊,你还知道我怕你摔了啊?"

顾见骊惊愕地抬起头,对上姬无镜的眸子。

姬无镜牵起她的手,拉着她往回走。

"我真的要去见姨母。"

"等着。"姬无镜让顾见骊的手贴在门边,拍了拍她的手背,说,"好好扶着,摔了是要被打屁股的。"

他回了屋,再出来时推着轮椅。

顾见骊不太自然地坐了下来。天寒地冻,顾见骊的腿更是不能受凉,姬无镜拿了一条薄毯,一边抖开,一边戏谑地道:"看,叔叔对咱们小见骊多好。你快夸两句。"

顾见骊抿着唇,不理他。

姬无镜将薄毯盖在顾见骊的腿上时,眼前忽然闪过曾经的画面。彼时他每次出门,顾见骊都会蹲在他面前,仔细地在他的腿上搭好薄毯。那时他望着她认真的模样,觉得她又呆又傻,还有点烦。

姬无镜动作一顿。当初他觉得她烦,那现在她是不是也觉得他这样很烦?

姬无镜几乎一瞬间黑了脸,将薄毯扯了下来,随手扔开。

"怎么了?好好的毯子都被你弄脏啦!"顾见骊觉得莫名其妙。

"你自己去。"姬无镜转身往回走去。

顾见骊茫然地看了一眼他的背影,弯下腰去捡地上的薄毯,仔细地拍掉上面的积雪后,又将它搭在腿上,往后院去了。

自己去就自己去,她本来就想自己去。

第二天一早,天气晴朗,温暖的阳光照耀着山上的积雪。骊云莞趁着这样好的天气离开了。

顾见骊坐在轮椅上,微笑着望着姨母。姨母脸上也挂着笑,从容优雅。谁也看不出来她昨天刚刚打掉一个孩子。

顾见骊一想到姨母今天就要冒着严寒离开,心里就难受。可是她知道姨母有自己的尊严。作为晚辈,很多事情她不能插手。她能做的只是给姨母带了厚厚的棉衣斗篷,又塞了几个暖手炉在姨母离开的马车上。

"这个给你们。"骊云莞从手上撸下两个雕花别致的银镯递给她们,"我出宫时匆忙,什么也没带,身上只有这对从骊族带出来的镯子,便留给你们做个念想了。"

顾见骊忍下泪,努力地笑着。

顾敬元遵守诺言派人护送,一家人目送骊云莞的马车离开。当然,顾敬元并没来。

接下来的几日,顾见骊对姬无镜的态度也是冷冷的,尽量避着他。时间一久,家里其他人发现了端倪。

姬无镜不在的一个下午,顾见骊主动去找了顾在骊。

"姐姐……"顾见骊刚一开口,脸上就因尴尬泛了红晕。

"说吧,到底怎么了?"

顾见骊犹豫了一会儿,小声说:"我有事情想请教姐姐……"

"什么?"

顾见骊咬咬牙,凑到顾在骊的耳边小声问:"我……我想问,圆房是什么样的?"

顾在骊一惊,诧异地望着红着脸的妹妹:"你……"

顾见骊回去的时候，袖中藏了一卷春宫图。

她胆战心惊地打开……姬无镜悄无声息地走到她身后，弯下腰来。

顾见骊看着这些画面，指尖发颤，脸色发白，一下子变得很绝望。

"你在看什么？"姬无镜问。

"啊——"顾见骊惊呼一声，手中的春宫图落了地。

姬无镜绕到顾见骊面前，捡起旧旧的春宫图。他在顾见骊面前席地而坐，慵懒地盘着腿，饶有兴致地翻了翻手中的春宫图，一边翻一边问："顾见骊，你对这个感兴趣？"

顾见骊努力地让自己冷静下来，笨拙地转移话题："你是什么时候回来的？"

姬无镜不答，问："都看过了？喜欢哪种姿势？"他又颇为嫌弃地说，"这本太旧了，画得也不清晰。你要是喜欢看，改日我送你几本清晰如真的。"

"你还给我！"顾见骊伸手去抢春宫图。

姬无镜没给，问："你看得懂吗？要不要叔叔给你讲讲？"

顾见骊正视姬无镜，脸上写着不高兴，特别认真地说："我想学，有什么好笑的？"

姬无镜望着顾见骊的眼睛，沉默下来。半晌，他问："那你学会了吗？"

顾见骊不吭声了。

姬无镜顿时嬉皮笑脸起来，说："叔叔教，比你自学学得快。"

"五爷，我们和离吧，或者你休了我也好。"

姬无镜愣住了。

顾见骊将手攥紧，决定实话实说："我不想每天都过着胆战心惊的日子，如果一定要那么……"她想说"恶心"，又觉得这个词有点过分，顿了顿，道，"如果一定要那么可怕，我……我……你还是休了我吧。"

姬无镜看了顾见骊很久，久到她愧疚地移开视线，低下头红了眼睛。

姬无镜把春宫图随意地放在一旁，起身走到梳妆台前，从桌上的小盒子里拿了一块脆糖嚼着吃了。然后他走回来，将轮椅上的顾见骊打横抱了起来。

"做什么？"顾见骊紧张地勾住了姬无镜的脖子。

姬无镜抱着她走向床榻。他在床边坐下，将顾见骊抱在腿上，用手掌扶了一下她的左腿，免得她磕到床沿。

330

顾见骊近距离地望着姬无镜,有些抵触地蹙起眉,搭在他肩上的手慢慢放了下来,却被他握在掌中。姬无镜捏了捏顾见骊的手指,举起她的手递到唇前吻了一下。

顾见骊的指尖不由自主地轻轻颤了颤。

姬无镜用手托住顾见骊的后脑勺儿,缓缓凑近。顾见骊想逃,可忍住了,紧紧闭上眼睛,回忆起衣橱里的接触,有些抗拒地等待着。

她似乎听见姬无镜轻笑了一声。

他用指腹捻过顾见骊的耳垂,痒痒的感觉让顾见骊酥了半边身子。下一瞬,姬无镜将吻落在她的嘴角,一触即分,又如法炮制,在她的另一侧嘴角落下一个吻。

姬无镜微微退后了一些,抬起顾见骊的下巴凝望了她一会儿,才重新靠近她。蜻蜓点水般的吻落满她的唇。

顾见骊轻轻颤动眼睫,把眼睛眯成一道缝,视线里是姬无镜眼尾的泪痣。她慢慢睁开眼,望进姬无镜深色的眸底。

姬无镜轻轻地吻了一下她的耳垂,将唇贴在她的耳畔,道:"别怕,我的骊骊。"

耳畔又麻又痒,顾见骊听着他的话,尝试让紧绷的身子软下来,完完全全地靠在他的怀里。

姬无镜轻吻她的眼睛,轻吻她的唇,慢慢将舌探入她的口中。

甜的。顾见骊微怔。

姬无镜也不急,耐心地碰触她的舌尖,动作细致又温柔。

姬无镜忽然停下动作,向后退开了一些。顾见骊茫然地睁开眼睛,目光迷离,双颊微酡,如饮了酒。

姬无镜扯起嘴角,笑得妖气横生。他在顾见骊的目光中重新弯下腰,骤雨般的吻落了下来。

顾见骊胸口起伏,快要喘不上气时,姬无镜忽然放慢了节奏,温柔地吻她,安抚她。等到顾见骊气息渐稳,他又横冲直撞。

在姬无镜时而温柔缱绻时而霸道强势的攻势下,顾见骊化成了一汪水,不知身在何处,不知今夕何夕。

一炷香的工夫后,姬无镜捧起顾见骊的脸,将吻落在她的额上,停止了动作。

顾见骊怔怔地看着他,胸脯随着心跳微微起伏。

姬无镜半眯着眼,眼中没有情欲,只有一种顾见骊看不懂的神色。顾见骊听见姬无镜用沙哑低沉的声音问:"恶心吗?"

顾见骊回答不出来。她怕一张嘴,胸腔里那颗跳动的心会跟着跳出来。

姬无镜几不可见地扯起嘴角,狐狸眼眼尾微微上扬,漫不经心地说:"如果你还是觉得恶心,那就是说你恶心的其实是我这个人。"

姬无镜将坐在他怀中的顾见骊放到床上,站起身,面无表情地整理好衣襟,往外走去。他刚迈出一步,顾见骊怯生生地拉住了他的袖子。

姬无镜回头。

"我……"顾见骊惊觉自己的声音在发颤,轻轻喘了两口气,楚楚可怜地望着姬无镜道,"我想问……"

姬无镜俯下身来,凑到她耳边,道:"你想问什么?"

"我……我想问……是不是别的夫妻都是……都是……?"

姬无镜侧过脸,安静地望着她。

顾见骊抿唇,问不出来。她犹豫着抬起下巴,将吻轻轻落在姬无镜的唇角处,低声道:"如果世间夫妻都是这样,我愿意的。五爷可以教我……"

姬无镜看着她的眼睫,开口道:"你声音太小,我听不见。"

"你听见了的。"顾见骊声音小小的,却是很确定的语气。

姬无镜出去之后,顾见骊躺在床上,目光空洞地望着床顶的幔帐,微微出神。好半天之后,她才去摸自己的脸,好烫。

她拈起床侧薄如蝉翼的轻纱丝帕,将其盖在脸上,遮住这样失态的容颜。

可是她很快又懊恼地发觉自己各种丢人的模样都被姬无镜看到过了……

## 第二十一章　回伯府

为父要算着日子提前给我的见骊相看下个夫家!

姬岚用近乎残暴的手段在极短的时间内即位。当然，他铲除异己时，没有忘记调动西厂、东厂和玄镜门三方力量追杀被发配北疆的二皇子姬岩。

虽然他已登基，可是当初传位诏书上的名字是姬岩，这足以让他寝食难安。

姬岩带着孙引兰一路逃至雪山中，眼看着随行侍卫越来越少，心中不免惊慌。孙引兰出于那样的原因嫁给了姬岩，两个人自然不可能做恩爱夫妻，一路同行，几乎无言。

"殿下，您刚离京，宫中就成了这样，显然是有人设计了这一切！"姬岩的心腹侍卫着急地道。

姬岩一脸疲惫之色，沉声道："眼下能不能活下来还是未知数，先不想这些。"

七八个侍卫脸色戚戚。

姬岩把目光落在了孙引兰的身上。在逃亡的路上，孙引兰身边的几个丫鬟都不幸身亡了。

"引兰，经过下个村子时你便暂且停下藏身。"

孙引兰心头一跳。不过她早就有了心理准备，垂眸应道："是。"

姬岩犹豫了一会儿，补了一句："若我姬岩有幸活命，他日东山再起，定然去接你。"

孙引兰望向他，显然十分意外。

"是东厂的人追上来了！"有人道。

姬岩心中一沉，拉起孙引兰迅速逃离。

孙引兰很快就跑不动了，望着身前拉着她的姬岩喊道："殿下，您不要管我了。我只会拖累您！"

姬岩回头看了一眼，侍卫又倒下了两个。他将目光移到孙引兰的脸上，犹豫了一瞬，忽然大笑，道："我姬岩做不出半路丢下发妻的行径，即便今日命丧于此，也做个有妻的鬼！"

孙引兰心中微震。

忽然间，远方高处的雪山上射下密密麻麻的箭矢。姬岩下意识地把孙引兰抱在怀里，护着她。

那些箭矢并不是射向姬岩的，而是射向追来的东厂的人的。

姬玄恪骑马而来，带领人马击退了东厂的人。他手持长剑，一脸肃杀之色，不复当年的书生气。

长剑如虹，刀光剑影。

掉转马头时，他腰间的玉扣忽然掉落，他俯身去捡。黑衣人手持佩剑刺来，他虽及时躲避，却被斩去小指。

他将玉扣收好，再战。

姬玄恪的武艺未必有多好，可他带来的人很多。东厂的人见势头不对，迅速撤离。毕竟他们接到的旨意是暗杀，眼前这些人分明是边境的将士，人多眼杂，若新帝刚登基便刺杀兄长的事传出去，着实不好。

"头儿，没事吧？"一个五大三粗的汉子打马追到姬玄恪身边。他身上虽然穿着边境士兵的红甲，可是一开口就是一股匪味儿。

"没事。"姬玄恪撕下衣襟裹住断指处，用力捏了捏玉扣，将它仔细收了起来。这已经不是他第一次遗失这枚玉扣了。它总是会莫名其妙地从他的腰间滑落，分明结绳系得很仔细，就像暗示着他，这枚玉扣并不属于他。可他每一次都会将玉扣找回来。

姬玄恪翻身下马，走到姬岩面前行礼。

"你……你是姬绍？快快请起。"姬岩有些意外，上上下下打量着姬玄恪。

"承蒙殿下还记得姬绍。"姬玄恪起身，亦有些意外。

"当然，十五岁的状元郎，风光无两。父皇曾给我看过你的文章。"姬岩越打量姬玄恪，越觉得惊奇。

在他的记忆里，姬玄恪人如美玉，亦如风中青松，满腹书卷气，气质斐然。他在心里算了算，如今的姬玄恪应当才十七岁，可眉宇间没了往日的温润，历经风雪后锋芒渐显。

"殿下谬赞。此地不宜久留，我们速速离开。"姬绍招手，身后的人立刻牵了马过来。

跟在姬玄恪身边的这些人并非正儿八经的从戎将士。姬玄恪自京中赶来边境，于途中结识了些草莽，有意将这些人收为己用，一路走一路收，至此地手中已有了不少人手。这一带大雪连绵，附近村落时常大雪封门缺少食物，他有时会带这些人去山野间寻些野味，自给之余，送给村民。

今日他会遇到姬岩，也是碰巧。他果断出手相救，未尝不是为日后筹谋。

姬玄恪让手下腾出几匹马给姬岩、孙引兰一行人。姬岩和孙引兰共骑着一匹马。风雪很大，孙引兰将头埋在姬岩的背上，抱紧他的腰免得被颠下去。姬岩低下头，看了一眼腰间孙引兰的手。京中贵女娇生贵养，皮肤娇嫩得很，她的手上却是一大片冻疮。姬岩忽然勒住马缰，让马停下来。他和孙引兰换了个位置，让她坐在前面。

孙引兰心中不解，诧异地看了他一眼。不过她与姬岩这一路说过的话本就不超过五句，她并不想问。她温顺地低下头，双手抓紧马鞍前面微微翘起的地方。

姬岩重新上了马，双臂环过孙引兰的腰，顺手从挂在马侧的袋子里扯出一件兽皮衣，搭在孙引兰的腿上，也盖住了她的手。

他打马飞奔，追上其他人。

顾见骊转动轮椅，停在院中的柳树下，微微仰头望向树梢。

她刚刚在远处隐约瞧见柳树发了嫩芽，过来细看才发觉看错了。不过如今刚过正月，今年冬天又很冷，想来柳树也不会那么早发芽。

顾在骊踩着落日的余晖回家，看见妹妹在柳树下发呆，走了过去。

"怎么一个人在这里？"

"姐姐。"顾见骊收回视线，冲姐姐笑起来。

"瞧着要起风，回屋去吧。"顾在骊走到顾见骊的轮椅后面，推着妹妹回了屋。

顾见骊问："家里的人最近都很忙，只有我什么忙都帮不上，闲得很。柳树将要发芽，我是要发霉了。"

对顾敬元东山再起之事，太多人心惊胆战，后悔不已，尤其是在顾敬元落难时落井下石的人，如今各个如惊弓之鸟，当初躲得有多远，现在巴结得就有多积极。宴请的帖子不断，礼物亦不断。幸好那些人还顾及顾家人如今住在农家小院里不方便招待自己，不然定要踩破顾家的门槛。陶氏每天都要应对送来的帖子和礼物，仔细甄别，小部分会收下，绝大部分退回。

王府要重新修葺，顾在骊暂且顾不上酒楼，每日到王府管着修葺之事。就连顾川也频频跑去王府帮忙。顾敬元就更不必说了，如今新帝登基，朝中事情不断，他忙得见不到人影，有时晚上都回不了家。

如此，便只有顾见骊闲了下来。她倒是想帮忙，可陶氏、顾在骊都让她好好养伤，不准她太劳累。

"你得好好养腿伤，可不能留下任何隐患，争取花朝节的时候不缺席。"顾在骊将轮椅推到门槛前。

顾见骊起身，扶着门，再由姐姐扶进屋。顾见骊随意地道："若是以前，我倒是会在意花朝节，可大起大落后，便觉得没什么必要了。"

顾在骊倒了两碗茶，递给妹妹一碗，自己喝了一口热茶，开口道："有些面子上的事总要做的。"

顾在骊刚说完，季夏一路小跑进来禀告："广平伯府的老夫人过来了！"

"她？"顾见骊有些意外，但很快猜到缘由。

老夫人见到顾见骊，态度不再如当初那般冷淡，笑得脸上堆满了褶子，亲昵地拉住顾见骊的手，一口一个"好儿媳"。

"你回娘家，母亲不是不同意，只是你和无镜在这里住了好些日子，母亲怪想你的。你们该回家了！"

顾见骊听她一口一个"母亲"，有些尴尬。

老夫人继续说："四姐儿和六郎也记挂着你，天天在家里念叨你呢！"

顾见骊确实许久不见那两个孩子了。两张稚嫩可爱的脸浮现在眼前，顾见骊不由自主地弯了唇。

老夫人见顾见骊笑了，心中高兴，声音越发甜腻："骊啊，到底什么时候回家？大家都想着你呢！"

顾见骊脸上挂着得体的浅笑，语气疏离："这事我说不准，等五爷回来，我问问他。"

话虽这样说，可是顾见骊知道自己不能在娘家久住，要不了多久还是要回广平伯府。

"好好好！"老夫人满口应着，又道，"你知道家里人念着你就好。母亲知道你腿上受了伤，给你带了些补药。哦，眼下倒春寒，我亲手给你做了件斗篷，穿着暖和，你可千万别着凉。"

"您有心了。"顾见骊客气地道。

老夫人走后，顾见骊和顾在骊相视一笑，既无奈又释然。

"行了，你歇着吧，我得回房间去看账本和图纸。王府有些地方破损得厉害,得重新建。"顾在骊起身道。

顾在骊替妹妹添了炭火,确认壶里的水还热着后,放心地出去了。

顾见骊在方桌旁坐了一会儿,让季夏扶着她进了里屋。

她在窗边坐下,令季夏在桌上点了灯,自己做些针线活。

"您有事再喊我,我去厨房守着锅。"季夏每日都要给她熬补汤,几乎整日都蹲在厨房里守着。

顾见骊偏过头,从窗户望向外面的晚霞,微微出神。

其实自从那天之后,顾见骊几乎没怎么见到姬无镜。他神出鬼没,有时候顾见骊已经睡着了,他才回来。他偶尔会和顾见骊一起吃饭,但总是神情怏怏的,不怎么说话。顾见骊不知道他在做什么。

发呆了好一会儿,顾见骊低下头,拿起针线笸箩里做了一半的护膝,继续缝起来。护膝她是给父亲做的,她见父亲早出晚归,担心他冷。

顾见骊专注地做事时容易忽略周围的事,所以直到姬无镜坐到桌子的另一侧,她才发现他回来了。顾见骊一怔,温声道:"你回来了。"

"你这不是说废话吗?"姬无镜一手托腮,懒洋洋地看着顾见骊缝护膝。

顾见骊沉默片刻,才说:"这不是废话,是有礼貌。"她低下头,继续缝着护膝。

姬无镜无所谓地笑了笑,随意翻看着针线笸箩里的彩色丝线和一些绣了一半的帕子、香囊。顾见骊由着他。

"顾见骊,这是什么东西?"姬无镜慢悠悠地问。

顾见骊抬起头,看见被姬无镜夹在手指间的月事带,惊得丢下护膝,迅速将东西从姬无镜的手里抢了回来,放在腿上,蹙眉瞪他:"你不许碰这个!"

姬无镜原本漫不经心,看见顾见骊的举动,有些意外,问:"不就是个布带?我又不跟你抢,你至于吗?"

顾见骊尴尬得不知道怎么解释。这是季夏刚给她做的,做了一半,上面的清荷图还没有绣完。

姬无镜扫了一眼针线笸箩,又从里面挑起一个月事带。这个是顾见骊自己做的,淡粉色的,上面的图案亦没有绣完。

"给我!"顾见骊伸手去抢。

姬无镜哪能再让她抢走?他懒洋洋地往后躲,捏着布带放在眼前,好奇地打量着，随意地问："藏情书的？"

顾见骊气急败坏道："这是女人家的东西，你真的不能乱碰，快还给我！"

姬无镜有些诧异，再将目光放在手中的布带上，恍然大悟："原来是这个。"他仔细摸了摸，认真地说，"这料子也不够软哪。"

"还我……"顾见骊握起拳头敲了敲桌子。

"这东西是怎么系上的？"姬无镜忽然来了兴致，"系在腿上？不会滑下来吗？"

顾见骊也不管左腿还疼，手撑着桌面站起来，要从姬无镜手中把东西抢回来。姬无镜正在兴头上，还想研究一会儿，可看顾见骊单腿站着的样子，松了手。

顾见骊将两条月事带收到一侧的小盒子里，使劲放下盒子的搭扣，有点生气。

姬无镜认真地说："顾见骊，我是真的觉得这布料不够软。"

顾见骊抬头对上姬无镜好奇的目光，刚想说话，又愣了一下。她竟然没有在姬无镜的眼里看到她厌恶的东西。

她心里忽然有种古怪的感觉，觉得自己似乎误会了什么。

她缓缓低下头，拿起护膝和针线，用寻常的语气解释道："不是系在腿上的，是系在腰上的。不能用太软的料子做，会……会不吸水……"

她还是觉得尴尬，说到最后声音低了下去。

姬无镜微怔，眸中的错愕之色一闪而过，看了顾见骊一眼。他很快勾起嘴角古怪地笑了一下，懒散地靠在椅子上，望着低头做针线活的顾见骊，慢悠悠地开口："顾见骊——"

顾见骊等了又等，也没等到他的下半句话，疑惑地抬起头看向他。

姬无镜眯着眼，没说话。

顾见骊觉得尴尬，努力转移话题："你这几天忙什么去了？"

"吃喝玩乐。"姬无镜张口就来，语气随意。

顾见骊"哦"了一声，继续缝护膝。她捏着针穿过布料，拉过细细的棉线。银针再次刺进布料，她停下动作，转头望向姬无镜，问："真的？"

姬无镜望着她的眼睛，沉默片刻，说："假的。"

顾见骊又"哦"了一声，重新低下头，一针一针认真地缝着。

姬无镜忽然开口："顾见骊，我也想要。"

顾见骊怔了怔，看了一眼手里的护膝："那这个给你？"没等姬无镜回答，她先摇头，说，"你不喜欢灰色的，等给父亲做完了，我再给你做一个红色或者白色的，好不好？"

姬无镜"哦"了一声，勉强同意了。

又过了一会儿，顾见骊想起老夫人今日过来的事，说："对了，今天母亲过来了，想让我们回去。"

"谁？"

"老夫人哪，你母亲。"

姬无镜皱眉，问："你叫她母亲了？"

顾见骊回忆了一下，摇摇头，说："没有。"

姬无镜几乎瞬间沉下脸色，不耐烦地说："你不用称她母亲。"

顾见骊看了一眼他的脸色，点头道："记下了。"

她嫁了人，不唤夫家的公婆为父母实在是大不孝，可姬无镜不让她喊，她便不喊。她本就不想喊。整个广平伯府，她只在意姬无镜一个人。

姬无镜看了顾见骊一眼，将眼中的阴沉之色收起来，重新摆出不羁的模样，欠身拍了拍顾见骊的脸，笑道："咱们有顾大虎这个好爹就足够了。"

顾大虎？

顾见骊觉得一言难尽，瞋视着他。

顾见骊不想再听姬无镜胡言乱语，决定给他找些事情做。她在姬无镜惊讶的目光中拉住他的手，让他将手肘搭在桌子上，举起双手来。

姬无镜意外地看着她。

顾见骊拿出一团彩色的丝线，找到线头，让他用拇指将线头压在掌心里，然后一圈一圈地缠起丝线来。

其实顾见骊不确定喜怒无常的姬无镜会不会突然发脾气。

让她意外的是，她将彩色丝线在姬无镜的手上缠了一圈又一圈，姬无镜一直很有耐心，脸上没什么表情，间或看她一眼。

日落时分，夕阳的余晖从窗户照进来，笼罩在两个人的身上。

姬无镜漫不经心地凝视着顾见骊专注的眉眼。温柔的光打在她的脸上，让她莹白如玉的脸颊上泛着光。光又落在她的眼睫上，在脸上投下两道弯弯的影子。

顾敬元今日难得早回来，想去看看顾见骊，还没走近，便透过窗户看见顾见骊和姬无镜相对而坐的身影。顾敬元一愣，注视着两个人，皱起眉，转身走了。

姬无镜今日没有忽然消失，像一只大猫一样懒洋洋地窝在床上睡着。

顾见骊睡在里侧。她以前都是侧躺着睡，如今因为腿伤，只能仰躺。腿隐隐有些疼，她很久都没有睡着。

姬无镜翻了个身，面朝顾见骊，懒洋洋地将脸在顾见骊的肩膀上蹭了蹭，又将手搭在顾见骊的腰上。被子几乎遮住了姬无镜的头。顾见骊把被子往下拉了一点，露出他的脸，免得他闷。

一片昏暗里，顾见骊望着姬无镜的轮廓，逐渐睡着了。

这一晚，顾见骊睡得不太好。她梦见自己落水了，想挣扎，可是有什么东西压在她身上，令她动弹不得。她隐约知道压着自己的是姬无镜的胳膊，试着推了推，没推开。随后她又迷迷糊糊地意识到自己不能翻身，否则会磕到腿。她不再推他，继续睡。

天蒙蒙亮的时候，顾见骊疼醒了。她迷茫地望着床顶好一会儿，慢慢清醒过来，猛地坐了起来。

她掀开被子，怔怔地望着床褥上的血迹。藕荷色的床褥上用银丝线绣着素雅的大片丁香，如今被染红了。

顾见骊惊得捂住嘴。

不是她不记得日子，而是自从几个月前家中落难后，她不管是心情还是饮食都有了大变化，已经四个多月未来月信。这样的事情，她觉得难以启齿，没有与家人说，更没有看过大夫。

"怎么现在……？"

顾见骊有点慌——姬无镜雪色的寝裤上也沾了些血迹。

"顾见骊。"姬无镜刚刚睡醒，声音沙哑。

顾见骊迅速拉过被子盖在腿上，努力去遮。

姬无镜打着哈欠坐起来，说："别挡了，我闻得到味道，两个时辰前就闻到了。"

"那你不叫醒我？"顾见骊声若蚊蚋。

· 341 ·

姬无镜随口说:"我看你腿上的伤还好啊。"

"你!"顾见骊不知道说什么了,低下了头。

姬无镜下了床,懒散地穿好鞋,去给她拿干净的衣服。他问:"那东西放在哪儿?用昨天傍晚我看见的那两个?"

"不是。在衣橱最下面的抽屉里……"

姬无镜都给她拿来,放在床上,问:"还要什么?"

顾见骊犹豫了一下,才小声说:"水,热的。"

姬无镜转身往外走,走到门口时忽然停下来,惊奇地"咦"了一声。他回过头,问:"顾见骊,你怎么不叫季夏?"

顾见骊叹了一口气,沮丧地道:"姬无镜,你真的好烦人。"

"不叫叔叔,倒是叫声爷啊。"

"五爷叔叔,帮帮忙,我教你怎么用月事带,好不好?"顾见骊用上了哄姬星澜的语气。

姬无镜沉默了很久,才开口道:"顾见骊,你这孩子学坏了。"

"叔叔教训得好。"

姬无镜沉默地站了片刻,转身出了屋。

天蒙蒙亮,下人没起,自然没热水。姬无镜得自己烧水。

等他端着一盆热水回屋,顾见骊已经从床上下来,坐在凳子上,床上的被褥已经换了。

姬无镜把木盆放到她面前。顾见骊面无表情地说:"一盆不够,你再帮我烧一盆热水好不好?"

姬无镜笑着说:"顾见骊,你这个支开我的借口太烂了。"

顾见骊抿着唇,没吭声。

"外面又黑又冷,我这身体刚好了这么一点,你不能这么糟蹋我啊。"姬无镜弯腰,用手指头戳了戳顾见骊的额头,"有点良心,我的小骊骊。"

顾见骊被他戳得脑袋往后仰,向一侧躲开,揉了揉额头。她低下头,望着荡漾的水面,上面映出了她沮丧的脸和姬无镜的笑容。

顾见骊倒是想叫季夏进来,可她叫了姬无镜就会依吗?顾见骊委屈得有点想哭。她一定是傻了,昨天傍晚才会以为姬无镜真的只是好奇,才会以为他没有那么难以相处。她试过讲道理,试过撒娇,试过用他的思维说话,可结果

342

呢？这个可恶的人，对她的戏谑分明从来没停过。

顾见骊忽然觉得很泄气。

腿上隐隐作痛，她弯下腰来，摸了摸左小腿，坐直发了一会儿呆，又弯下腰摸了摸。

姬无镜垂眸看着她，嗤笑了一声，问："撒娇不好用，开始装可怜了？"

顾见骊抬起头，有点生气地瞪着他，胸口微微起伏。

"真生气了？"姬无镜捏了捏她的脸，笑了。

顾见骊再躲，不想理他。

顾见骊转身扯下身后架子上的披风披在身上，又赌气地趴在桌子上，连脑袋也一并用披风蒙住，闷声说："我不用水了，要睡了。"

她竟想趴在桌子上睡觉。

姬无镜慢悠悠地扫了一眼自己的手。然后他蹲下来，将搭在木盆上的白色棉帕浸入热水中，在氤氲的热气中拧干帕子。

听着滴滴答答的水声，顾见骊悄悄将蒙在头上的披风扯出一条缝往外看。看见姬无镜蹲在她面前拧帕子，顾见骊吓得脸都白了，连生气都忘了。

难道他要亲自帮她……？顾见骊忽然就哭出了声。

姬无镜吓了一跳，抬头看向顾见骊，见她撇着嘴，委屈地望着自己手中的帕子，心中了然。他既无奈又无语，问："你哭什么？"

顾见骊听了这话，更委屈了："你……你不讲理……"她正吐词不清地哭诉，忽然被口水呛到，止不住地咳嗽了一阵。

姬无镜无奈地起身，拍了拍她的后背。顾见骊又一次躲开。

姬无镜面无表情地将拧干的帕子塞进她的手里，转身朝床榻的方向走去。他是太闲了，才会怕她弯腰拧帕子时扯到左腿上的伤——她疼死活该。

姬无镜冷着脸解下床幔，趴到床上，睡觉。

顾见骊看着轻晃的床幔，视线逐渐模糊。她用手背胡乱擦去眼泪，警惕地望着床幔。

床幔一共有两层，里面一层是半透明的轻纱，外面一层是沉甸甸的鸭卵青缎幔，上面绣着远山与云雾。缎幔很重很厚，可以阻隔光线，白天睡觉或者冬天怕冷时才放下来。

她默默看着，直到手中的棉帕有些凉了，才后知后觉时间过去很久了。

"五爷？"她小心翼翼地喊了一声。

姬无镜没应。

顾见骊抿起唇，低头看着手里的帕子，重新将它扔进热水里，又弯下腰去收拾。

紧紧绑在左小腿两侧的绑板顶端磕到膝，顾见骊疼得"啊"了一声。她双手搬起左腿，放好，然后才去拾木盆里的棉帕。她弯着腰拧帕子，尽量贴近水面，减弱滴答的水声。每拧一下，她就抬头望一眼缎幔，见它没动，才安心地继续拧帕子。

因腿脚不方便，顾见骊动作别扭地脱了裤子，又急忙将披风盖在身上遮着，迅速扫一眼床榻的方向。

她静静地坐了一会儿，才快速地擦洗完身子。换干净的裤子的时候，她又费了好些力气。她心里忐忑，担心姬无镜会出来，所以动作急了些，不小心碰到了左腿。她费力地整理好着装后，疼得额上都沁出了汗珠。

最后，顾见骊靠着椅背放松下来，歇了歇，才扶着身侧的拐杖慢腾腾地挪到床旁，掀开外面一层厚重的缎幔，透过里面那层垂幔望向姬无镜。他趴在床上一动不动。

顾见骊又掀开垂幔，看得更清楚了。姬无镜抱着枕头睡得正香。

顾见骊彻底放松下来，将拐杖放在一旁，在床边坐下来，小心翼翼地拿走姬无镜手里的枕头，又费力地将堆在床角的被子给他盖上。

她望着他的侧脸说："我好像误解你了，对不起。"

姬无镜没听见。

顾见骊侧着身子躺下来，望着床幔上绣着的远山与云雾，好一会儿才重新睡着。

季夏端着汤药进来。她看见了顾见骊换下的脏衣服，顿时明白主子怎么了。她将汤药放下，转身就小跑着去厨房熬红枣粥。

季夏刚将洗干净的红枣放进锅中，动作一顿，惊愕地睁大了眼睛。

主子怎么没叫自己伺候？是谁给她拿的换洗衣物？又是谁给她烧了热水？主子如今腿脚不便，擦洗也不方便，又是谁帮了她？难道……

顾见骊醒了，看着姬无镜，觉得有些尴尬。可是姬无镜像什么事也没发生过一样。顾见骊低头揉了揉眼睛，她哭得太凶，眼睛有点肿。

接下来的日子，姬无镜没怎么逗顾见骊，确切地说没怎么搭理顾见骊。他还是住在这里，不过时常不见人影。若顾见骊与他说话，他也回应，偶尔会打趣她一两句。

顾见骊觉得他在生气，可是他有时还会懒散地对她说些胡话，顾见骊便又觉得他没有生气，只是心情不好。

顾见骊的情绪低落下来，她时常忍着腿痛去后院的柳树下守着嫩柳发芽。因为疼痛，她觉得时间过得很慢。当垂柳终于发出嫩芽，已经过了一个月。其间，广平伯府的人来过三四次，都是一副亲切的样子，让顾见骊早些回家，又准备了好些补品给顾见骊养伤。身为破落的宗亲，广平伯府并不算财大气粗，送来的东西若是从价钱上来看，的确是诚意满满。

一个月过去，王府重新修葺完毕，顾家收拾好东西准备搬回去。

当初顾敬元出事，府中下人四散，绝大部分为了避祸直接跑了，也有极小部分无奈地离去。如今他们又一个个跑回来，哭天喊地地表着忠心，诉着无奈。

陶氏打起精神仔细分辨，纳下几个旧仆，又买了些新仆，让旧仆仔细教新仆规矩。一切重新来过，她不怕奴仆粗笨，只要忠心就好。

顾见骊本打算跟家人回王府小住一段时日，偏偏就在准备搬回王府的前一天，广平伯府来人告诉她姬星澜病了。

顾见骊狠了狠心，决定先回广平伯府，等姬星澜病好了，再回王府看看。日子很长，机会有的是。她去问姬无镜意见，姬无镜只懒洋洋地说："随便。"

"你现在就要回去，不跟我们回王府？"顾敬元皱眉，脸上写满了不乐意。

顾见骊微笑道："澜儿病了，我得回去看看。再者，总是住在娘家会被人说闲话。父亲也不想听别人说您养了个骄纵女对不对？"

"又不是你的亲女儿。"

"母亲以身作则，女儿自然要学着。"

顾敬元想说什么，想起陶氏，沉默了一会儿，冷哼一声，道："你和他和离，就把一切麻烦都解决了！"

"父亲，我们不是都说好了吗？"顾见骊皱着眉，微微放柔了声音。

顾敬元看了一眼小女儿拄着拐杖的样子，愤愤然地把抱怨的话咽了下去。

一家人送顾见骊和姬无镜到了院门口。马车停在外面，马儿垂头踩着地上的淤泥。

季夏扶顾见骊走到马车前，顾见骊将拐杖放在车上，脚踩在小凳子上。她低着头看了一眼自己的腿，觉得马车还是有些高。

顾敬元黑着脸走过去，还没走到，姬无镜从车上跳下来，一把将她抱了起来。顾见骊下意识地将手搭在他的肩上。

顾敬元看着这个画面，心里有些不爽。可他也明白抱顾见骊这件事，姬无镜做比他做合适。

姬无镜将顾见骊抱上马车，顾见骊在长凳上坐下。

顾敬元望着车里的姬无镜，语气不善地问："姬昭，你实话与我说，你体内的毒到底还能不能解？你到底还能活多久？三年？"

姬无镜懒洋洋地抬起头瞧着他，笑道："岳丈大人很关心小婿啊。"

顾敬元哼了一声，道："当然。为父要算着日子提前给我的见骊相看下个夫家！"

"父亲！"顾见骊急忙出声，制止父亲再说下去。

姬无镜狐狸眼中的笑意慢慢收了起来。他慢悠悠地舔唇，偏过头看向身侧的顾见骊。

下个夫家？哼。

顾见骊急切地说："再不回去就晚了。父亲，女儿下次回王府看您。季夏，关门。"

季夏应了一声，关上车厢的门，和长生坐在马车前。

长生扬起马鞭，马车离去。

顾见骊掀开车窗旁的垂帘，探头望出去，朝家人挥了挥手。一家人都很舍不得她，唯有顾敬元仍黑着一张脸。

今日女儿在场，顾敬元有些话没说完。他决定改日要避开顾见骊单独与姬无镜把话说个明白。

马车拐了弯，顾见骊放下垂帘，转过身来坐好。她看了一眼姬无镜的脸色，没分辨出他的喜怒，温声道："父亲没有恶意，你不要生气。"

"没有恶意？这话你说了不心虚吗？"姬无镜问。

顾见骊一时无言，不知道怎么为父亲辩解。她想了想，也不给父亲找借口，实话实说："父亲那么说不对。"

姬无镜这才看向顾见骊。他伸出手，捏着顾见骊的下巴，拇指指腹反反复复地摩挲，语气冷淡地问："找到合适的下家了吗？"

"当然没有。"

"什么时候开始找啊？会等我死了吗？还是在我卧床快不行了的时候？"

顾见骊说："父亲要做什么我管不了，可我没想过这些。将来之事不可知，若你真的先走，守丧之礼我都会恪守。"

"只是给我守丧？"姬无镜嬉皮笑脸地问，"不给我陪葬啊？"

"我……"顾见骊看见姬无镜的脸色在一瞬间冷了下去，眸底隐隐泛红。

压抑的气息扑面而来，她连喘息都变得费力。顾见骊怔怔地望着他，什么都忘了说。有那么一瞬间，顾见骊觉得姬无镜说的是真的，他是真的会掐死她，让她陪葬。

等顾见骊反应过来时，姬无镜已经松了手。他懒洋洋地靠着车壁，抓起檀木盒中的糖果吃了起来。他嬉皮笑脸的样子让顾见骊感觉刚刚那个阴森的他只是她的错觉。

两个人一路无言。

赶到广平伯府后，姬无镜先下了马车，直接走了，连看都没看顾见骊一眼。顾见骊瞧着姬无镜的背影，知道他真的生气了。她坐在车边，右脚踩在凳子上，双手挪着左腿将其放下来，扶着季夏的手下来。幸好下车比上车省事些，她还不至于太不方便。

顾见骊挂着拐杖，由季夏搀扶着慢腾腾地往里走去。她低头看着自己的左腿，说："幸好再过几天就可以拆掉这两块板子了。"

季夏道："对，您很快就能康复的！"

## 第二十二章 你怎么还在生气

顾见骊,
你的心跳得很快,
是不是病了啊?

顾见骊本想立刻去见姬星澜，不巧姬星澜刚刚喝了药，在睡午觉。顾见骊没让人叫醒她，先回了屋。

姬无镜院子里的下人本来就少，他和顾见骊一个半月没在这里住，这里已许久不曾仔细打扫。季夏和长生手脚麻利地清扫了屋子，又去烧了热水。在马车上颠簸了半日，顾见骊肯定是要沐浴的。随后，长生去打扫院子，季夏则去了厨房，给顾见骊熬汤药。

顾见骊坐在罗汉床一角，望着躺在床上的姬无镜。姬无镜的两条大长腿一条支着，另一条随意地垂在床下。他饶有兴致地转着手中的拨浪鼓，拨浪鼓"咚咚咚"响个不停。鼓面上画着个穿兜肚的胖娃娃，拨浪鼓的两个小槌子不停打在胖娃娃的脸上，胖娃娃傻乎乎地咧着嘴笑。

顾见骊站了起来，拄着拐杖走到床边，抿唇望着姬无镜。她等了好一会儿，姬无镜的目光还是落在拨浪鼓上，并未看她。她只好先开口："我想去沐浴，你帮我擦背好不好？"

"找季夏啊。"姬无镜慢悠悠地说。

"季夏在煎药。中午在外面吃的，我都少喝一顿药了。"

"找别人去。"姬无镜仍一副漫不经心的语气，手中的动作却慢了下来。

顾见骊点头，认真地说："好，那我叫长生帮我。"

姬无镜动作一顿，将拨浪鼓挪到顾见骊身前，手腕一转，小木槌打在顾见骊拄着拐杖的手上。顾见骊"啊"了一声，急忙用另一只手揉了揉。

姬无镜随手扔掉拨浪鼓，起身下床，黑着脸往隔间走去。顾见骊拄着拐杖，慢腾腾地跟在后面，瞪着他。等姬无镜转过身时，她又迅速收起表情，一副乖巧的样子。

姬无镜折回来，表情不耐烦地搀扶着顾见骊。

浴间里，热水已经放了好一会儿了，整个屋子里弥漫着水汽。

"坐下。"姬无镜将顾见骊摁到椅子上坐下，自己在顾见骊面前懒散地席地而坐，将顾见骊的左脚搭到他的腿上，去解布条。

"可以拆了吗？"顾见骊惊讶地问。

姬无镜没理她。

顾见骊自言自语："真好，再也不要绑木板子了。"

棉布条被一层一层解下来，两块木板也被拆了下来。姬无镜伸手抚摩顾见骊的小腿，在她骨折的地方停留了一会儿。

顾见骊瞧着他的表情，夸张地道："五爷好厉害，居然还会治这……"她还没有说完，脸上的笑立刻消失，疼得攥紧了椅子的扶手。

姬无镜看了一眼她的表情，略微收了收摸骨的力道。他将顾见骊的脚放在地面上，道："从今天开始，自己尝试着用力走路。"

"嗯！"顾见骊使劲点头。她微微弯腰，目光一直落在自己的腿上。

"你还洗不洗了？"姬无镜问。

顾见骊怔了一下才小声说："洗……"

她低下头，去解小袄那缝在左腰上的绳结。

姬无镜站起来，试了试浴桶内的水温，又提起一旁的水壶，往里面兑了些热水。他做完这些回过头，见顾见骊还在扭扭捏捏地脱衣服。

姬无镜嗤笑了一声。她居然用这种办法哄他，真够笨的。

顾见骊回头看他一眼，将小袄脱下来，又脱了里衣，顿了一下才将兜肚一并脱下来，然后是裙子和鞋袜。她身上只留了一条淡粉色的亵裤，实在没好意思脱。

她费力地扶着椅子扶手站起来，面对着姬无镜。

"扶我进去好不好？"她装出若无其事的样子，努力用十分自然的语气说，可脸已经红透了。

姬无镜走过去，弯腰将她抱了起来。要将她放进浴桶前，姬无镜忽然低下头，将耳朵贴在顾见骊的胸口上。顾见骊骇得差点尖叫出来，下意识地想将姬无镜推开，手都抵在姬无镜的肩上了，却又忍住了。

姬无镜保持这样的姿势听了一会儿，忽然扯起嘴角笑了。他望着顾见骊红透了的脸，说："顾见骊，你的心跳得很快，是不是病了啊？"

顾见骊压抑着不去喘息，几乎是一个字一个字地挤出来，道："你这样让我觉得很不好意思……"

姬无镜多看了她一眼，将她放入浴桶中。

"注意腿。"他说。

顾见骊笨拙地抱起左膝，免得磕到左小腿。

她整个人被热水包裹着，温暖的感觉侵入身体，延绵至四肢百骸。

她轻轻地舒了一口气。

姬无镜面无表情地拿起一旁的帕子，给顾见骊擦背。顾见骊挺直腰背。

姬无镜给她擦完背，随意地将帕子搭在桶沿上，顾见骊转过头望着他，问："你是不是不生父亲的气了？"

水面上映出了她的脸，映不出她眼睛里醉人的光。姬无镜移开视线，冷着脸说："懒得跟他这种无趣的人生气。"

顾见骊将湿漉漉的手搭在桶沿上，又问："也不生我的气了对不对？"

姬无镜重新看向她的脸，沉默了一瞬，道："生气。"

"啊……"顾见骊的五官立刻皱起来，"都一个月了，你怎么还在生气？"

眼尾轻轻挑起几不可见的弧度，姬无镜慢悠悠地说："叔叔给你擦全身，就不气了。"

顾见骊怔了怔，仔细观察姬无镜的眼睛。她娇柔地轻哼了一声，转过头，柔声道："那你还是继续气着吧！"

转身的时候，顾见骊轻轻翘起了嘴角。

姬无镜双手搭在桶沿上，俯下身来，在她的耳边喊："顾见骊。"

"嗯？"顾见骊回过头，樱唇擦过姬无镜的脸颊。她惊讶地急忙向后退，姬无镜却搂着她的后脑，阻止她退缩，用力咬上她诱人的唇。

疼。

姬无镜松开顾见骊，揉了揉她的头，似笑非笑地直起身，走出了房间。顾见骊望着他的背影，迟钝地摸上自己的唇，纤细白皙的指上沾了血。

唇破了。

顾见骊洗完，姬无镜并没有进来。季夏服侍着她。

"星澜醒了没有？"顾见骊问。

"听林嬷嬷说刚醒。"

顾见骊点头，往后院走去。她刚走到姬星澜的房门口，就看见叶云月坐在床边在给姬星澜喂药。

季夏脸色一变，在心里暗道一声"坏了"。

主子让她盯住叶云月，可她跟着主子去了顾家一个多月，叶云月趁机哄好了小主子。

"云月姨，你对我真好。"姬星澜奶声奶气地道，笑得很甜。

"澜儿真乖！"叶云月十分温柔。她不是没想过拉拢姬星澜，可姬星澜不好哄，所以她花了一个月时间哄好了姬星澜。姬星澜毕竟是未来的小皇后。

季夏满脸堆笑，声音却又尖又细："哟，云月，你怎么在这儿偷懒呢？我们刚回来时，院子里处处是灰尘。你平时要是稍微用心点，随便拿帕子扑腾两下，也不至于这样啊。"

叶云月一怔，转头望向门口。

姬星澜也扭过小脑袋，望了过去。她看见顾见骊，眼睛一瞬间亮了起来，然而下一瞬，又悄然黯淡下去，嘟起了嘴。

叶云月立刻摆出笑脸，笑着说："扫洒这种事虽然重要，但总不会比澜姐儿还重要吧？夫人离开这么久，不知道澜姐儿病得有多严重。我哪里敢离开一时半会儿？恨不得时时刻刻守在澜姐儿身边照顾她。"

季夏竖起眉，质问道："你这话是说澜姐儿病了一个半月，还是你想偷懒，却拿澜姐儿当借口，咒她病久一些啊？"

叶云月一噎，愤愤地瞪了季夏一眼，努力克制着怒火，脸上的笑却没了，淡淡地道："季夏，你是夫人带过来的，身份自然与府里的下人不同，可也别这么咄咄逼人。合着你认为小主子只有病了才需要人照顾？她的衣食住行，哪样不需要大人守在一旁细心打点？更何况澜姐儿和六郎都刚刚启蒙，更需要大人盯着读书。"

"如此，倒是我冤枉你了。"季夏冷哼一声，"可是夫人站在这里，你却一直坐着，可讲了半分规矩？哦，你做事这么用心、周到，想来不会不懂规矩，那就是……故意的了？"

"你！"叶云月飞快地看了顾见骊一眼，等着顾见骊出面制止那咄咄逼人的丫鬟。可是顾见骊从始至终脸上都挂着优雅的浅笑，并没有制止季夏的意思。

叶云月说："我只是在给澜姐儿喂药。"

她等了一会儿，没等到顾见骊和季夏开口，只好磨磨蹭蹭地站了起来。

顾见骊这才将拐杖抵在门槛内，扶着季夏迈过门槛。

姬星澜看见拐杖，惊讶地睁大了眼睛。顾见骊缓缓走到床边，将拐杖递给季夏，扶着床榻坐下来，问："澜儿好些了吗？"

姬星澜歪着小脑袋看着顾见骊，慢腾腾地点了一下头，奶声奶气地问："你的腿怎么啦？"

"不小心从楼上摔下来了。"

姬星澜惊得瞪圆了眼睛,用小手拍了拍自己的小胸脯,惊问:"那是不是好疼好疼?"

"是啊,初时每夜疼得睡不着,最近才好些。"顾见骊蹙起眉,孩子气十足地道。

姬星澜想了一会儿,撇着嘴。小孩子脸上的皮肤嫩得很,她轻轻吸了一下鼻子,眼圈就红了:"那……是不是要喝好多苦苦的药?"

"当然要喝啊,每天要喝两三次呢。而且还要喝许多难喝的汤,又油又腻。"顾见骊抱怨道。

姬星澜眨眨眼,忽然觉得自己这几天受风寒喝药也没那么可怜了。她从被窝里爬出来,站起来,伸出小胳膊抱住顾见骊,像个小大人似的用小手拍了拍顾见骊的背,道:"要乖乖喝药才会彻底好,少喝一次药就会晚一天好!"

顾见骊忍俊不禁,把小姑娘抱进怀里,道:"好,澜澜和我一起喝药,我们都乖乖听话。"

"嗯!"姬星澜使劲点头,"澜澜一直都很乖!"

顾见骊温柔地摸了摸她的额头,姬星澜还是有一点发烧。顾见骊说:"澜澜冷不冷?快快躲进被子里。"

"不冷不冷!"姬星澜连连摇头,"云月姨给澜儿的小被子里塞了暖炉,还给澜儿做了暖暖的小棉袄,一点都不冷。"她扯着衣角,献宝似的给顾见骊看她身上的小棉袄。

顾见骊摸了摸,浅红色的小棉袄针脚细密,里面塞的棉花量也足,一看就是用了心的。顾见骊点了点头:"不冷就好,冷了或是难受了,都要说出来。"

顾见骊和姬星澜说话的时候,声音不由自主地温柔下来,甚至染上了几分孩子气。

姬星澜眨眨眼,歪着头看了顾见骊好一会儿。她欲言又止,把小脸蛋都憋红了。她等着顾见骊主动问,可是等了好久顾见骊也不问,不得不吞吞吐吐地说:"我生你的气了,所以才没有下床迎你。"

"嗯。"顾见骊点头,温柔地望着她干净清亮的眸子。

姬星澜噘起嘴,看了一眼顾见骊,又扭扭捏捏地低下头,小声说:"可是看见你一瘸一拐的样子,我好心疼啊……"她低下头来,重重地叹了一口气,大概是怪自己心太软。

顾见骊笑着朝季夏伸出手,季夏将提前准备好的糖盒递给顾见骊。

顾见骊将糖盒放在腿上,打开盖子,里面摆着小兔子形状的软糖。

姬星澜一下子咧开嘴,开心地扑进顾见骊的怀里,欢喜地喊:"你没忘!"

顾见骊将兔子糖喂给姬星澜。姬星澜一边吃着糖,一边弯着眼睛冲顾见骊笑。顾见骊让姬星澜坐在自己的腿上,将她松散的丱发拆了,纤指拢过,重新给她扎起来。

看着顾见骊和姬星澜亲密无间的样子,叶云月心里不太舒服。不是都说小孩子最健忘吗?顾见骊离开了一个半月,姬星澜几次失望地掉过眼泪,怎么顾见骊一回来,姬星澜就扑进她怀里去了?

姬星澜吃完一颗糖,又伸手去拿第二颗。

叶云月忽然笑着开口:"澜儿,我不是与你说过,吃太多糖会牙疼吗?"

姬星澜的眉头皱了起来。她看看手里栩栩如生的小白兔,又看看叶云月,又扭头望向顾见骊。

季夏阴阳怪气地道:"吃两块糖就会牙疼?云月,你是大夫还是自己吃两块就疼了?那你的牙齿也太不好了吧。"

叶云月今日已经被季夏怼了很多次,再也无法忍下去,怒道:"季夏,你一个奴才,是把自己当主子了吗?主子没说话,你就这么多话!"

"是,我是奴才,可这屋子里又不是只有一个话多的奴才。"季夏翻了个白眼。

"我都是为了澜姐儿好!良药苦口,忠言逆耳,为了哄澜姐儿开心不顾她的身体才是错的。我不觉得我说错了什么,今天这事拿到谁面前说,我都不是没理的那个!"

姬星澜有点害怕,无辜地望着三个大人。

"叶姑娘。"顾见骊终于看向叶云月,道。

叶云月绷起神经,打起十二分的精神等着应对。

"出去。"顾见骊轻飘飘地说了两个字,就转过头继续给姬星澜扎头发。

姬星澜悄悄把捏在手心里的糖塞进嘴里,小腮帮子鼓了起来。

叶云月一下子泄了气。顾见骊还不如训斥她几句。训斥起码代表在意和生气,现在这样算什么?这是十足的轻视。顾见骊连句话都不想跟她说,是真正看不起她。

叶云月咬着牙,愤愤地走了出去。她告诉自己再忍一忍,反正要不了多久,姬玄恪就会回来。顾见骊和姬玄恪本来就不清不楚的,她再从中推波助澜,喜怒无常的姬无镜定然不会再留着顾见骊,说不定还会亲手杀了顾见骊。到了那个时候,就是她的好机会……

姬星澜小声问:"她生气了?"

"没有,她有她的事情要去做。"顾见骊随口说。

"哦!"姬星澜年纪小,也不多想,转头就给忘了。

回去的路上,季夏愤愤地抱怨着叶云月。她叹了一口气,说:"我也不知道怎么回事,就是看不上她,一看见她就烦!"

顾见骊说:"我瞧着她对星澜的确是上了心的,将星澜照顾得不错。"过了一会儿,顾见骊想了想,又说,"可是她初衷不对。若是星澜知道,要伤心得掉金豆子的。"

"对对对,她就是利用四姐儿。您可千万别太心善了!"季夏连忙说。

顾见骊被季夏逗笑了,笑着问:"那个叶云月怎么把我的季夏气成这样了?"

"我是怕您心善被她给骗了啊!她一看就是婚后生活不幸,扭头来找五爷。可不能让她得逞,踩在您头上。"

"随她闹吧,不碍事的。"顾见骊用浑然不在意的语气道。

季夏仔细揣摩顾见骊的意思,难道是说叶云月这种小人物不值得主子出手?也是,她的主子可是连皇帝都敢杀的人,区区一个叶云月哪里值得主子动手?所以这个时候,事情就得交给她来办。季夏悄悄下定决心,一定把叶云月的事办好,不丢主子的脸!

顾见骊和姬无镜回来,广平伯府里其他人络绎不绝地送来礼物。若不是姬无镜不喜别人踏足他的住处,这些见风使舵的人定然踏破门槛。

天还没黑下来,姬无镜就睡着了。顾见骊立在里屋门口,瞧着床上的姬无镜,皱起眉。她算了算日子,明白姬无镜体内的子蛊的效用就开始减弱了。

她摆摆手,让季夏下去,自己拄着拐杖慢腾腾地朝床榻走去。她尝试左腿用力,可是很疼,只好放弃。她费力地走到床榻边,坐下来,弯下腰托腮望着姬无镜。

许久之后，姬无镜仍旧闭着眼，却懒洋洋地道："顾见骊，你又被叔叔的美貌勾了魂儿。"

顾见骊无声地说了句"臭不要脸"，然后才出声说："我不想再看见叶云月了。"

姬无镜抬起眼皮，眯着眼望向顾见骊，声音里带着几分慵懒与倦意，问："谁？"

"叶云月。"

姬无镜皱眉，不耐烦地问："什么东西？"

"不是东西，是人，是你留在院中当丫鬟的叶家姑娘，你以前的未婚妻叶云月。"顾见骊一口气把话说了个明白。

姬无镜随意地"哦"了一声，没怎么认真听的样子。他抬起一只手虚握成拳搭在额头上，重新合上眼。

顾见骊去扯他的袖子，皱眉说："她是你留下来的人，而且身份特殊，我可不敢说她半句话。她如今日日围在星澜身边，我不放心。如果你想纳妾，我也不说什么了，偏偏你让她主子不是主子、奴才不是奴才的，我也不知拿她怎么办才好。"顾见骊抿抿唇，停顿了一下，又继续说，"不过如果五爷要纳妾的话，叶家姑娘不太合适，还是找个本分些的人比较好。"

"什么乱七八糟的？"姬无镜有些困，"顾见骊，吵人睡觉是该被打屁股的。"

顾见骊把拽着姬无镜的袖子的手收回来，不再说话了，只是坐在一旁望着姬无镜。

姬无镜朝她伸出手，懒懒地说："来，让叔叔抱着睡觉。"

顾见骊扭头望一眼窗户的方向，外面的天还没黑下来呢。算了，反正她也没什么事情。

她起身，拄着拐挪到窗边放下了帘子，又折回床前放下床幔，护着左腿上了床。姬无镜躺了半日，被窝里热乎乎的。顾见骊钻了进去。因为腿伤，她已经躺着睡觉太久。如今腿上的板子被拆，顾见骊小心翼翼地侧过身，慢慢抬起左腿，搭在右腿上。她欢喜地用脸颊蹭了蹭枕头，觉得还是侧着睡比较舒服。

姬无镜的手臂从她的脖子下面穿过，他靠过来，从顾见骊身后抱住她，另一只手搭在她的腰上。

顾见骊微微恍惚，隐约想起来在她的腿摔坏前，姬无镜就喜欢这样在她身后抱着她睡，像把她当成枕头似的。

顾见骊的目光不经意间一扫，落在床里侧的拨浪鼓上。她望着拨浪鼓上穿着兜肚的胖娃娃，眼前浮现姬无镜懒洋洋地躺在床上摇拨浪鼓的样子。顾见骊的目光落在拨浪鼓鼓面上画的胖娃娃上，心里忽然顿了一下。

姬无镜为什么玩这个画着胖娃娃的拨浪鼓，还专注地玩了这么久？他该不会是想要个小孩子吧？

顾见骊蹙着眉回忆了一下平日里姬无镜和姬星澜、姬星漏相处的样子，认为姬无镜不太喜欢小孩子。可是他那样会不会是因为这两个小孩子的身份比较尴尬？兴许姬无镜是想要个嫡子呢？

顾见骊不由得想起姬无镜体内的毒。子蛊只是暂且养着他的五脏六腑，其效用会随着时间推移而慢慢减弱。其实顾见骊也看得出来，姬无镜最近又开始犯困了。

顾见骊胡思乱想了一会儿，伸出手去抓那个拨浪鼓。拨浪鼓刚被她拿到手中，两侧垂着的小木槌就晃动着发出"咚咚"的声音。她赶忙将拨浪鼓捧在胸前，不让它再乱晃。然后顾见骊就听见了身后姬无镜不耐烦的声音。

姬无镜屈起手指在顾见骊的后脑上弹了一下，哑着嗓子道："睡觉。"

"疼！"顾见骊捂着头抱怨道。

姬无镜勉强睁开眼，回忆了一下叶云月这个人。他当初为什么让叶云月留下来当丫鬟来着？姬无镜也不太记得了，可能是叶云月说什么"为奴为婢"，他顺口就让她当丫鬟了。

姬无镜不耐烦地说："不想看见她就赶走，她赖着不走就让长生掐死她。顾见骊，你要是再拿这样的小事吵我睡觉，我可就……"

他就怎样？姬无镜想了一下，没想出来，索性什么也不说了，合上眼睡觉。

"就怎样？"顾见骊偏偏娇里娇气地问了出来。

姬无镜没搭理她。

过了好一会儿，顾见骊捧着胸前的拨浪鼓小声问："五爷，你睡着了吗？"

姬无镜睁开眼，漆色的眸底有丝丝殷红颜色。目光落在顾见骊纤细雪白的脖子上，他顺手将她的衣服拉下来，让她的香肩露出来，咬了上去。

若是刚嫁来广平伯府时，顾见骊必然吓得浑身战栗，担心被传说中恐怖嗜血的玄镜门门主给杀了。而如今，姬无镜咬上来时，她最初因意外而吓了一跳，很快便松了心弦。有点疼，她蹙着眉，攥紧锦被，没有躲。

姬无镜的五脏六腑里仿佛有千百只细小的虫子啃咬着，麻痒难耐。他眼底的殷红颜色逐渐加深，阴森中透着一股瘆人的寒气。

感觉到身后姬无镜的气息微重，他贴着她后背的胸膛也在逐渐变得滚烫，顾见骊觉察出不对劲来。她急忙问："五爷，你怎么了？是不舒服了吗？"

她想要转身，姬无镜却在她身后禁锢着她，让她动弹不得。

温香软玉抱满怀，姬无镜的耳边忽然响起顾敬元的话——"姬昭，你实话与我说，你体内的毒到底还能不能解？你到底还能活多久？三年？为父要算着日子提前给我的见骊相看下个夫家！"

毒药是他自己选择喝下去的。姬无镜今生不知何为后悔。

"五爷？"顾见骊娇软的声音里担忧意味更浓。

姬无镜手掌贴着顾见骊的前腹，用力一捞，让顾见骊的身子更紧密地贴在怀中。感觉到一个硬邦邦的东西紧贴着娇臀，顾见骊怔了怔，隐约明白了什么。她一惊，捧在胸前的拨浪鼓滑落，两个小木槌一个搭在床铺上，一个搭在鼓面上胖娃娃的脸蛋上。

顾见骊大脑空白了好一会儿，不知道做什么反应，抵触和顺从交织，最后只剩下愣怔。

姬无镜长腿一伸，碰到顾见骊的左小腿，顾见骊疼得叫出声来，眼圈一瞬间红了。姬无镜立刻停下动作，一动不动地在她身后拥着她。没过多久，姬无镜手掌沿着顾见骊的纤腰探至她身前，摸到她的手，握起她的手，将她的手拉到她身后，让她握住。

顾见骊猛地睁大了眼睛，胸腔里的那颗心脏"扑通扑通"地跳个不停。

接下来的动作由姬无镜握着她的手完成，顾见骊浑浑噩噩，不知身在何处，直到愣怔许久后手心湿了，她心里才涌上巨大的羞耻感。她始终背对着姬无镜，被弄脏的手五指张着，僵在那里，不知道做什么好。

姬无镜给她擦了手，将她的手握在掌中，放在她的腹前，额头抵着她的后颈，声音低哑："顾见骊。"

顾见骊张了张嘴，想应，但是没发出声音来。

姬无镜忽然低沉地笑了一声，气息拂在顾见骊的后颈处，痒痒的。姬无镜的狐狸眼微微睁开些，半眯着，眼底的殷红颜色退去。他问："吓到了？"

顾见骊背对着姬无镜侧躺着，没动，也没吭声。昏暗的床榻内安安静静的。

姬无镜没睡，额头抵着顾见骊的后颈，垂着眼，亦一动不动，直到感觉到掌心里顾见骊的手上细微的动作。

顾见骊小心翼翼地转了转手腕，将自己的小手从姬无镜的大手里抽了出来。姬无镜的掌心空了，他没动，更没有去抓顾见骊的手腕。

顾见骊的手心火辣辣地疼，还很酸。虽然手已经被姬无镜擦过了，可她还是觉得好脏。她将姬无镜往上滑了一些的袖子拉下来些，然后使劲在他的袖子上蹭着手心，再蹭，使劲地蹭。

她嗯声嗯气道："你真的好烦哪。"

姬无镜一下子笑出声来，声音低沉，随着他的动作，抵在顾见骊的后颈处的额头微动，顾见骊觉得更痒了。

"顾见骊。"

"总是叫我又不说话，你到底是要干什么？"顾见骊软糯的声音里带着丝恼意。

"顾见骊。"

顾见骊生气地用双手捂住耳朵。

视线扫过顾见骊发红的手，姬无镜慢悠悠地说："手上脏，要蹭到耳朵上了。"

顾见骊一僵，迅速将手放下来，又拉起姬无镜的手，用姬无镜的手给她擦耳朵。

掌心摩擦着顾见骊微微发热的耳郭，姬无镜沉默了一会儿，才说："我的手也脏。"

顾见骊咬唇，把姬无镜的手推开，像只虫子似的往被窝里钻，蒙了头，睡觉。男人的身体真是可怕又复杂，可惜姬无镜长相妖气横生，偏偏也长了那么丑的部位。

还是女子好——顾见骊如是想。

顾见骊以为自己会羞窘、嫌恶得睡不着，然而事实上她很快就睡着了，兴许是回府的路上奔波劳累了些。

她入睡速度之快让姬无镜都微微惊讶。一片昏暗中，姬无镜扯起一侧嘴角，古怪地笑了一下。

第二天清晨，顾见骊比姬无镜先醒过来。本来昨晚歇下的时间就比较早，她醒来时也比往常早一些。她揉揉眼睛，懒洋洋地伸了个懒腰，随后看了一眼姬无镜，见他还睡着，偷偷去看自己的手心。

明明看不出来任何痕迹，她偏偏觉得手心痒痒的——不能再想了。

顾见骊皱眉，摸到床头的拐杖，尽量小些声音地走了出去。她刚走到外间，就惊动了季夏，季夏急忙搀扶着她坐下，去给她打水梳洗。

林嬷嬷匆匆赶过来，愁眉苦脸地说："夫人，六郎又闯了祸，老夫人把他扣下要责罚他！"

顾见骊曾说过，若再出这种事，林嬷嬷要与她说一声。林嬷嬷犹豫了很久才来。

# 第二十三章　星漏被打

你父亲凶人的时候是笑着的，从来不会大吼大叫。

顾见骊赶去的时候，远远就看见两个婆子把姬星漏按在长凳上，拿着长藤条抽打他的屁股。裤子被褪下大半截，露出他圆滚滚的小屁股。藤条抽下去，白屁股上立刻浮现一道又一道红印子。

长凳摆在院子里，院子里围着一圈婆子、丫鬟看热闹。

"快一些。"顾见骊偏过头对推着轮椅的季夏说。

季夏应了一声，立刻加快速度推着顾见骊赶过去。

见顾见骊过来，院子里的婆子、丫鬟们愣了一下，脸上表情各异。当初顾见骊是在那种情况下嫁进来的，府里别说是各房主子，就连下人也等着看笑话。可如今新帝登基重用顾敬元，顾见骊的身份亦跟着水涨船高，府里上上下下只有捧着她的份。再想到府里的人先前可没善待顾见骊，此时各个心情复杂。

"六郎犯了什么错？"顾见骊问。

鞭打姬星漏的江婆子心想，这世上哪有喜欢外生子的正妻？更何况是姬星漏这样顽皮恶劣的孩子。姬星漏被毒打，顾见骊该高兴才对。

江婆子立刻摆出笑脸，谄媚地说："是六郎抓了蛐蛐扔到粥里，老夫人才吩咐婆子狠狠教训他一顿。五夫人放心，六郎这样顽皮，老奴会好好教训他的。"

另一个摁住姬星漏的傅婆子也谄媚地笑着讨好道："六郎性子劣，平日里定然让五夫人受了委屈。五夫人心善不怪罪他，可也不能由着他胡作非为。老夫人是顶疼您的，以后六郎再惹您生气，您懒得下手，过来吩咐老奴一声就是了。"

傅婆子只顾着与顾见骊说话，手中动作一个不察，让姬星漏从长凳上翻身下来了。

"往哪儿跑？"傅婆子长臂一伸一把抓住姬星漏的胳膊。姬星漏回头，一口咬住傅婆子的手背，惹得傅婆子"哎哟"一声，痛苦地招呼着一旁的丫鬟道："你们几个还不快过来帮忙？！"

江婆子和几个丫鬟都赶过来拉姬星漏。

顾见骊眉心轻轻蹙起，又很快舒展开，望着姬星漏开口道："星漏，把裤子提上去。"

姬星漏愣了一下，一时不察让傅婆子把手挣开了。姬星漏赶忙一边提裤子，一边撒腿就跑。

江婆子扯着嗓子喊："莲心、莲蕊，守住院门，别让六郎跑出去！"

"这位嬷嬷，你这是捉贼吗？"顾见骊温声细语，却让鸡飞狗跳的院子一下子安静下来。

"不……不是……"江婆子顿时有些尴尬。她卖力责罚姬星漏也是想在顾见骊面前讨个好，这怎么看起来马屁没拍在位置上呢？

姬星漏已经跑远了，闻言回过头，警惕地瞪着顾见骊。

顾见骊回头朝他伸出手，拉住他的肩膀。姬星漏犹豫了一下，还是任由顾见骊将他拉到她面前。顾见骊弯下腰来，重新给他整理好身上被弄乱的上衣和穿歪了的裤子。然后她才看向姬星漏的眼睛，问："为什么要在粥里放蛐蛐？"

"我乐意！"

一旁的傅婆子"啧啧"两声，粗着嗓子严厉训斥道："六郎，你不能这么跟你母亲说话，一点规矩都没有！"她又笑着对顾见骊说："五夫人，您可千万别为了这种没娘教的外生子动气，不值当。"

姬星漏猛地转头瞪着江婆子，恶狠狠地说："下次我会在你的粥里放老鼠药！"

他明明是个四岁的孩子，可是看着他充满戾气的眼睛，傅婆子还是吓了一跳。

"星漏。"顾见骊朝姬星漏伸出手。姬星漏一把将顾见骊的手打开，转过身，像一头小牛犊子一样跑开。

林嬷嬷下了好大决心才去找顾见骊帮忙，没想到姬星漏连顾见骊也得罪了。林嬷嬷说完"六郎还小，不懂事，您别计较……"，立刻慌慌张张地去追姬星漏。

顾见骊看了一眼自己被姬星漏拍红的手背，说："让那两个丫鬟退开，不要拦他。"

"这……"江婆子愣了愣，还是照做了。

宋嬷嬷从屋里出来，笑着迎上顾见骊，道："五夫人，您怎么一早过来了？家里人都聚在里面用早膳呢。刚刚大家还念着您的腿伤，打算一起去看望您。"

365

"大家有心了。"顾见骊微笑着点了点头，让季夏推她进去。

轮椅被推至门槛处，季夏搀着顾见骊走进屋内。齐聚在屋内的女眷都望着门口的方向。老夫人立刻让丫鬟给顾见骊搬来椅子，满脸挂着笑，亲切地道："瞧瞧，你这腿怎么还不好？我看着你这样走路，心疼得很哪！"

顾见骊坐下来，温声道："儿媳伤了腿不能给您行礼，您别怪就好。"

"不会，不会。"老夫人连连说。

大夫人问："五弟妹用过早膳没有？没用过的话刚好和咱们一起用。"

三夫人也说："对，对，我们这都刚端上来，大家还没吃呢。"

"不用了，院子里已经准备了，我等一下回去和五爷一起吃。"顾见骊温声拒绝。她顿了顿，又说："我很长时间没回来，也没顾得上星漏，让他闯了祸，扰了大家。"

"这孩子一向如此胡作非为，可不是弟妹的责任哪！"大夫人说。

"对，对。"三夫人附和。

顾见骊微笑着说："可如今我毕竟是他的母亲，如果日后他再闯什么祸，扰了大家，还请你们着丫鬟告诉我一声，我好好罚他。"顾见骊顿了顿，才继续说，"他到底是少爷，也是懂事的年纪了，就这样当着一院子下人的面被人扒了裤子打，还是不太好的。"顾见骊温柔地望着坐在上首的老夫人，又道，"当然，儿媳知道大家都是为了六郎好，想将他调教成好孩子。"

屋内的气氛微微凝滞。谁也没想到顾见骊会替姬星漏说话。这世上还有人喜欢夫君在她嫁过来之前就有的外生子？而且还是姬星漏那样惹人嫌的孩子。

众人在心里一琢磨，认为顾见骊并不是真的在意姬星漏，而是拿姬星漏的事情做文章，给大家难堪。

不过有什么办法，谁让广平伯府曾经对不起顾见骊呢？她们虽然一个个心里不舒服，可面上仍然赔着笑脸。

心恶之人自不信这世上有善人。

顾见骊猜得到她们的想法，不过没解释，因为不在意。她已经将话说清楚了，便扶着椅子扶手站起来，脸上挂着得体的浅笑，说："五爷应该起了，我得回去了，就不吵大家用早膳了。"

老夫人亲自将顾见骊送到门口，其他人也都起身送她，更有嘴甜者一口一个"慢点""当心""拉拉领子，别着凉""下次出门多穿些才好"……

二夫人望着顾见骊远去的背影，心里不是滋味儿，没像别人那般奉承，一直在一旁沉默着。她没法开口，既尴尬又后悔。若没有当初的事，顾见骊就是她的儿媳。可如今，她们成了关系尴尬的妯娌，甚至算得上结了仇。更让她心酸的是她的儿子也怨上了她。

怪谁？

二夫人重重地叹了一口气，心里连连叫苦。她也冤枉哪。当初私改圣旨的事是宫里的意思，她还敢忤逆圣意不成？

姬星漏跑回来，踢了鞋子扑到了床上去。

坐在地上玩的姬星澜丢了手里的彩色手鞠，爬起来，小跑到床边去拉姬星漏的袖子，声音糯糯地喊："哥哥，你是不是又被打啦？疼不疼呀？"

"不疼！"姬星漏粗声粗气地说。

姬星澜歪着小脑袋，道："到底被打了没有呀？如果被打了怎么会不疼呢？"

林嬷嬷追进来，赶紧去脱姬星漏的裤子，嘴上道："哎哟，我远远瞧着都打红肿了，快脱了裤子给我看看，得涂点药才行……"

一旁的姬星澜惊呼："哥哥，你被打屁股啦？"

姬星漏一下子蹦起来，站在床上，指着林嬷嬷大声道："你给我出去！"

林嬷嬷知道这孩子的性子，连忙说："好好好，我去给你找药，等会儿再来。"

等林嬷嬷走了，站在床下的姬星澜仰着头去拽姬星漏的小手，摇了摇，说："哥哥，给我看看呀。"

姬星漏不耐烦地甩开她的手。姬星澜一屁股跌坐在地上。

姬星漏看了她一眼，向前迈出一步，又硬气地转过头去。姬星澜拍拍屁股站起来，抓着姬星漏的裤子爬上床，站在姬星漏面前重重地叹了一口气，皱着眉头小声说："哥哥，没有别人啦，疼的话可以哭！"

姬星漏偷偷看她一眼，"哼"了一声，不再理她。

姬星澜比姬星漏矮了半个头。她朝前迈出一步，张开双臂抱住姬星漏，小手拍着哥哥的背，哄他道："哥哥不疼！"

"疼！"姬星漏忽然叫了一声，然后"哇"的一声哭了出来。

他只是哭了一声，又立刻憋住，抱住姬星澜，把眼泪蹭在妹妹的肩膀上。

"那怎么办呢？"姬星澜撇撇嘴，也想哭了。

"永远都不行……学不像……呜呜呜……"姬星漏哭着，嘴里念叨着让人摸不着头脑的话。

窗外的顾见骊听了姬星漏的哭诉，慢慢皱起了眉。姬星漏在学什么？

长生跑来，急忙说："夫人，五爷找您呢！"

顾见骊一下子想明白了，先前的猜测得到证实，姬星漏在学姬无镜！

他所做的一切都是在故意学姬无镜，想借此证明自己是姬无镜的儿子。

顾见骊没来得及让长生噤声。她甚至没来得及说话，姬星漏就一阵风似的从屋子里跑出来，站在顾见骊面前，一副凶神恶煞的样子，指着顾见骊怒吼："你偷听！"

顾见骊与姬星漏对视了一会儿，说："你父亲凶人的时候是笑着的，从来不会大吼大叫。"

姬星漏一下子愣在那里。

看着他呆呆的表情，顾见骊知道自己的猜测是对的。

姬星澜跟在哥哥后面，可是跑到门口的时候不小心被门槛绊倒了。她歪歪扭扭地爬起来，跑过来。

顾见骊笑着将她拉到身边，拍了拍她屁股上的尘土，柔声说："澜澜，下次跑的时候当心些。"她又摸了摸姬星澜的额头，让季夏拿来姬星澜的小棉袄亲自给她穿上，说，"澜澜这几天不舒服，还是待在屋子里好，记住了吗？"

"嗯嗯，记住了，澜澜乖，澜澜听话！"姬星澜弯着眼睛抱住顾见骊的手。

林嬷嬷找到了消肿止疼的药，匆匆赶过来，看见顾见骊在这里，急忙再一次替姬星漏说话："夫人，六郎说话没分寸，不是真的针对您，您可千万别往心里去。六郎是喜欢您的，您不在家的这段日子，六郎还念着您呢。"

"你话怎么这么多？"姬星漏跑过去，推了林嬷嬷一把。

姬星澜去拉哥哥，奶声奶气地道："哥哥，不要推嬷嬷，不要气母亲！"

她从姬星漏身后死死地抱住他的腰，小脑袋贴在姬星漏的背上。

顾见骊有些意外地看向姬星澜。这是小姑娘第一次正经地喊她"母亲"，虽然不是对着她喊的。

顾见骊对姬星漏说："星漏，你妹妹的风寒还没有好，大早上还很冷，她再在外面待一会儿可要加重病情的，你还不快带你妹妹进屋去？"

姬星漏犹豫了一下，抱怨了声"麻烦"，转过身来，牵起姬星澜的小手把她拉进屋。他步子迈得大，姬星澜被他拉扯得跟跟跄跄的。

顾见骊让季夏搀扶着跟了进去。屋内地面上铺着雪白的兔绒毯，上面凌乱地堆放着小孩子的玩具，五颜六色的。姬星漏爬上了床，用被子蒙上了头。姬星澜茫然地站在床下。

"林嬷嬷，把药给我吧。"顾见骊说。

林嬷嬷颇为意外地看了顾见骊一眼，才把手里的止疼消肿药递给顾见骊。顾见骊在床边坐下，拍了拍姬星漏的背，说："现在天冷，如果不抹些药消肿，是会得冻疮的。"

蒙着头的姬星漏不屑地"哼"了一声："你骗小孩！我又不是第一次在冬天被打。比现在更冷的时候被打了也没事，之后都会长好的！"

顾见骊樱口微张，心里不是滋味儿。

姬星漏才几岁？四岁的孩子却已经被打过许多次了。是，这孩子脾气不好，说话不好听，顽劣得让人头疼。可很多道理也没人教他啊。

顾见骊心里明白，倘若姬星漏是姬无镜的嫡子，府里绝对不会有人敢这般对他。正因为姬无镜对他浑不在意，其他人才敢轻视他、欺凌他。这孩子才会用自己笨拙的方式去反抗，试图得到别人的重视。

外生子是很尴尬的身份。

顾见骊转头望向站在一旁的姬星澜。

姬星澜见顾见骊看她，立刻摆出灿烂的笑脸，乖巧地说："不生气，不生哥哥的气好不好？"

顾见骊觉得更心酸了。姬星澜年纪还小，懵懵懂懂的。等再大些，她才会知道外生子的身份会给她带来多少困扰。

顾见骊忽然想到一件一直被她忽略的事情——等姬无镜不在了，她自然是要离开广平伯府的，到时候这两个孩子怎么办？她没有资格将这两个孩子带走。

她不由得开始责怪姬无镜这个父亲不称职。而且，倘若姬无镜真的喜欢这两个孩子的生母，将其纳入房中，让这两个孩子做庶子、庶女也比做外生子强上许多。顾见骊并不清楚姬无镜和孩子的生母的事情，也不敢乱猜，只觉得姬无镜不该对这两个孩子不管不问。

"你怎么哭啦？"姬星澜见顾见骊哭了，吓坏了，急忙挥着小拳头使劲捶了两下被裹在被子里的姬星漏，埋怨道："你把母亲气哭了！"

姬星漏一僵，扯开被子一角，偷偷去看顾见骊，见顾见骊果真红着眼睛，撇了撇嘴，小声说："女人都是爱哭鬼！"

"没有，没哭呢。"顾见骊俯下身来抱了抱姬星澜，又转头望向门口的长生，问："五爷找我有什么事情？"

"不知道，五爷只是让我找您！"

顾见骊想了想，说："你去与五爷说一声，我在星漏、星澜这里，让他过来。星澜不能吹风，今日不去前院了，把早膳摆在这边。"

长生刚走，姬星漏警惕地盯着顾见骊，哼了一声，说："你又想用父亲吓我！"

顾见骊晃了晃手里的小药瓶，问："等一下和你们的父亲一起吃饭，你疼得坐不下可怎么办？"

"那也不用你……"姬星漏嘟囔。

顾见骊也不坚持，将药瓶交给林嬷嬷："你来吧。"

她又摸了摸姬星澜软乎乎的小脸蛋，说："监督哥哥。"

"嗯！"姬星澜使劲点头。

顾见骊被季夏扶着在桌前坐下，等着季夏端早膳进来。她弯腰，捡起地上的一个七彩手鞠晃了晃。她前几年喜欢玩这个，还会自己做，在闺房里摆了许多。

姬无镜过来时，姬星漏刚刚擦好消肿止疼的药，正在穿裤子。

姬无镜看了他一眼，走到顾见骊对面坐下，脸色不太好地问她："一大早跑哪儿去了？"

"星漏闯了祸，我去把他接回来。"

姬无镜口气随意地道："你不接他，他也能自己跑回来。"

顾见骊不喜欢姬无镜对孩子这样随意的态度，刚要说话，季夏端着早膳进来了。顾见骊便把话忍了下来，决定吃了饭再说。

姬星漏小心翼翼地爬上凳子，屁股刚碰到凳子便颤了一下，明明疼得很，却装出一点都不疼的样子。那边姬星澜一阵咳嗽，顾见骊急忙转过身，轻轻拍了拍姬星澜的背。

姬无镜慢悠悠地吃着鱼粥，古怪地看了顾见骊一眼。顾见骊抬眼看向姬无镜的时候，姬无镜已经低下了头，继续吃着鱼粥。

吃着吃着，顾见骊的动作不由得慢了下来，只因她想起了曾经听来的关于星漏和星澜这两个孩子的传闻。传闻里，有人说这两个孩子是姬无镜的外生子，可也有人说是奸生子。

顾见骊的手一抖，勺子忽然落入碗中，发出清脆的声响。她慌忙去捞，却被汤烫到指尖。

姬无镜欠身，拉着她的手腕，用帕子擦去她手上的汤汁，又拿起桌上的备用勺子塞进她手里，而后继续专注地吃鱼粥。

顾见骊重新看向姬无镜，看了许久，坚定地否定了听来的传闻。

不可能，姬星漏和姬星澜绝对不可能是奸生子，姬无镜这样骄傲的人绝对做不出那样的事情。

姬星澜忽然"咯咯"笑了起来，小小的手托着腮，歪着小脑袋望着顾见骊，开心地笑着道："哇，你好喜欢爹爹呀！"

"什么？"顾见骊怔住，惊愕地看向小姑娘。

姬星澜弯着眼睛道："你看了爹爹好久！"

"你……你别乱说。"顾见骊尴尬又害羞，迅速扫了一眼姬无镜，又移开视线。

姬无镜微不可察地勾了勾唇，将姬星澜从椅子里抱起来放在膝上，懒洋洋地问："星澜想吃什么？"

姬无镜难得亲近小孩子。被他抱着，姬星澜惊喜得不得了，乖巧地说："澜澜可以自己吃！"

姬无镜"嗯"了一声，将姬星澜的小碗碟拿到她面前，让她坐在他的腿上吃。

顾见骊看了一眼被冷落的姬星漏。姬星漏面无表情地低着头。

于是，用过早膳，顾见骊有意让这对父子培养一下感情，所以让姬星漏背诗给姬无镜听。她则抱着姬星澜坐在软软的兔绒毯上玩手鞠。

早上的汤有些腻，顾见骊想吃糖了。她高高抛起手鞠，又接住，问姬星澜："澜澜想不想吃糖？"

"嗯！"

姬星澜如顾见骊所愿地点了点头。顾见骊立刻吩咐季夏将家里有的几盒糖果都拿来,依次摆在兔绒毯上。

顾见骊如愿把糖果塞进嘴里的时候,不知道是不是错觉,看见姬无镜意味不明地笑了一下。

"别背了。我都忘光了,也不知道你背得对不对,和妹妹玩去。"姬无镜说。

姬星漏眼里的失望之色一闪而过,不过他还是听话地挨着姬星澜一起吃糖。

"哥哥吃!"姬星澜把一块糖果塞进姬星漏的嘴里。

姬无镜懒散地盘腿坐下,好奇地翻看着几个盒子里的糖果。

"你手里的那种最好吃。"顾见骊说。

那是最后一颗黑豆子糖,顾见骊本想拿,被姬无镜抢先了。

姬无镜瞥她一眼,动作自然地将那块糖塞进了她的嘴里。

叶云月赶来时刚好看见这一幕。在她的梦里姬无镜买下了全安京的糖果铺子和会做糖果的师傅,造了一条糖果街,让师傅们日日制糖,每日送顾见骊一种口味的糖果。

自那以后,京中无人有糖吃。

叶云月后悔,悔得肠子都青了。许多人习惯性地给自己找借口,叶云月没勇气恨自己,便恨当初父母没有拦住她悔婚,恨前夫是卑鄙小人故意攀扯,甚至将曾经的闺中密友罗慕歌也恨得牙痒痒。当初罗慕歌告诉她,姬无镜抱回来的两个孩子是奸生子,吓得她死也不敢嫁。如今想来,姬无镜有没有奸生子有什么重要的?只要自己能得国父正妻的身份,他在外面怎么花天酒地都行。

一想到罗慕歌,叶云月便气得喘不上气来。她这一辈子的幸福都被罗慕歌给毁了。所谓劝和不劝离,宁拆一座庙不拆一桩婚,这个罗慕歌身为她的好友和姬无镜的师妹,怎么能故意在她面前说姬无镜的坏话?

"云月姨!"姬星澜爬起来道。

叶云月回过神来,急忙露出笑脸走过去。她刚要迈门槛,看了姬无镜一眼,又把腿缩了回来,柔声道:"五爷,西厂的陈督主来了。"

姬无镜皱了皱眉,脸上露出不耐烦的神色。不过他还是去了前院见陈河。

陈河未入座,站在三脚高桌旁,目光落在雪团的身上。雪团在三角高桌上伸懒腰。姬无镜进来时，雪团一下子跳起来，扑进了陈河的怀里。

"什么事？"姬无镜问。

他没进去，懒散地倚着门框。

陈河转过身，上下打量了姬无镜一番，道："师兄的气色看起来好了许多。"

"从西厂过来一趟就为了说废话？"

陈河笑着摇摇头，道："我今日可是代表陛下来看望师兄的，而且带了陛下赏赐的珍贵药材，有千年的人参、灵芝和雪莲。陛下还说，若是配药中缺了什么药材，尽管去太医院取。"

姬无镜笑道："我以前的药不也是在太医院拿的？说什么废话。"

陈河颇为无奈："师兄，这叫人情往来，更是圣上的恩泽。"

"还有事？"

陈河沉默了片刻，才道："师弟很是诧异，师兄这副脾气，居然还没被人打死。"

姬无镜嗤笑，语气随意地说："因为没人杀得了我啊。"

陈河又沉默了一会儿，才开口："如今正是陛下用人之际。"

"拿不动刀了。"姬无镜走进去，在椅子里坐下，闲适地靠着椅背。他将在茶托里倒扣着的茶盏拿出来，竖着放在桌子上，手指一转，茶盏转了起来。

"师兄的毒……"

"没解药，治不了。"

"可是……"

姬无镜手中动作一顿，茶盏也"啪"的一声落下。

"你想让我吐血给你看？"姬无镜挑起眼尾，狐狸眼中的冷意已显。

雪团吓了一跳，把脑袋钻进陈河的臂弯里。

"不怕不怕……"陈河立刻低下头，手抚摩着雪团的后背，温柔地安抚着它。等雪团安静下来，陈河才重新抬眼看向姬无镜，眼中亦带了冷意，道："你吓到它了。"

陈河抱着雪团转身就走。

这次换姬无镜被噎到无语。他看着陈河的背影，被气笑了。

姬无镜伸出手，微微用力，掌心浮现黑纹，犹如旋涡。他慢慢收拢了手。

姬无镜知道，定然是玄镜门章一伦暗杀他却被他反杀的事情传到了姬岚的耳中。而且，他进宫接顾见骊时也露了一手，这让姬岚认为他还可继续为朝廷效力。

"真是没见识。"姬无镜慢悠悠地说。这几次他施展的武力，不过是他真正实力的三四成。

姬无镜的剑极快，快剑剔骨剥皮，威震四方，却没有人知道他最擅长的武器是刀，重刀。

只可惜，这世上已没人有资格让他拔刀了。

顾见骊陪姬星澜玩了好一会儿，姬星澜一直表情不屑地坐在一旁。顾见骊教了姬星澜几种新的编绳方式，还答应下次给她做更好看的手鞠。

季夏走进来，挨着顾见骊坐在兔绒毯上，说："夫人，我刚刚听说，陛下将在花朝节立后。"

"花朝节？那也没几日了。"顾见骊将缠着红绳的双手递到姬星澜面前，让她翻绳。

"是，没几日了。奴婢听说陛下属意龙家姑娘……"

"瑜君？"顾见骊愣了一下。龙瑜君作为左相的孙女，的确极有可能被立为后。可是顾见骊隐隐觉得宫中凶险，并不是很希望龙瑜君入宫。

季夏笑着说："但是龙姑娘忽然定亲了，夫家是余家。"

顾见骊想了想，顿时了然。龙瑜君定然不想嫁入宫中，所以急忙定了亲，逃过一劫。过了好一会儿，顾见骊才轻声道："这样也好……"

"那皇后要立谁？"顾见骊刚问出来，心里便有了答案。

"是陛下未登基时的未婚妻孙引兰的妹妹孙引竹。"

顾见骊点了点头，孙家姐妹是右丞之女，成为皇后没什么好意外的。顾见骊相信，孙引竹会成为皇后绝不是因为她是孙引兰的妹妹，而是因为她是右丞相的女儿。顾见骊先前和孙引兰接触不多，倒是在宴席上与孙引竹说过几次话。孙引竹是个活泼的姑娘，和顾见骊同岁。

姬星澜眨了眨眼，歪着小脑袋瞧着顾见骊的表情。她将小手捂在嘴上，连连打哈欠。

"星澜困了？"顾见骊收起思绪，问道。

姬星澜使劲点了点头："我想睡一会儿，你之后再来陪我玩好不好？"

"那好，星澜睡一会儿。"顾见骊将红绳收起来，由季夏搀扶着起身，等姬星澜进了被窝，又低头看向姬星漏，说："星漏，不要吵妹妹睡觉。你要是困了，也睡一会儿。"

"喊，要你管？！"姬星漏扭头道。

顾见骊知道姬星漏很在意妹妹，微笑着摸了摸姬星漏的小脸蛋儿，才让季夏搀扶着自己离开。

房门关上后，姬星澜掀开被子，从床上爬下来，扭着身子跑到哥哥面前拉他的手，奶声奶气地道："哥哥陪我玩手鞠。"

姬星漏惊讶地睁大了眼睛，问："你骗她？"

姬星澜急忙用手捂住姬星漏的嘴巴，压低声音说："大人都不喜欢和小孩子玩，她刚刚在想事情，都走神了！她肯定好无聊。澜澜和哥哥玩，让她去做自己喜欢做的事！"

姬星漏皱了皱眉，很想说他也不喜欢玩这个……

顾见骊得知陈河已经走了，便去找姬无镜。

"五爷，星漏被打了，是被人当着很多下人的面抽鞭子。"顾见骊告状道。

姬无镜随意地"哦"了一声。

他毫不在意的态度让顾见骊有点生气。她坐到一旁，不吭声了，垂着眼睛看自己的裙摆。

好半天，姬无镜才看了她一眼，对季夏说："把刚才发生的事情说一遍。"

季夏将事情说了一遍，甚至将每个人的神情都演了出来。

姬无镜笑了，问："你叫什么来着？"

季夏愣了一下，飞快地看了顾见骊一眼，才道："奴婢季夏。"

"你组个马戏团表演，赚的钱肯定比你主子给的多。"姬无镜意味不明地说。

"不敢……"季夏吓得哆嗦了一下，赶忙跪了下来，低着头。

顾见骊打量了一眼姬无镜的神色，若无其事地说："季夏，你去厨房忙吧。"

"是！"季夏如得大赦，急忙弯着腰退了下去。

"五爷，星漏……"

375

姬无镜打断道:"轮椅被推至门槛处停下,奴婢搀扶着夫人走进屋内。老夫人赐了座,夫人坐下……"

顾见骊起先听得糊涂,后来才反应过来姬无镜在重复季夏刚刚说过的话。

"怎么了?"顾见骊疑惑地问。

恰逢长生从门前经过,姬无镜顺手一指,道:"去,把府里所有门槛给我拆了。"

"啊?"长生愣了一瞬,转身走了。他不需要知道理由,接到姬无镜的命令后,执行就好了。

"五爷!"顾见骊站起来,左脚落了地,疼得倒吸了一口凉气。

接下来一个月,顾见骊一直用拐杖或轮椅,没敢练习走路。

## 第二十四章 姬昭，你欺负人

顾见骊，
是我太纵容你了？
你竟敢怜悯我。

春暖花开，顾见骊坐在窗前，透过窗户，羡慕地望着姬星澜在院子里蹦蹦跳跳。

姬无镜站在她身后，道："你要是再不练习走路，小心变成长短腿。"

"什么意思？"顾见骊转过头来，看着他。

"跛子啊。"

顾见骊一惊，吓白了脸。她顿了顿，像是自我安慰一样，说："不会的……"

"起来。"姬无镜捏着她的肩膀，将她从椅子里拎了起来。

顾见骊站在他面前，几乎只用右脚支撑自己。

姬无镜一边向后退，一边说："走过来，否则打屁股。"

顾见骊皱着眉，试探着迈出左脚，可仍旧不敢用力踩，又缩了回去。她提防地望着姬无镜，小声说："再等等吧，摔了可怎么办？"

"摔几次也正常。"姬无镜道。

"那不行！"顾见骊连忙说，"要是动了胎气怎么办？"

"什么？"姬无镜怔住了。

顾见骊脸颊泛红："我……我两个月没来那什么了，可能是怀孕了……"顾见骊的声音越来越低。她低下头，尴尬地捏着衣角，觉得很不好意思。

姬无镜沉默了很久，最终开口问："请大夫诊断过了？"

"还……还没有……"顾见骊听见自己的声音有些发颤。

可是她为什么要发颤呢？她又没做错什么事情。

顾见骊鼓起勇气抬起头来，微微仰着下巴，直视姬无镜，努力用寻常的语气说："我觉得时间还早，就没请大夫。如果下个月还没有来月事，我再请……"

她前面还保持住了，可到最后，可能是因为放松了警惕，将最后一个"请"字念成了"挺"。顾见骊悄悄咬唇，尴尬地移开了目光。

姬无镜站在原地，目光复杂地打量了一眼顾见骊，然后一步步朝她走去。他在椅子上坐下，拉着顾见骊的手，将她拉到他的腿上坐着。

姬无镜问："有感觉吗？有胎动过吗？"

顾见骊转过头，惊奇地望着姬无镜，说："才两个月怎么会动呢？"

姬无镜点头。哦，原来她还知道这个。

姬无镜望着顾见骊清澈动人的眸子，忽然来了兴致，问："顾见骊，你想不想要双胞胎？"

"双胞胎？"顾见骊还没想过这个。肚子里有一个还是两个小家伙，是姑娘家还是小郎君，她都没想过。

姬无镜继续道："对，双胞胎。两个小东西会长得一模一样。"

顾见骊想到了姬星澜和姬星漏，疑惑地说："可是星澜和星漏的五官不是一模一样的，他们两个长得一点都不像。"

"嗯……龙凤胎可能会长得不像，但如果是两个小姑娘或者两个小郎君，就会长得一模一样。"

"哦……"顾见骊点了点头，有些疑惑，"可是，是不是双胞胎又不能由我们来定。"

"嗯……"姬无镜拖长了声音，道，"可以试一试，有十之二三的概率。"

顾见骊惊奇地望着姬无镜。她可从来没听过这个说法。

姬无镜将顾见骊鬓边的一绺碎发别到她的耳后，慢悠悠地说："如果在受孕的头三个月补上一回，就有可能是双生子。"

顾见骊怀疑地看着姬无镜，显然不太信。

姬无镜任由她打量自己，继续面无表情地说："当然，我也说了，可能性只有十之二三。"

顾见骊仍旧半信半疑。想到姬星漏和姬星澜就是双胞胎，她又觉得或许姬无镜说的是真的。

姬无镜扯起嘴角，凑过去吻顾见骊的唇。已经不算陌生的感觉袭来，顾见骊的身子下意识地紧绷了一瞬，迷茫的眼中浮现犹豫之色。

姬无镜近距离望着她的眼睛，咬了咬她的舌。

"你骗人！"顾见骊忽然使劲将姬无镜推开，"这样又不会怀孕……"

顾见骊用手背抹唇，不好意思地侧过脸，移开视线。即使不是第一次被他亲吻，顾见骊还是觉得害怕。那种心跳过快、理智全失的感觉让她很不安。

哦，原来她知道接吻不会怀孕。

姬无镜低下头，利落地解开裤带。

顾见骊瞧着他的动作，顿时慌了起来。他该不会真的要补上一次吧？

"不要了！"顾见骊迅速将双手背在身后。

姬无镜装出惋惜的样子，问："真的不想试试？不想要双胞胎吗？"

顾见骊使劲摇头。只要想起那天晚上的经历，她就觉得紧张不安。

"行吧。"姬无镜拍了拍她的头，"那给叔叔系上。"

顾见骊怀疑地看了他一眼，犹豫了一会儿，伸手将姬无镜的裤带系上，动作小心翼翼的。

姬无镜长久地注视着顾见骊的侧脸。不管从哪个角度看她，她都美得毫无瑕疵。

"好啦。"顾见骊收回手，又悄悄地将双手背在身后，两手相握。

顾见骊无意间听婆了说过，女子有了身孕是不能行房的。这样一来，她会有接近一年的时间不用提心吊胆，倒没什么不好的。

她出嫁时情况特殊，没人给她讲圆房到底是怎样的过程，之后她也没别的渠道弄明白。前几个月，她好不容易鼓足勇气跟姐姐要了本小册子，想学一学，偏偏只看了两页就被姬无镜抢了去……

"顾见骊。"姬无镜叫她。

"嗯？"顾见骊望向姬无镜，应道。

姬无镜揽住顾见骊的腰，俯下身来，耳朵贴在顾见骊的小腹上。顾见骊不太习惯，想往后躲，后背紧紧地贴着姬无镜的手臂。

姬无镜："别动。"

顾见骊果真不动了，疑惑地问："应该什么都听不出来吧？"

姬无镜像真的能听到声音一样，听了很久才直起身来。他望着顾见骊的目光有些古怪，顾见骊看不懂。

"顾见骊，生孩子很疼。"他说。

顾见骊蹙起眉头。

姬无镜微微屈指滑过顾见骊蹙起的眉心，漫不经心地说："我是快死的人，你给我生什么孩子？"

顾见骊反驳道："怎么能叫给你生孩子？那也是我的孩子呀。"

姬无镜慢悠悠地"嗯"了一声，拉过顾见骊的手，饶有兴致地揉捏起来，说："可是我死了，孩子就没了父亲，会被欺负的。"

"我会护好他，不让任何人欺负他。"顾见骊认真地说。

姬无镜不紧不慢地说："可你的下个夫君说不定不准你将孩子带在身边，

380

就算准了,也会打他、骂他。"

顾见骊犹豫了一会儿,低下头,望着自己平坦的小腹,说:"如果别人容不下他,我就去学做生意,自己养活他,不再嫁就是了。"

姬无镜轻笑了一声,身子向后靠。

"你笑什么?"顾见骊问。

姬无镜没吭声,将顾见骊的手放到唇边。她的手上有淡淡的香味儿,好闻得紧。姬无镜轻轻吻了吻她的手背。

顾见骊安静地望着姬无镜,揣摩着姬无镜的心情。他这样,会不会是在因为自己不能长寿而难过?

姬无镜松了手,敲了敲顾见骊的额头,道:"也不一定真的是有了,明天让大夫给你把把脉。"

"好。"顾见骊乖巧地点了点头,目光落在自己的肚子上。

姬无镜用手摸了摸下巴,觉得一言难尽。他起身,把顾见骊打横抱了起来,一边往床榻走去,一边跟哄小孩子似的违心地道:"我的小夫人最近可要好好安胎才行哪。"

顾见骊规规矩矩地躺在床上,认真地点头。

第二天,纪敬意过来了,还带着他的徒弟罗慕歌。

"纪大夫,怎么样呀?"顾见骊紧张地询问。

"这……"

"咳咳。"姬无镜假装随意地咳嗽了几声。

纪敬意顿了顿,改口道:"夫人暂且无孕,只是气血不足。"

顾见骊怔了怔,一时之间心里有点空。她下意识地望向懒散地坐在椅子上的姬无镜。姬无镜正玩着桌上的茶盏,一副不怎么在意的样子。

顾见骊收回目光,心想:也是,姬无镜本来就不喜欢小孩子。

"慕歌,给为师拿纸笔来。"纪敬意道。

"是。"罗慕歌将纸笔递过去,纪敬意写下了通气血的药方。

罗慕歌自幼拜纪敬意为师,专攻医术。她的生父是姬无镜和陈河的师父,也就是上一任西厂督主,因此她算他们的师妹。

不过身为宦官,她父亲不方便让别人知道自己净身前有个女儿。罗慕歌的身世没几个人知道。

罗慕歌前几个月在外地采买药材，最近才回京，只听说姬无镜娶了妻，女子还是"安京双骊"中的一位，但一直没见过顾见骊。此时，罗慕歌不由得仔细打量起顾见骊来。

只一眼，罗慕歌便知道"安京双骊"绝非浪得虚名。原来这世间真有女子让人一瞥惊鸿，再品惊叹。

感受到罗慕歌的目光，顾见骊对她浅浅地笑了一下。

罗慕歌报以友善的微笑，心里却有些诧异。顾见骊如此娇弱，如何与师兄并肩？罗慕歌难以想象顾见骊站在姬无镜身侧的样子。

然而下一刻，顾见骊与姬无镜先后起身。姬无镜直接将顾见骊打横抱起来，往里屋走去。

罗慕歌不可思议地望着姬无镜，以为自己看错了。

被他当着外人的面抱起来，顾见骊觉得不太适合，刚进里间，便压低声音问："你干吗抱我？我可以拄着拐杖慢慢走，你搀扶着我便好。"

"慢。"

顾见骊不吭声了，心中却想：是会慢些，可那有什么要紧的呢？

姬无镜瞧出她不高兴，问："没有身孕，你会不会松了一口气？"

顾见骊观察着姬无镜的脸色，谨慎地回答："没有。"

"那有没有失望啊？"

"也没有。"顾见骊这次实话实说了。

姬无镜将顾见骊抱到床上放下，顺手给她盖好了被子。

顾见骊别扭地说："我现在不用安胎了……"

"没事，先演练怎么安胎，咱们加把劲儿，争取早日怀一个。"姬无镜伸手抚过顾见骊的眼睛，道，"睡午觉吧。"

…………

顾见骊听见姬无镜走出去的声音，才睁开眼睛。她呆呆地望着门口的方向好一会儿，开始犯困。

顾见骊打了个哈欠，合上眼睛睡觉。

姬无镜回到外间时，纪敬意已经准备好了银针。罗慕歌拿着提前备好的药材去厨房熬药。

"让长生去就行。"姬无镜道。

刚走到门口的罗慕歌回过头来，微笑着冲姬无镜说："懂医术的人才能将火候掌握得刚刚好。"

姬无镜便没再说什么，坐下来，将宽袖拉上去，把手臂递给纪敬意。纪敬意将一根根细细的银针刺到姬无镜的小臂上。

罗慕歌到厨房时，季夏正在炒菜。见到罗慕歌，季夏问："罗姑娘，熬药的石锅都在这里，您看看用哪个？我可能帮上什么？"

"你忙你的就好，我应付得来。"罗慕歌见季夏正往锅里撒盐，叮嘱道，"夫人气血不畅，最近饮食清淡些为好，五爷也吃不得重盐，你尽量少放些油盐。"

"嗯，记下了！"

罗慕歌挑了一口锅，将其抱出厨房，在外面熬药。

季夏在门内打量罗慕歌，心想：这个罗姑娘和京中其他贵女不太一样，一身素雅的白裙，就像枝头的丁香花。可她又淡淡的，身上甚至有拒人于千里之外的冷意。

叶云月匆匆赶来，站到罗慕歌面前，笑着说："好久不见啊，慕歌。"

罗慕歌轻摇扇子控制着火候，抬头看了叶云月一眼，又低下头，语气随意地道："是许久不见了。"

叶云月咬牙切齿地道："你当年是不是故意的？"

"我不明白你这话是什么意思。"罗慕歌淡淡地道。

叶云月一出现，季夏便警惕起来。

见叶云月直接去找了罗慕歌，季夏更是打起精神，站在门口仔细听她们的对话。

"姬昭此人性情乖戾、喜怒无常，好杀人，死于他手中之人不计其数。他穿人皮衣，点人皮灯，家中摆满人骨，对女子更是有虐待癖，强暴女子无数。他带回家中的两个孩子乃奸生子，在外面还有更多奸生子！他身中剧毒实乃报应，不日将暴毙而亡！"

罗慕歌默默地听她说完，点了点头，淡淡地道："当年我好像是这样说过……"

"可是当年你没告诉我，你是五爷的师妹！"叶云月愤愤地道。

"我和他的关系有说的必要吗？"罗慕歌抬眼看向叶云月，道，"那些事情是我听来的。是你向我打听五爷的事,我才好心说给你听。你若是不信,亲自去问他便是。"

"你别以为我不知道,你是故意贬低五爷的,就是不希望我嫁给他。你说,是不是你自己想嫁给他?"

罗慕歌微微蹙眉,说:"你想多了。"

叶云月不甘心,向前迈出一步,将手搭在罗慕歌的肩上,想要将她拉起来。罗慕歌微微侧过身,将手中的银针刺入叶云月的肩窝。

叶云月痛苦地叫了一声,直接跪了下来,身上迅速冒出冷汗。

躲在门后偷听的季夏一惊。罗慕歌曾经故意在叶云月面前贬低过五爷?季夏觉得应该将这件事告诉顾见骊。

罗慕歌将银针拔出来,随意一丢,继续轻摇扇子控制火候,不再搭理叶云月。

叶云月跪在地上大口喘了半天,再望向罗慕歌时,心中有了一个想法。

"好,我明白了。"叶云月冷笑着站起来,迈着沉重的步子离开了。

罗慕歌回头看了一眼厨房,放下扇子,起身走了进去。

季夏见状,迅速回到大锅前,一边往锅里扔红枣,一边回过头,假装什么都不知道,问:"罗姑娘,我刚刚听见了说话声,是谁来了?是不是哪位嬷嬷?"

"没有人来过。"

"哦。"季夏回过头道。

罗慕歌将手随意地搭在季夏的腰上,一下刺入一根银针。季夏闷哼一声,明亮的眼中浮现茫然之色。

罗慕歌收了针,轻轻拍了拍季夏的肩。季夏迷迷糊糊地望向罗慕歌,惊讶地问:"罗姑娘,你怎么过来了?瞧我,炒菜的声音太大,你走到我身后我都不知道。"

罗慕歌浅浅地笑着,道:"我是过来拿锅煎药的。"

"熬药的石锅都在这里,您要用哪个?我能帮上您什么吗?"

罗慕歌笑着颔首,随意取了一个锅。

季夏继续炒菜,不经意间望向摆放石锅的角落,心想:那里怎么少了两个锅?她诧异地走到门口,发现罗慕歌面前摆了两个石锅。

"她刚刚拿走了两个吗？"季夏喃喃自语，"居然需要两个……"

季夏没将这件事放在心上，继续炒菜。

罗慕歌端着熬好的汤药回去时，姬无镜的小臂上已经布满了银针。他闭着眼，脸色苍白。

罗慕歌知道姬无镜此时有多痛。

她将熬好的汤药倒进盛了清水的木盆中，一股异香立刻弥漫开来。

纪敬意看了一眼桌上燃着的香，将银针一根根取了下来。他每取下一根银针，便会带出一丝黑色的血。

半数银针被取下时，姬无镜睁开眼，望向里屋的方向。

他听见了声音。顾见骊拄着拐杖，慢腾腾地从里面走了出来。

"又怎么了？"姬无镜随口问。

顾见骊摇摇头，挪到姬无镜身边坐下，目不转睛地看着纪敬意继续取银针。

罗慕歌将在药液中浸泡过的帕子取出来，稍微拧了拧，去擦姬无镜的小臂。

"我来吧。"顾见骊伸出手，道。

罗慕歌犹豫了一下才将帕子递给顾见骊，说："擦得用力些，让药汁渗进去。"

顾见骊点了点头，仔细给姬无镜擦着。

姬无镜瞧着顾见骊的侧脸，忽然凑到她耳边，压低声音问："没有叔叔抱着睡不着？"

顾见骊动作一顿，脚使劲地踩了踩姬无镜。

姬无镜大笑，顾见骊皱着眉，在心里骂了一句：不正经！

"这样可以了吗？"顾见骊问。

纪敬意还没来得及开口，姬无镜抢先道："不可以，手也要擦，擦仔细了。"

"哦。"顾见骊应了一声，拉过姬无镜的手，仔仔细细地给他擦着。

姬无镜饶有兴致地欣赏着顾见骊专注的样子。

纪敬意拿来小刀，割破姬无镜的手。姬无镜将手放进月白色的药液里。

不多时，子蛊游了出来。

纪敬意道："接下来每隔七日下一回针，七次之后，可植入母蛊。"纪敬意又叮嘱道，"门主，您可千万别再动用内力了。"

姬无镜随意地应了一声。

纪敬意叹气，根本不信门主能做到。姬无镜如果真的有好好调养，怎么会至今不能植入母蛊？虽说母蛊不是解药，可毕竟有续命之功效。

纪敬意和罗慕歌离去，姬无镜懒散地看向坐在身侧发呆的顾见骊，问："不困了？"

"不想睡了。"

"那就去练习走路。"姬无镜起身，不由分说地将顾见骊抱起来，往里屋走去。

顾见骊悬空的瞬间慌忙拿起一旁的拐杖，紧紧地攥着。

姬无镜将顾见骊放在里屋门口，夺走她的拐杖，一边朝床榻的方向退，一边说："走过来拿你的拐杖。"

顾见骊试探着迈出左脚，脚心刚刚贴到地面上，立刻疼得收回了脚。

"顾见骊。"

"还没长好，再等等……"顾见骊心虚地喊了声，"叔叔……"

姬无镜舔唇。

他们一个不肯迈步，一个不肯让步，陷入僵持状态。

姬无镜忽然朝顾见骊走过去。顾见骊心里不安，有种不好的预感。

顾见骊警惕地望着站在她面前的姬无镜。姬无镜轻轻挑起眼尾，露出一丝不算善意的笑。他强硬地脱去了顾见骊的衣服，动作极快。等反应过来时，顾见骊身上只剩粉色的亵裤和鞋袜了。

她捂着胸口，气恼地瞪着向后退的姬无镜，质问道："你做什么？！"

姬无镜晃了晃手里的衣服："过来拿啊。"

"师兄，我忘了给你一种药。"罗慕歌去而复返，站在外间大声说。

顾见骊急忙小声对姬无镜说："你还不快出去拿？"

姬无镜随手将衣服扔到床榻上，朝外走去，经过顾见骊身边时，顾见骊轻轻"哼"了一声，转过身去。

"衣服就在床上，自己去拿。"姬无镜摸了摸她的头，推门出去。

"什么药？"来到外面，姬无镜扫了罗慕歌一眼，问。

罗慕歌从药匣中取出一个红色的小瓷瓶递给姬无镜。

姬无镜打开闻了闻，开口说道："这是什么东西？不是我的药。"

"是给嫂子的药。"

姬无镜又看了罗慕歌一眼。

"避子丹，每日晨起服用一粒，连续服用一个月，可保一年内无孕。兴许用得上。"罗慕歌顿了顿，道，"师父还在外面等我，我先走了。"

姬无镜将小瓷瓶收起来，回到里屋，见顾见骊正单腿往床榻那边蹦。姬无镜进来时，顾见骊刚刚蹦到床边，正弯下腰去拿衣服。衣服在床里侧，顾见骊不得不侧坐在床沿上，伸手去够。

只差一点点，她就拿到自己的衣服了。就在这时，她纤细的腰被姬无镜控制住了。

"松开！"顾见骊慌忙去扯被子，想要遮住身子。

姬无镜在顾见骊的腰上捏了一把，又将她从床上拉了起来。

"听话，我的小骊骊。"姬无镜亲了一下顾见骊的头顶，把她抱起来，走到门口处。

他放下她，又缓缓往回走，坐到床上，跷着二郎腿认真地说："走过来。什么时候走过来，什么时候有衣服穿。"

"你！"顾见骊生气了，扭头朝门口的方向大声喊："季夏！季夏！"

姬无镜轻笑一声，慢悠悠地说："叫人是没用的，因为，这里我说了算。"

顾见骊扭过头来，愤愤地瞪着姬无镜。姬无镜含笑与她对视，狐狸眼里写满了坚决。

顾见骊道："纪大夫都说了，你不能用内力！"

姬无镜微怔，眼里的笑意慢慢散了。他沉默片刻，放缓语气道："拆下板子一个多月了，你再不练习走路，以后真的要跛了。你该不会想永远做蹦蹦跳跳的小兔子吧？"

顾见骊抿唇，不吭声了。

姬无镜起身走到顾见骊面前，张开双臂道："叔叔就在这儿，你摔不了。"

顾见骊低下头，委屈地抱着胸口，脸颊早就红透了，又羞又气，一动不动。

姬无镜又往前迈出一步，道："来。"

顾见骊慢腾腾地抬起头，轻哼了一声，不看他。

姬无镜叹气，手搭在她的腰上，手指捏了捏她的裤子的边。他弯下腰，凑到顾见骊的耳边低声说："再不听话，叔叔就不客气了。"

顾见骊狠狠地打开了姬无镜的手。

姬无镜笑了，直起身后退一步，用哄小孩的语气道："乖，听话。"

顾见骊叹了一口气，试探地迈出左脚，脚尖先着地，再慢慢将整只脚踩在地面上，全身的重量都由右腿撑着。她一点一点将重心挪到左腿上，每前倾一点，腿上的疼痛就多了一分。

顾见骊吸了吸鼻子，红了眼睛，觉得委屈。

"我疼……"顾见骊哽咽道。

"听不见。"姬无镜板起脸来，目光却忍不住扫过顾见骊身上的每一寸肌肤。

顾见骊又吸了吸鼻子，望向姬无镜，泪藏在眼眶里，将落不落，我见犹怜。

"真的疼。"顾见骊朝姬无镜伸出手，抓住他的衣袖。

"顾见骊，不许撒娇。"姬无镜冷着脸，甚至有点凶。

泪终于滚落，顾见骊膝盖一弯，朝姬无镜扑去。姬无镜犹豫了一瞬，到底没躲开，任由顾见骊扑进他的怀里。

顾见骊紧紧抱住姬无镜的腰，脸贴着他的胸，可怜分兮地道："明天再走。求你了，叔叔……"

姬无镜无奈地以手扶额："顾见骊……"

顾见骊搂住姬无镜的脖子，亲了亲他的嘴，堵住他的话。

姬无镜避开："顾见……"

顾见骊又亲了他一下。

"顾见骊！"姬无镜站直身子，顾见骊仰着头也亲不到了。

姬无镜伸手敲了敲她的额头，道："你这是在逼叔叔欺负你。"

顾见骊委屈地摇头，小声说："我是在求叔叔宽限一天……"

姬无镜移开目光，实在不想看她这个样子，问："明天真的会练习走路？"

"嗯！"顾见骊点头。

姬无镜又叹了一口气,将顾见骊打横抱起来,往床榻走去。

顾见骊一手攥着他的衣服,一手遮着胸口,觉得尴尬得很。她皱着眉,干脆伸手去捂姬无镜的眼睛。

姬无镜笑道:"你捂住叔叔的眼睛,叔叔看不见了,怎么走路?"

"你能看见!"顾见骊反驳道,又小声说,"反正我看得见。你一直往前走就对了。还有三步……到了,到了,你放我下来。"

姬无镜将顾见骊放到床上,顾见骊立刻爬到里侧,将被子裹在身上,取衣服来穿。

刚刚穿好衣服,她就抬起头,冲姬无镜"哼"了一声,却又在姬无镜靠过去时立刻道:"叔叔,我错了!"

姬无镜捏了捏她的脸,笑道:"小孩子。"


姬无镜刚出屋,顾见骊立刻喊季夏过来,在季夏的搀扶下去了后院,找两个孩子。姬无镜总不会在两个孩子面前胡来。

姬星澜坐在床上,对着林嬷嬷手里的汤药哼哼唧唧。

"澜姐儿,不能嫌苦,把药喝了才能好,要不然你会头疼、眼睛疼、嗓子疼,晚上也睡不好!"

昨天晚上姬星澜睡觉时踢了被子,又一次着凉了,林嬷嬷不敢大意。

"苦!"姬星澜苦着脸道。

顾见骊进来了,问:"澜澜又不好好喝药是不是?"

见了顾见骊,姬星澜缩了缩脖子,有些心虚。

"夫人,您过来了,快说说澜姐儿,她听您的话!"林嬷嬷笑着说。

"给我吧。"顾见骊从林嬷嬷手中接过汤药,尝了一点试温度,刚刚好。可只是舔了一下,顾见骊就苦得不行了。她怕苦,却不能当着小孩子的面表现出来,便微笑着劝道:"咱们澜澜最乖了,才不会不喝药。"

"好苦……"姬星澜抱怨道。

"澜澜,喝了药,我让季夏去给你买十锦阁新出的糖果。"顾见骊拍了拍姬星澜的头,"听话。"

顾见骊说完忽然一怔,想起姬无镜也曾对她这般说。

"好,澜澜乖,澜澜听话!"姬星澜捧起药碗,一口气将药喝光了。她被苦得红了眼睛，眼泪直往下掉。

顾见骊拿了糖果给她，又把她抱在怀里哄了好一会儿，姬星澜才慢慢咧开嘴笑了。

望着姬星澜的笑脸，顾见骊忽然就不生姬无镜的气了。她知道，姬无镜是为了她好。

晚上，顾见骊喝了调气血的汤药，随后歇下。她尽量不去招惹姬无镜，面朝里侧。

她静静地等了一会儿，没听姬无镜提起明天练习走路的事情，稍稍放心，闭眼睡去。她知道自己早晚要练习走路的，只不过……明天的事情明天再说……

顾见骊迷迷糊糊地睡着了。

第二天一早，顾见骊迷迷糊糊地觉得腰上很痒，睁开眼，发现站在床下的姬无镜正弯腰解她的腰带，而她的上衣已经被脱了。

顾见骊一下子清醒了，猛地坐起来，将被子裹在身上，瞪着姬无镜道："叔叔……"

姬无镜去扯被子，顾见骊死死抓着不放。

二人僵持不下时，姬无镜弯腰，假装去扯她的裤子。顾见骊一惊，迅速收手，被子便被姬无镜抢了去。

姬无镜再次将她抱了起来，放在门口。

他回到床边，将床榻上的衣服和被褥收好，放在房梁上。

他坐在梁上，笑道："从今日起，每日清晨认真走一百步，否则不仅没有衣服穿，连饭都没的吃。"

顾见骊慢慢蹲下来，抱着膝，一动不动，也不吭声。

姬无镜坐在梁上看着她，许久之后，先开口道："顾见骊。"

顾见骊仍旧不吭声。

姬无镜一跃而下，走到她面前蹲了下来。他抬起她的脸，才发现上面满是泪水。

姬无镜抓住顾见骊的手腕，道："起来。"

顾见骊干脆坐到地上，哭着挣脱他的手，道："你放开我，我要回家！爹爹……"

"顾见骊！"

顾见骊用脚踢姬无镜，哭着喊道："我不要再留在你身边了！凭什么不管什么事，我都要听你的？你打着为我好的幌子行侮辱之事！"

侮辱……姬无镜无声地将这两个字念了一遍。

"姬昭，你欺负人！我是你养的猫还是狗，你为什么一直戏弄我？你要不要弄个笼子把我关起来，或者用绳子把我绑起来？"

顾见骊奋力推开姬无镜，吃力地站起来，赌气地往前走去。左脚落地，钻心的疼痛让她身子战栗，她绝望地再迈了一步。姬无镜起身，在她身后抱住了她，声音低沉："不要走了。"

"放开！我不要再求你，不要再服软了。谁让你随便扒我的衣服的？你趁我睡着了下手就更坏了！我讨厌死你了！"

顾见骊挣扎，却挣脱不开。她便狠狠地去打他，但他的胳膊很硬，她没把他打疼，自己的手心反倒红了。于是她哭着去掐他，又费力地弯下腰，狠狠咬他。

姬无镜一动不动，由着她。

咬得狠了，嘴里有了血腥味儿，顾见骊松了口，瞧着留在姬无镜的胳膊上的牙印，眼泪簌簌落下。

"我把衣服给你，但是你要好好练习走路。"姬无镜沉声道。

顾见骊吸了吸鼻子，哭着叫道："我不信你了！"

"那以后，你睡前用绳子把我的手绑起来。"姬无镜道。

"骗人，绳子根本捆不住你！"

姬无镜沉默良久，心想：确实，绳子的确捆不住。

"那怎么办呢？顾见骊。"姬无镜把顾见骊的身子转过来，抬起她的脸，扯了扯嘴角，笑道，"要不要把我的手砍下来？"

顾见骊怀疑地看向他。

"算了，"姬无镜神情恹恹的，"不走就不走吧，跛子也没什么。完美的人身上有了缺点也挺好，看着真实些。"

顾见骊瞧着他的表情，心中惴惴不安，哭着说："我不要，不要当跛子……"

姬无镜望着她的眼睛，用剩余不多的耐心问："那到底走不走？等一点都不疼的时候再走就迟了。"

顾见骊皱着眉推他："你还我的衣服！"

姬无镜将手搭在顾见骊的腰上，让顾见骊站直。他取来她的衣服，丢给她，顾见骊生气地瞪了他一眼，侧过身开始穿衣服。等她终于费力地将衣服穿好了，那股屈辱的感觉才慢慢消失。她没有急着起来，轻轻揉捏着左小腿。她刚刚赌气走了两步，现在小腿疼得厉害。

虽然不哭了，但她眼里的湿意还在。她吸了吸鼻子，泪珠又滚落下来。

"走不走？"姬无镜再问。他也诧异自己今日的耐心这般好。

顾见骊抿着唇，好半天才小声说："走。"

姬无镜朝她伸出手，说："起来，我扶着你走。"

顾见骊犹豫片刻，半信半疑地把手递给了他，让他拉自己起来。

她抬头望着床榻的方向。距离明明没有那么远，她却觉得遥不可及。

她忍痛试探着迈出左脚，一步又一步。左脚落地第三次时，她疼得停在那里，忍着没哭出来，眼睛却红得厉害。

"顾见骊，拿出你骂我、掐我、咬我的架势啊。"姬无镜慢悠悠地说。

顾见骊轻哼一声，不理他。

姬无镜继续道："看，走两三步就停下不肯走了，小废物。"

顾见骊瞪他："我自己慢慢来，也比被你折磨强！"

姬无镜意味深长地说："你也在折磨我啊。"

"胡说。"顾见骊反驳。

姬无镜笑了笑，没再说什么。

顾见骊再一次迈出步子，尝试着往前走。她就这样走走停停，用了好些时候才走到床边。她扶着床榻坐下时，一身的汗。

身子软了下来，她无力地趴在床上，一动不动。

"顾见骊。"

顾见骊回头去看他。

姬无镜懒散地靠在床侧，随意地道："你想回你自己的家找顾敬元那老东西……"他忽然停住了。

顾见骊等了好一会儿，问："什么？"

"没什么。"姬无镜冷着脸大步走了出去，叫季夏给顾见骊烧热水洗澡。

他再进来时，没理顾见骊，面无表情地上了床榻睡觉。

顾见骊坐在床边望着姬无镜，一直想着他那句没有说完的话。

——你想回你自己的家找顾敬元那老东西，就回去吧。

——你想回你自己的家找顾敬元那老东西，我便敲断你的腿。

他想说的到底是什么呢？

顾见骊悄悄握住姬无镜的手腕，又迅速抬眼看向他，见他仍闭着眼，才拉起他的袖子。他的小臂上有她掐过和咬过的痕迹。

姬无镜抽回手，淡淡地瞥了顾见骊一眼，语气不善："离我远点。"

顾见骊抿起唇。

姬无镜重新合上眼睛。

他听见顾见骊起身的声音，又眯着眼睛去看她。顾见骊朝西间走去，靠着墙，走两三步就会停下来，歇一会儿再走。

等她走到西间门口了，姬无镜终于出声问："你干吗去？"

顾见骊闷声道："是你让我离你远点的。"

"这个时候倒听话了。"

顾见骊不吭声，推开西间的门，走了进去。

她低下头，不经意间看见被砍掉门槛的地方，怔了怔，搭在墙壁上的手微微攥了一下，又松开，继续吃力地往里走着。

她在小杌子上坐下，等季夏烧好水送进来。

季夏提着热水进来，将水倒进浴桶里。她仔细瞧着顾见骊的表情，压低声音谨慎地问："奴婢听见您哭了，没什么事吧？是不是五爷……？"

"是我做噩梦了。"顾见骊打断她的话，"出去的时候轻一点，别吵着五爷。他恐怕刚睡着。"

"知道了。"季夏应道，"水好了，您试试温度？"

顾见骊试了试水温，确认没问题后，在季夏的搀扶下进了浴桶。

她没让季夏留在这里伺候，独自泡在热水里。眼睛又肿又疼，她双手捧起一抔热水泼在脸上，发烫的热水缓解了眼睛的痛感。

她一大清早就被姬无镜弄醒，又累了一早上，此时困极了，头靠着浴桶，在氤氲的热气中睡着了。

姬无镜在床上把玩着罗慕歌给他的避子丹，坐了起来，将瓶中鲜红的药丸

393

倒进掌中。

是药三分毒。

若顾见骊此时有孕，姬无镜体内的毒大概率会传给那个孩子。孩子在未成形时就会死掉，即便借药物侥幸保命，出生后亦可能夭折。甚至，顾见骊说不定也会染上他体内的毒。

姬无镜扯起嘴角笑了笑，心想：何必那么麻烦，不碰她不就行了？何况那个傻孩子根本不懂什么是圆房，竟以为他们已经做了夫妻。

姬无镜握拳，微微用力，掌中的药丸化成了灰。

他起身走进西间，见顾见骊睡着了，将手探入水中试了试温度。水有些凉了，他提起在一旁备着的水壶，往桶里添了些热水。

水声没有吵醒顾见骊。

姬无镜凝视着顾见骊。她肤若凝脂，乌黑的长发垂在桶外，如缎带。兴许九霄之上的仙子也不过如此。

姬无镜挑起顾见骊的一缕长发，漫不经心地缠在手上。

酣睡中的顾见骊微微蹙眉。

姬无镜松了手，转身想走。她的长发缓缓落下，发尾轻晃。

顾见骊迷茫地睁开眼，望着姬无镜将要出去的背影，迷糊地喊他："五爷？"

"怎么？"姬无镜回头。

顾见骊缓慢地眨了一下眼睛。也许是在热水里泡了太久，她觉得脸肿得难受。她双手捂住脸，轻轻搓了搓，闷声说："我好像说了些过分的话，能收回来吗？"

姬无镜嗤笑了一声，道："当然不能，我这么记仇。"

顾见骊困惑地看了姬无镜好一会儿，问："你是不是不知道怎么对一个人好，不知道怎么关心别人？"

姬无镜的瞳仁猛地一缩，又迅速恢复原状。

顾见骊笑着说："其实我知道你一直对我很好，一直用你的方式关心我、照顾我。虽然你有时候会故意凶我，可是不会真的害我。你也很关心星澜和星漏，之所以对他们那么冷漠，是希望他们从小习惯没有你的生活。这样当你走了后，他们便不会难过，也不会不适应……"

"你觉得叔叔对你好,其实是叔叔心情好。至于关心,那是什么东西?"姬无镜转身,走到她身边,双手搭在桶上,俯下身来。

他的表情是冷的,狐狸眼里没有温度,甚至带着一丝嘲弄之色。

他不需要别人的关心,亦不想关心别人,没有人和事能让他放在心上。

顾见骊茫然了,不明白姬无镜为什么会忽然之间冷下来。分明刚刚她与他闹时,他也是容忍她的,并未真的动怒。

姬无镜伸出手,慢悠悠地抚摩着顾见骊的脸,凝视着她。他由衷地觉得这个女人过于美好,反而衬出了他的阴暗与丑陋。

他手掌下滑,掐住了顾见骊的脖子。

这世上真的有这般美好的东西?美好得让他想要毁掉。

顾见骊忽然害怕起来。她已经许久没在姬无镜的身上感觉到这种阴森压抑的气息了,好像回到了二人初见时,他阴晴不定,她恐惧不已。

怎么会这样?难道是因为她今天打了他、骂了他?或是因为她刚刚说的话刺痛了他?

"五爷?"顾见骊双手握住姬无镜的手腕。

她的手湿漉漉的。姬无镜垂下眸子,看她的手,看水下她模糊不清的身体。

顾见骊的话在他的耳边回旋——"我是你养的猫还是狗,你为什么一直戏弄我?你要不要弄个笼子把我关起来,或者用绳子把我绑起来?"

是啊,这真是好主意。她断了腿的这两个月的确乖得很,不会乱跑。他醒来时她会乖乖躺在他身侧,再也不会突然不见了踪影,更不会像以前那样吵着要回娘家。

姬无镜想,如果顾见骊染了毒,和他一起死去,那他倒是不寂寞了。

"顾见骊……"姬无镜声音沙哑地道,"你说会陪我到死,是因为你知道我活不久,倘若我活得久,你就不会愿意被一辈子困在这里,对吗?"

顾见骊愣住了。

没错,当初父亲带她回家,她思虑许久,念着姬无镜对她的帮助,怀着一颗报恩的心,愿意在姬无镜余下的短暂生命里陪着他。

可若有一天姬无镜解了毒呢?若她原本以为的几年,变成十几年或是几十年呢?那么她是否愿意一辈子留在广平伯府,不得归家?

父亲、姐姐、陶氏和小川的脸浮现在她眼前，顾见骊忽然害怕得很。

她从来没有想过这个，立刻迟疑了，这让姬无镜藏在眼底的最后一丝温度也消失了。

姬无镜将她拽了起来。

伴着水声，浴桶里的水溅出来，打湿了姬无镜身上松松垮垮的衣服。

顾见骊松了手，撑在浴桶的边缘，心里慌乱。

姬无镜一把将她拉到面前，撕咬一般地吻她。

顾见骊吓坏了，想推开他，换来的却是姬无镜跨进浴桶，更强势地禁锢住她。

他为什么要对她好？她哪里值得他对她好？她的欢喜与眼泪跟他有什么关系？她落入他的手中，就是他的东西。她逃不掉的。

毁了她，让她和自己一样悲惨下去……这样阴暗的声音在姬无镜的心底叫嚣。

这世上有一种人将自己层层伪装，刀枪不入，唯一惧怕的就是被人撕下面具。被别人看透会让他极其没有安全感，就像上了战场的将士被夺走盔甲。而让他更没有安全感的是他惊觉自己太在意她。

不能割舍的人，他要毁掉。

毁了她，让她和自己一样悲惨下去……这个声音越发粗重，连带着姬无镜的喘息声也粗重起来。

他一手抓着顾见骊，另一只手抚过她的身体。那渴望了许久的温柔尽在掌中，他感叹自己竟可笑地纵容了她那么久。

顾见骊从未被姬无镜这般对待过，怕得哭了起来。

口中满是血腥味儿，顾见骊吐字不清地喊着"放开"，还有些别的求饶的话。而所有的声音被姬无镜尽数吞入了腹中。

随着顾见骊的挣扎，水花四溅。水珠溅到他的脸上，慢慢滑落。他微眯的狐狸眼里没有温度，只有想要摧毁美好事物的戾气。

顾见骊趁着姬无镜解束带时慌张地转身，想要逃出浴桶。然而她刚刚转身，胳膊就被姬无镜握住，被他向后拉去。

姬无镜凑到她的耳边，语气阴森地道："顾见骊，是我太纵容你了？你竟敢怜悯我。"

"不要这样对我！"顾见骊语气坚决。

她听见姬无镜在她的耳畔轻笑。

他握住她的细腰，将她拉近，二人紧密相贴。

顾见骊茫然无措，强迫自己冷静下来，转过身去，盯着他的眼睛。

姬无镜的身上已经湿透了，寝衣的系带被解开，露出了胸膛。他面无表情，眼底隐隐发红。

顾见骊认真地问："你……你想做什么？打我吗？"

姬无镜与她对视，古怪地扯起嘴角。他怎么忘了，这个孩子连他想对她做什么都不知道。

姬无镜忽然就笑了。顾见骊只觉得他笑得阴森，悄悄地向后退了一点。

姬无镜搭在她腰上的手逐渐下移。

"你不要这样……"顾见骊慌乱起来。

随着他的动作，奇异的感觉一下子传来，顾见骊的脸瞬间红透了："你……你不要这样，我不喜欢……"

她说着，眼泪莫名其妙地落了下来。

姬无镜皱眉，不想再看见顾见骊这双什么都不懂的眼睛。他推着她，让她转过身去。

顾见骊这次倒是知道姬无镜要做什么了。短暂犹豫之后，她不再挣扎。

姬无镜垂眸，望着她浮在水面上的头发，挑起一把放在她的手中，再握着她的手往下探去。

当姬无镜松开顾见骊的时候，顾见骊的手心脏了，头发也脏了。她跌坐在水中，望着自己的头发，委屈得直哭："姬昭，你……"

她抬眼去看姬无镜，却见他脸色苍白如纸。姬无镜吐出一口血来，血染红了早已凉透的水。

"你怎么了？"顾见骊惊慌地想要扶他。

姬无镜却嫌弃地说："离我远点！"

从这一日起，姬无镜的身体忽然垮了。

纪敬意和罗慕歌隔一日就会来一趟，可姬无镜的身体毫无起色。他开始断断续续地咯血，嗜睡，一如顾见骊嫁过来后他刚苏醒的日子。

他也不怎么理顾见骊了。

## 第二十五章　赔礼道歉

我是要告诉你,被人欺负,不一定要当时亲自硬碰硬地讨回来。

又过了两个月,六月初,姬无镜的身体不仅没好转,反而更差了。

顾见骊坐在床侧,望着睡着的姬无镜,喃喃自语:"是我把你气到了?可是我好像也没做错什么……"

顾见骊想了两个月,也想不明白那一日姬无镜为何忽然变得暴戾。

姬星澜拿着风筝小跑进来,顾见骊竖起食指暗示她噤声。姬星澜懂事地点头。顾见骊给姬无镜掖了掖被角,悄声走了出去。她如今已经可以走路了,只是走太久还是会疼。

顾见骊答应了姬星澜,今日带她放风筝。

顾见骊带姬星澜到广平伯府的后山上放风筝,姬星澜默不作声地跟了过去。

"爹爹什么时候能好?"姬星澜奶声奶气地问。

顾见骊摇着手中的细线,望着空中飘着的蝴蝶风筝发怔,片刻后,温柔地道:"你爹爹很快就会好起来的。"

一阵风吹来,风筝摇摇晃晃的。顾见骊急忙将细绳往回扯,那线却断了。

"我的风筝!"姬星澜急得跳了跳。

"不急。"顾见骊揉了揉姬星澜的头,"我们去山下捡回来就是。"

顾见骊不敢走太快,带着两个孩子沿着小径缓缓走下去,刚好看见姬玄恪弯腰拾起了风筝。

"风筝!我们的风筝!"姬星澜大声喊道。

姬玄恪直起身,迎着阳光看过去。光有些刺眼,他不得不眯起眼睛,一眼便看见了站在光影里的顾见骊。

顾见骊将姬玄恪的五官看了个清清楚楚。他黑了,也瘦了,眉宇间不见昔日的光风霁月,多了些沉稳的感觉。

姬星澜迈着小短腿跑过去,抢走了姬玄恪手里的风筝。

"居然破了!"他挥着小胳膊,晃了晃风筝。风筝落下来时被树枝刮到了,一边的翅膀破了。

顾见骊犹豫了一下,牵着姬星澜走过去。她的腿还没有完全好,每日不能走太久,此时她走得不太快。

"三哥哥。"姬星澜甜甜地喊人。

姬玄恪颔首,望向小姑娘的目光中带着一丝暖意。

"三郎回家了。"顾见骊目光坦荡地看向姬玄恪。

"这是我的家,我自然是要回来的。"姬玄恪回道。

"那是自然。"顾见骊浅浅笑着,垂下眉眼,牵着姬星澜向后退了一步,让开路。

她已不想再跟他交谈,可不经意间一瞥,竟看见了姬玄恪的断指,脚步顿了顿。

当然,她没问,也没让姬玄恪看出任何端倪。

姬玄恪深深地看了她一眼,知她之意,缓缓离开。

顾见骊蹲下身,对苦着脸的姬星澜说:"风筝坏了,今天不能玩了。回去以后我重新给你做一个,咱们改日再来放风筝。"

姬星澜的眼睛里浮现亮色,她道:"你会做风筝?这么棒呀,澜澜不会!是谁教你的?"

姬玄恪脚步微顿。

——"囡囡,我不是已经教过你很多次了,你怎么还是只会做蝴蝶这种样式的?"

——她笑,声音里带着一贯的骄傲:"谁说我不会做别的?改日做个雄鹰样式的给你看!"

——"好啊,我等着。"

顾见骊没回答姬星澜,只是说:"走吧,回去了。"

"好!"姬星澜去牵顾见骊的手。

顾见骊带着姬星漏和姬星澜离开,走向与姬玄恪相反的方向。

姬玄恪走到小径尽头,停下脚步,慢慢转过身来,望向顾见骊的背影。他视线慢慢下移,落在顾见骊的腿上,眉头轻轻皱了起来。

顾见骊走路的姿势与寻常无异,可是姬玄恪还是看出了不对劲之处——她的腿受了伤。

很快,顾见骊拐过了月门,姬玄恪看不到她了。

姬玄恪立在原地,望着月门许久,默默取出玉扣,用指腹温柔地摩挲着。

他眼前浮现她将这枚玉扣赠他时的模样。

那年七夕,红绳系满枝头,随风而动。他忐忑地去了王府,心惊胆战地顶着顾敬元审视的目光接顾见骊去逛夜市。

灯火阑珊,湖上烛火随波轻晃。

他们自幼相识,小时候也曾结伴游玩。可那一日不一样,那是七夕,是他们订婚后第一次结伴外出。

他在喧嚣的人群中侧首望向她的眉眼，心中的欢喜难以言喻。他知道自己配不上武贤王的千金，所以奋发图强，十五岁便金榜题名，为的就是获得去她家提亲的资格。他做到了，终于得到了她。

那个七夕夜，时间过得很快，顾敬元派人催了又催，最后亲自驾车来接顾见骊回家。

他将不舍藏在心里，规矩地立在一旁，看着顾见骊上了马车。

顾见骊掀开窗前的垂幔，露出半张脸来。她弯着眉眼，声音温柔甜美，说："这枚玉扣本是送给父亲的，可是今日吃了你的许多糖果和点心，便送你做回礼了。"

他慌忙接住玉扣。

尽管顾见骊迅速放下了垂幔，他还是看见了她轻轻翘起的嘴角。

姬玄恪重重地摩挲玉扣，流苏垂落在他的断指上。

他不过是轻信了家人的话，就失去了她，这些年的努力付之一炬。姬玄恪胸口发闷，一阵疼痛。

后山距离五爷的院子稍微有些远，顾见骊还没走到一半，左腿又开始疼了，步子越发慢了下来。

顾见骊远远看见了姬月明，姬月明身后跟了个丫鬟。

姬月明原本是打算朝这边走来的，看见顾见骊的瞬间脸色变了变，立刻带着丫鬟换了个方向，避开顾见骊。

顾见骊假装没看见姬月明。

她回来的这几个月里，几乎没怎么见过姬月明。前两个月，顾见骊因为腿伤待在院子里，很少出来，后来可以走路了，偶然碰见过姬月明几次，可是每次碰见了，姬月明都会当顾见骊是洪水猛兽一般转身就走。

顾见骊刚嫁过来时，姬月明几次针对她。那时广平伯府的人睁一只眼闭一只眼。然而今时不同往日，大夫人担心顾见骊找姬月明报仇，千叮咛万嘱咐，让姬月明别再招惹顾见骊，甚至草草给姬月明说了门亲事。要不了多久，姬月明就要嫁人了。

顾见骊本来就没想对姬月明做什么。认真说来，顾见骊觉得姬月明比广平伯府的其他人可爱得多。如今，府中老老小小见了顾见骊都是一副谄媚的样子，顾见骊见了，只觉得讽刺。姬月明毫不掩饰对顾见骊的厌恶情绪，倒算真实。

顾见骊又走了一会儿，还没到，左腿更疼了。她望着远处，微微蹙眉。

姬星澜仰起头来，问："你是不是又腿疼了？我们歇一会儿再走！"

"没关系，我不疼，慢些走就可以了。"

"那澜澜领着你走！"姬星澜正要去牵顾见骊的手，袖子滑下去，露出了她的半截小臂。姬星澜"哎呀"了一声，惊呼："我的镯子不见了！"

"你确定今日戴着？"顾见骊问。

"嗯嗯，戴着。出门前我还让哥哥帮我选哪个好看呢！你说是不是，哥哥？"

姬星漏点头。

"澜澜不急，我们回去找找，一定能找回来。"顾见骊安慰她。

姬星漏"哼"了一声，翻了个白眼："就你？你走得动吗？算了，我回去找！"

顾见骊忍俊不禁："嗯嗯，星漏一定能把妹妹的镯子找回来。"

姬星漏给了顾见骊一个"你这不是在说废话吗？"的表情，一阵风似的跑了回去。

广平伯府的后山并不高，姬星漏还没跑到一半，就看见了姬星澜的银镯子。他捡起银镯子，鼓起腮，吹了吹上面的尘土，握紧了镯子往回跑去。

姬星漏跑得很快，但还没跑多久，就一头撞上了姬月明，直接把姬月明撞倒了。

姬月明原本就不高兴，现在压抑了半天的火气一下子蹿了上来。

"你个小杂种！"姬月明捏住姬星漏的耳朵道。

姬星漏瞪着她，眼睛里有一团火。

"你瞪什么？"姬月明冷笑道，"一个没娘养的，你爹也从来不管你！"

"姑娘，别说了……"丫鬟在一旁小声劝道。

"为什么不能说？反正我马上就要被家里当成累赘打发出去了，还怕什么？再说了，我说错了吗？他就是个奸生子。"她狠狠地拧着姬星漏的耳朵，"你是不是听不懂啊？让我来告诉你什么是奸生子。你那个阴阳怪气的爹强奸了你的生母，逼她生了你们这对小杂种，你爹又把你们的娘给弄死了！"

姬星漏忽然挣扎起来，一把抓住姬月明的手，狠狠咬住她的手指，疼得姬月明大叫起来。

"断了，断了！我的手指被他咬断了！"

丫鬟吓坏了,急忙去拉姬星漏,好不容易才将姬星漏拉开。

姬星漏刚想再冲上去,遥遥听见姬星澜奶声奶气地喊着:"哥哥、哥哥……"

姬星漏吐出嘴里的血,恶狠狠地指着姬月明道:"再有一次,我杀了你!"

姬月明打了个激灵,被姬星漏眼睛里迸发出的杀意吓到了。

姬星漏不再管姬月明,朝姬星澜跑了过去。姬星澜抻长了脖子张望着,茫然地问:"大姐姐怎么啦?叫得好可怜。"

"摔倒了。"

"哦,那澜澜的镯子呢?"

姬星漏将套在手腕上的银镯子取下来,给姬星澜戴上。

姬星澜晃了晃手腕,开心地笑了。她牵起哥哥的手,说:"我们回去啦,娘在等我们。"

姬星漏默不作声。

走到顾见骊身前,姬星澜松开哥哥的手,绕到姬星漏的另一侧,一手牵着哥哥,一手牵顾见骊。

她这才看见姬星漏的耳朵红得发紫。

"哥哥,你的耳朵怎么这么红?"

姬星漏胡乱地用手蹭了蹭,闷声说:"被蚊子咬的!"

"我看看。"顾见骊隐约听出姬星漏的声音不太对劲,停了下来,弯下腰去看。

姬星漏扭头便往回跑。

"哥哥……"

顾见骊问:"澜澜,你刚刚回去找哥哥的时候可见到别人了?"

"见到大姐姐了,大姐姐又哭又叫,好吓人!"

顾见骊追不上星漏,只能耐着性子,牵着姬星澜慢腾腾地走回去。

刚回到院子,她就颇为意外地看见病恹恹的姬无镜出了屋。他坐在院子东边的小花圃旁,那个花圃是顾见骊最近闲来无事弄的。

姬无镜的膝上放着一个小石臼。他弯腰,摘了红凤仙丢进石臼里,懒懒散散地捣着。

顾见骊愣了一下。难道他要染指甲?

顾见骊不太惊讶,姬无镜不是没穿过女装、扎过耳洞。

顾见骊牵着姬星澜走到姬无镜面前,问:"五爷,星漏回来没有?"

"嗯,回后院了吧。"姬无镜语气随意地说。

顾见骊想起姬星漏被拧红的耳朵和他憋着泪跑开的样子,再瞧着姬无镜毫不在意的模样,心里有些不舒服。

她说:"星漏被人欺负了。"

"哦。"姬无镜头都没抬。

顾见骊心里更不舒服了,忍了又忍,还是开口道:"不管怎么说,他才四岁,你怎么忍心看着他被别人欺负?"

姬无镜这才懒散地抬起眼皮瞥了她一眼,朝姬星澜招了招手,说:"来,我给你染指甲。"

姬星澜仰起脸看了看顾见骊的脸色,犹犹豫豫地走到了姬无镜面前。

姬无镜把姬星澜抱在膝上,拿木枝点了颜色抹在小姑娘的指甲上,漫不经心地回了顾见骊一句:"别多管闲事。"

顾见骊抿了抿唇,放弃让姬无镜出面,转身往后院走去。

"星漏?"顾见骊推门,没推开。

"星漏,把门打开。"

"滚开。"

顾见骊放柔了声音,道:"把门打开,告诉我发生了什么,我带你去找她算账好不好?"

"多管闲事,我让你滚开!"姬星漏暴躁地大喊。

他缩成一团,抱膝坐在床下,后背抵着床。

门外的声音终于停了,他疑惑地抬起头,怔怔地望着门口的方向,随后重重地冷哼了一声。耳朵很疼,他伸手摸了一把。他把手放在眼前,看着手心里的血,吸了吸鼻子。

一阵响动后,窗户被人从外面推开了。姬星漏急忙擦干眼泪,惊愕地望着窗户的方向。

顾见骊搬来院子里的杌子,放在窗前,踩着小杌子费力地爬着窗户。她没干过这种事,动作十分笨拙,身上的云雾裙也给她添了不少麻烦。

她费力地抬起左腿搭在窗台上,手掌撑着窗台,别扭地爬了上来。坐到窗台上后,她微微舒了一口气,将裙子拢了拢,终于跳进了屋内。

她皱了皱眉，看了一眼自己的腿，没立刻去找姬星漏，而是挨着墙壁席地坐下，轻轻揉捏着左腿。

"从来没见过有人像你这么笨，爬个窗户都不会。"姬星漏嘟囔道。

一大一小两个人一南一北地坐在房间两侧的地面上。

顾见骊瞪了姬星漏一眼，抱怨道："疼着呢，不许落井下石！"

姬星漏古怪地盯着顾见骊，慢腾腾地站起来，一步步挪到她面前，伸出脚，用脚尖轻轻踢了踢顾见骊的左腿。他抬着小下巴翻白眼，道："还不好，小废物。"

顾见骊抓住他的腿，将他拖到面前，让他趴在她的膝上，在他的屁股上狠狠地拍了两巴掌。

"耳朵差点被人拧掉的小废物。"顾见骊学他说话。

姬星漏不服气地道："我咬断了她的手指头！"

顾见骊用帕子擦去姬星漏耳朵上的血迹，说道："报了仇又有什么用？报了仇耳朵就不疼了？有本事让自己一点伤都不要受。"

姬星漏不吭声了。

顾见骊放缓了声音，一边轻轻拍着他，一边温声道："君子报仇十年不晚，若有人欺负你，你不必硬碰硬，咱们可以日后再找机会出气。一切以自己的安全为重。"

姬星漏不耐烦地吼道："我没招惹她，是她先拧我，我才咬她的！"

"她为什么拧你？"

"欺负人还需要理由吗？"姬星漏红着眼睛喊道。

顾见骊沉默下来。姬星漏没少被欺负，倒是极少像今日这样委屈地掉眼泪。半晌，她问："大姑娘还说你什么了？"

姬星漏不吭声了。

顾见骊又问了几次，连哄带骗，姬星漏还是不肯说。

顾见骊摸了摸他的头，不再问了。

她扶着墙站起来，用微微屈起的食指敲了敲姬星漏的额头，说："过来扶着我，给我当拐杖。"

姬星漏不耐烦地说了声"麻烦"，便挪到顾见骊面前，任由顾见骊把手搭在他的肩上。

顾见骊到了前院，看了一眼仍坐在花圃旁的姬无镜，转而去喊坐在墙头逗鸟的长生。

"长生，去把大姑娘身边的丫鬟给我抓过来。"

"啊？"长生看了姬无镜一眼，见姬无镜没什么表情，稍微犹豫了一下，笑着说，"好，长生最爱干这种事了！"

"你要做什么？"姬星漏仰起头，惊讶地问顾见骊。

"不开心，找人撒气。"顾见骊拍了拍姬星漏的肩膀，"回屋里去，小拐杖。"

姬星漏下意识地走了几步，才不高兴地皱起眉。他才不喜欢"小拐杖"的称呼。

长生很快就把铃铛抓来了。小丫鬟一看见长生就害怕，更别提进五爷的院子了。长生松了手，铃铛瘫在地上，哭着说："不关奴婢的事啊！奴婢劝了大姑娘的……"

季夏很失望，自己那套对付小丫鬟的手段还没来得及使出来呢，她居然什么都说了。

顾见骊听铃铛将当时的情形说完，脸色冷了下去。

"你的主子现在在哪儿？在房里吗？"顾见骊冷冷地问。

"没有，大姑娘带着另一个丫鬟去了老夫人那儿讨嫁妆。"

顾见骊起身往外走去，说："季夏，带上这丫鬟。长生，你也跟来。"

姬星漏愣愣地站在原地，见顾见骊迈出了门槛才跑出去，追到顾见骊身侧，仰着脸问她："你要去干什么，给我报仇？"

"是，也不是。"顾见骊把手搭在他的肩膀上。

姬星漏想到顾见骊是去找姬月明算账的，撇了撇嘴，决定勉为其难地再做一会儿她的小拐杖。但他嘴里嘟囔道："真是多管闲事，我自己就能解决……"

"闭嘴。"

姬星漏翻了个白眼，最终闭了嘴。

走出院子时，顾见骊没有与姬无镜说什么，甚至连看都没有看他一眼。

姬星澜伸长了脖子，望着气势汹汹地走出去的几个人。姬无镜捏着她的小手，吹干她的指甲，把她从腿上放下去，说："你要是想去就去吧。"

姬星澜看了看离开的几个人，又回过头看了看姬无镜，皱着眉犹豫好半天，咧开嘴笑了："澜澜去了帮不上忙，还是留下来陪爹爹吧！"

她抓起小石臼晃了晃，笑着道："爹爹，里面还剩了好多！"

姬无镜懒散地"嗯"了一声。

凤仙花汁当然会剩很多啊，他原本也不是为了给姬星澜染指甲而准备的。

姬月明先前得罪了顾见骊，府里的长辈觉得留着姬月明是个隐患，所以给她寻了个家世差不多的夫家，她再过一个月就要出嫁了。

府里的女眷此时大多聚在前厅里，厅中还有绣娘和首饰匠人，要先给姬月明准备嫁妆，再给府里其他女眷添首饰、做夏装。

姬玄恪也在。他刚回家，便顺道过来，也算是见过家中的长辈。

下人禀告顾见骊过来了，姬玄恪几不可察地皱了皱眉。

老夫人惴惴不安地道："她可千万别怪咱们没喊她过来……"

顾见骊一进屋，屋里坐着的人纷纷起身。老夫人连忙赔着笑脸说："见骊，来得正好。我本来打算一会儿让绣娘和首饰匠人亲自去你那里一趟，没想到你自己过来了！"

"给您请安。"顾见骊微微屈膝见了礼。她抬起头来，脸上挂着端庄得体的浅笑，缓缓说道："不过我今日过来不是为了夏装。"

"那是……？"

"季夏，掌嘴。"

"是！"

早在看见铃铛的那一刻，姬月明心里就有了一种不好的预感，听了顾见骊的话，更是吓得脸都白了。

可顾见骊为什么要替继子出头？

"啪"的一声，姬月明被打蒙了。

她竟然当着全家人的面，被一个外人的丫鬟给打了。

姬月明不可思议地瞪着季夏，怒吼："你居然敢打我！"

季夏无辜地垂下眉眼，说："奴婢只是听主子的话。"

"这一巴掌，是因你拧伤了星漏。"顾见骊淡淡地道："季夏，再打。"

又一巴掌狠狠地落了下来。

"这一巴掌，是因为你在星漏面前胡言乱语，毫无教养。季夏，再打。"

姬月明尖叫着跑开，往老夫人和母亲的身后躲去。

"长生。"

"得罪了。"长生板着脸道。

长生将姬月明抓了出来，季夏的第三个巴掌更为用力地扇了下来。

"这一巴掌，是因为你五叔不是你这个晚辈能随意编派的！"

屋内的人几乎都蒙了，长辈们难堪，晚辈们畏惧。

姬玄恪静静地望着顾见骊，似乎并不意外。

太多人被她表面的温柔样子迷惑，可她到底是武贤王的女儿，自小就不是个吃亏的性子，骨子里韧劲十足。她没有仗着家中的权势报复那些伤害过她的人，是因她不屑于跟那群人计较。

姬玄恪的视线扫过顾见骊身侧的姬星漏。他招了招手，喊来小厮，低声吩咐了两句。

大夫人心惊胆战。她既惧怕如今的顾见骊，又心疼女儿。此时此刻，大夫人才后悔这些年太纵容姬月明了，没有好好教养她。

自顾敬元重新得势，大夫人就开始担惊受怕，还草草给姬月明寻了门亲事，想让她早些离府。眼看着她马上就出府了，怎么还是出了事？

大夫人努力挤出笑容，挡在姬月明面前，道："五弟妹，月明年纪小、不懂事，你别跟她计较。打也打了，就这么算了吧。"她不敢问缘由，先求情再说。

"大嫂似乎忘了明姐儿的年纪比我大一些。"顾见骊微笑道，"不过你别担心，没有第四个巴掌了。只不过……"顾见骊话锋一转，"明姐儿需给六郎认真地道个歉。"

大夫人顿时松了一口气，赶忙拉住姬月明的手腕，说："快，给你五婶和六郎赔个礼。"

姬月明不可思议地望着自己的母亲。

她知道，如今顾家重新得势，家里人都提心吊胆，怕顾家寻仇。母亲让她避着顾见骊，她理解。家里人怕她再招惹顾见骊，匆匆把她嫁了，她也理解。可是她怎么也没有想到，自己被一个外人的奴才连打三巴掌，一向疼爱她的母亲不仅不给她撑腰，还要她赔礼道歉……

"不，我不道歉！"

"月明！"大夫人悄悄在姬月明的手腕上拧了一下。

老夫人也皱着眉说:"明姐儿,你可得改一改你这脾气,不能再欺负六郎了,他好歹是你的堂弟。"

姬月明冷笑,用满是鄙夷的目光扫过厅中的每一个人,冷冷地说:"你们以为把我推出去就能化解两家的矛盾,武贤王就能饶恕你们?家里落井下石的岂止我一个,你们事后装什么善良?虚伪!"

"明姐儿,你给我住口!"老夫人大怒,随手抽了宝葫芦瓶里插着的柳条,朝姬月明的手腕抽过去。

大夫人大惊,急忙挡在女儿身前,又回头对女儿说:"明姐儿,不许再胡说了!"

姬月明冷笑道:"我算是看透了,你们眼睁睁地看着一个外人这样羞辱我,根本不会心疼,只会庆幸巴掌没落在你们自己的脸上!"

顾见骊轻轻叹了一口气:"季夏。"

"是。"季夏抓住姬月明的胳膊,又是一巴掌落下。

鲜血从姬月明的鼻子和嘴角流了出来。与此同时,她的眼泪也落了下来,和血水混在一起。她抬头,充满敌意地瞪着顾见骊。

"这一巴掌是为了不敬我而打的。明姐儿,你马上要嫁人了,'外人'这种话还是不要再说为好。今天站在这里教你规矩的是你的五婶,不是外人。倘若我不是你的五婶,只是武贤王的女儿,自然没有教你规矩的义务,今日之事也断然不是几个巴掌能了结的。"顾见骊平静地道。

顾见骊一边缓缓地说着,一边拿帕子擦了擦姬月明嘴角的血迹,又将脏了的帕子塞进姬月明的手里,才接着道:"明姐儿既然自诩不是虚伪的人,敢做敢当,就认真地给六郎赔礼道歉。"

姬月明望着手里的帕子,身子发颤。

老夫人担心姬月明不肯低头,会使广平伯府其他人受牵连,连忙威胁道:"明姐儿,你还想不想要嫁妆了?"

姬月明不可思议地回头望着祖母。

她本来已打算服软了,只是还没来得及开口,怎么也没有想到祖母居然拿她的嫁妆要挟她。

她又望向自己的母亲,渴求着一丝一毫的帮助,哪怕只是一个眼神。然而大夫人狠了狠心,只是催她:"快些!"

姬月明的心一瞬间凉透了。她笑着低下头,呆呆地对姬星漏说:"今日是我胡说八道，更不该对你动手。我给你赔礼道歉。"

姬星漏瞪了她一眼，翻着白眼扭过头，一副完全不接受的样子。

大夫人瞧着女儿，心疼得要命，开口道："六郎，你大姐已经跟你道歉了，你该懂礼貌地说没关系，原谅你姐姐。"

姬星漏看了顾见骊一眼，犹豫了一会儿，仍硬着头皮说："我不！"

大夫人劝道："咱们六郎是个懂事的孩子……"

"大嫂，"顾见骊打断她的话，"明姐儿做错了，受了罚，道了歉，这事也就过去了。不过，六郎会不会接受道歉是六郎的事情。我们不是他，没有资格替他原谅，更没有资格逼着他原谅。"

姬星漏惊讶地望向顾见骊。

大夫人张了张嘴，最终只能笑着说："是，还是五弟妹说得有道理。"

顾见骊朝老夫人微微屈膝，道："我带六郎先回去了，大家慢慢挑料子。"

厅中的人各个心情复杂，脸上却带着笑，送顾见骊到院门口。

出了院子，顾见骊问季夏："你的手疼吗？"

"不疼啊，打得可开心了！"

顾见骊扫了一眼季夏的手，觉得惊讶，温暾地说道："我刚嫁过来时曾打过姬月明一巴掌，她没有多疼，我的手却麻了。"

季夏一愣，连忙说："如今有王爷在，您以后再也不会孤立无援了。您去哪儿，季夏就跟到哪儿。您要是被人害死了，季夏一头撞死，跟到下面帮您打人！"

一直跟在后面的长生瞪了季夏一眼，道："你傻啊？"

"呸呸呸！"季夏白着脸，连忙说，"夫人定然长命百岁！"

顾见骊忍俊不禁，没与季夏计较这些。她低下头来，拍了拍姬星漏的后脑勺。姬星漏仰起头来，轻哼了一声，嘟囔道："我才不要感激你。"

他说着这样的话，语气却是柔软的。

顾见骊点了点头，说："我是要告诉你，被人欺负，不一定要当时亲自硬碰硬地讨回来。"

姬星漏狐疑地看着她，问："可以告状？"

"也不一定。那就要你自己去想了。"顾见骊说出幼时父亲与她说过的话。

姬星漏似懂非懂地点了点头，沉默下来。

又走了一小段路，顾见骊惊讶地看见姬玄恪站在前面等着。他显然是抄了

411

近路，等在这里。

顾见骊犹豫了一瞬，淡然地朝前走去，没有避开。

"在北地的时候得了几种比较有效的外伤药，给星漏的耳朵涂个两三次就好了。"姬玄恪伸出手，递给顾见骊一个青色的瓷瓶。

目光在姬玄恪的断指处顿了一瞬，顾见骊平静地将小瓷瓶接了过来，道："三郎有心了。"

她不再与姬玄恪交谈，而是低下头，拍了拍姬星漏的肩膀，说："还不快谢谢你三哥。"

姬星漏犹豫了一下，想着顾见骊才帮了他，那他就勉为其难地给顾见骊些面子，勉勉强强地说："谢谢三哥。"

姬玄恪望着顾见骊，她明明就站在眼前，他们却仿佛隔着千万里。姬玄恪压下情绪，用寻常的语气说："过几日的百花宴，宫里会给你送帖子。你做些准备，陛下极有可能在那日颁下册封郡主的诏书。"

按照大姬的礼数，顾见骊及笄那日就会被封为郡主。只是顾敬元出事，这事便搁置了。如今经姬玄恪提醒，顾见骊颇为意外。她不是意外被册封郡主之事，而是意外姬玄恪知道这些。不过顾见骊也没多问，只是淡淡地说："多谢三郎告知，我带六郎回去了。"

姬玄恪颔首，向后退了一步，让开路。他望着顾见骊，说："我知道你在担心什么。"

刚刚走到他身侧的顾见骊顿了顿脚步。

"不会发生的。"姬玄恪自嘲地笑道，"那个莽撞的姬绍已经死了。"

顾见骊抿唇，没回头，继续往前走去。

姬无镜将轮椅停下来，意味深长地望着在远处交谈的顾见骊和姬玄恪。他拽了拽姬星澜头上扎的小鬏鬏，慢悠悠地说："原来玄恪回家了啊。"

"嗯嗯。"姬星澜点了点头，"我们去放风筝的时候还看见了三哥哥呢！"

"是吗？"姬无镜轻轻地扯起嘴角，笑了。

姬星澜茫然地望着爹爹，不知道为什么，觉得爹爹笑起来的样子怪怪的。

顾见骊也看见了姬无镜，怔了一下，眉心微微蹙起，又很快舒展开，淡然地朝姬无镜走去。

## 第二十六章 妻子的责任

小骊骊,一大清早就沉迷在叔叔的美貌中不可自拔了?

待走近了，顾见骊才发现姬星澜的头发乱七八糟的。她将手里的青色小瓷瓶递给姬星漏，拎着层层叠叠的云雾裙，在姬星澜面前蹲了下来。

　　她又看了一眼自己的左腿。今日她走路有些多。

　　"澜澜的头发怎么乱成这样了？"

　　"嗯……"姬星澜转了转大眼睛，偷偷看了姬无镜一眼，小手摸了摸自己的头发，说，"澜澜不小心……是澜澜自己不小心弄的！"

　　顾见骊点了点她的小脸蛋，将她柔软的头发松开，拢了拢，替她重新扎起来，在头顶绾出两个小鬏鬏。

　　"谢谢！"姬星澜张开胳膊，轻轻抱了抱顾见骊，在顾见骊的脸上亲了一口。

　　顾见骊亦在她的小脸蛋儿上亲了一下，才松开她。

　　顾见骊站了起来，看向姬无镜，问："五爷这是要去哪儿？"

　　"接你啊。"姬无镜语气随意地说。

　　顾见骊有些意外，默不作声地绕到他身后，推着轮椅往回走。

　　姬星澜和姬星漏一左一右跟着。若是以前，姬星漏会走到姬无镜身旁，姬星澜会赖在顾见骊身旁。这回，姬星澜想走去顾见骊身侧的时候，发现哥哥在那儿，且没有跟自己交换位置的意思。姬星澜歪着小脑袋想了一会儿，还是走在了爹爹身旁。

　　回到院子里后，距离用午膳的时间也没多久了，顾见骊就没让姬星澜和姬星漏回后院。姬星漏有些别扭地站在角落，姬星澜则自己爬上了椅子。

　　顾见骊坐下来，腿上的酸痛感有所缓解，朝姬星漏招了招手，把他叫到面前来，问："你三哥哥给你的药呢？"

　　姬星漏不吭声，别扭地从袖子里取出小瓷瓶，递给了顾见骊。

　　姬无镜抬头看了顾见骊一眼，目光在小瓷瓶上多停留了一会儿。

　　顾见骊让季夏拿了碗来，在里面加了些热水，将瓷瓶里的灰色药粉倒进去，碗中的水立刻成了灰色的。

　　"难看死了。"姬星漏嘟囔。

　　"难看也得擦。"顾见骊拍了拍他的小脑袋，用指腹取了药，仔细地涂在姬星漏的耳朵上。小孩子皮肤嫩，姬月明那么用力地拧，甚至让耳朵贴着头皮的地方也破了。一看见这伤口，顾见骊就皱起了眉。

　　姬星澜从椅子上爬下来，踮脚去看哥哥的耳朵，等看清了伤口，撇着嘴，直掉眼泪。

"能不能不哭了？爱哭鬼。"姬星漏嫌弃地瞪了姬星澜一眼。

"哦，那澜澜不哭了……"姬星澜吸了吸鼻子，努力把眼泪憋了回去。

姬星漏看着妹妹努力憋泪的样子，觉得可真丑，她还不如哭出来呢。他想掐她一把，让她哭。可是他刚抬起小手，看了一眼面前的顾见骊，皱了皱眉，又把手缩回去了。

没多久，林嬷嬷上了晚膳，几个人吃了起来。

他们正吃着，季夏匆匆进来，说："夫人，铃铛过来了，眼下正跪在外面。她说她如今不能再留在大姑娘身边了，愿意做牛做马服侍您。"

顾见骊毫不犹豫地说："叛主的下人我可不敢留。"

季夏对顾见骊的态度并不意外，应了一声，悄声退出去，将铃铛赶走了。

坐在墙头逗鸟的长生笑着说："季夏，这个铃铛肯定会被赶出府，你连点碎银都不给啊？"

季夏望着长生，假笑道："穷婢没银子，还是让长生大人去救济她吧！"

言罢，她转身就走，不理那个整日坐在墙上逗鸟的怪人。

用过晚膳，顾见骊找了个借口，没陪姬星澜玩，让两个孩子早早回了后院。

姬无镜懒散地坐在床榻上，靠着墙，两条大长腿交叠，搭在床沿上。他右手放平，掌心里放了一个婴儿拳头大的不倒翁，左手点一下不倒翁的头，不倒翁便乐呵呵地转啊转。等不倒翁停下来了，他再点一下，一次次重复，也不觉得无聊。

顾见骊看了他一会儿，走向离房门很近的罗汉床，侧身坐了下去。她右脚落地，左脚搭在床沿上，然后褪下左脚上的鞋袜，将云雾裙拉到膝上。

云雾裙，又名千层轻纱裙，腰际是宝蓝色的，越往下颜色越浅，到了裙尾，只剩浅浅的淡蓝色。柔软的裙料堆在一起，衬得她露出的小腿莹白如玉。

顾见骊取来止痛的药，倒入掌中，两手手心相贴，轻轻地揉搓了一会儿，再动作轻柔地涂到左小腿上。

姬无镜终于玩厌了不倒翁，侧过脸来看向顾见骊。他的目光落在顾见骊白皙的小腿上，又逐渐下移，看着她纤细的脚背、微微鼓起的脚踝，还有小巧的脚指头。她的小脚指头微微弯曲着，可爱得很。

感受到姬无镜的目光，顾见骊看了他一眼，收回视线，默不作声地继续揉着小腿。那一日，她骂了他，也道过歉了，可是他呢？他从未觉得自己那样带着侮辱意味的行为是不对的，不仅没有歉意，还莫名其妙地发脾气。

顾见骊蹙眉。算了，她不和一个重病之人计较。

顾见骊不指望姬无镜认错，也不想再独自生闷气，主动找了个话题："五爷，星漏比星澜还要敏感一些，我觉得你还是应该管一管他，至少在他被欺负的时候，出面帮帮他。今日是我带他去的，然而还是你这个父亲出面比较好。"

"我说过，你不要多管闲事。"姬无镜随口道。

顾见骊不赞同，蹙眉问："难道就这样一直由着别人欺负他？"

姬无镜说："被人欺负多了，他自然就会保护自己了。"

"可是他性子已经很偏执了，再这么下去，会长歪的！"顾见骊有些急，声音大了些。

姬无镜诧异地看向顾见骊，说："我就是这么长大的啊。"

二人四目相对，顾见骊望着姬无镜的眼睛，终于明白姬无镜并不是不想管姬星漏，而是他真的以为这样对姬星漏是对的。

"我长歪了？"姬无镜嗤笑一声，"而且正的歪的又如何？他长大了是好是坏无所谓，能保护自己，不被欺负，让别人怕他就够了。"

顾见骊怔怔地望着姬无镜的眼睛，许久不知道该说什么。她搭在左小腿上的手慢慢下滑，落在罗汉床上，碰倒了小药瓶。药液顺着瓶口缓缓流淌。顾见骊回过神来，急忙扶起瓶子塞好。

她重新抬起头，望向姬无镜的眼睛。好半天，她才缓慢地眨了眨眼睛，放软了声音，道："可是那样过得太辛苦，也不会开心啊。"

姬无镜笑了，像是听到了什么笑话。

顾见骊抿着唇，不知道再说什么。

姬无镜笑够了，朝顾见骊招手，说："过来。"

"做什么？"顾见骊问。

"找点乐子让自己开心啊。"姬无镜笑道。

顾见骊皱眉，再问："到底做什么？"

"抱抱啊。"姬无镜慢悠悠地说。

顾见骊很吃惊，姬无镜说出这样的话，太令人意外了。她板起脸来，闷声说："五爷，我还在生你的气。"

"知道啊。"姬无镜点头，张开双臂，"过来让叔叔哄哄。"

"不正经……"顾见骊嘟囔了一句，别过脸不去看他。

姬无镜叹气，拖长声音说："顾见骊，我没力气走过去。"

顾见骊在罗汉床上坐了很久，最终慢腾腾地起身，瞪了姬无镜一眼，一步步朝他走了过去。

姬无镜瞥着她的裙摆，随口说："你这裙子挺好看的。"

顾见骊脱口而出："不给你。"

姬无镜无语地看着站在身前的顾见骊。

顾见骊一说完这话就有些后悔，目光躲闪，不去看姬无镜。

顾见骊没动，姬无镜也没动。她等了好一会儿，姬无镜还是一动不动，也不说话。她忍不住偷偷看了他一眼，见他一直看着她，有些尴尬地道："我不是那个意思……"

"那是什么意思？"

好吧，她就是那个意思。顾见骊瞪着他，问："你不是说要抱抱吗？"

姬无镜忽然就笑了，狐狸眼眼尾微扬，笑意从眼尾散开，迅速爬进了眼底。

看吧，人小时候开不开心有什么关系，乐子是自己找的，现在开心不就好了？姬无镜握住顾见骊的手腕，将她拉上床，又让她跨坐在他的腿上。

顾见骊的双手下意识地抵住了姬无镜的胸口。摆出这样的姿势，她觉得极不雅观，尴尬极了。

姬无镜将手贴在顾见骊的后腰上，将她往怀里带，让她更加紧密地贴近他的胸膛。

一股陌生的感觉毫无征兆地在顾见骊的身体里蔓延开来。

"五爷……"

"还疼吗？"姬无镜懒懒地问道。他掀开顾见骊的裙子，手掌搭在顾见骊的小腿上，微微用力地捏着。

顾见骊看着他的动作，忽然忘了刚刚想说什么。她不太自然地扯着裙摆，将裙子放下去，遮住自己的小腿，将他的手掌一并遮了起来。

她又看向姬无镜。他没什么表情，只是认真地给她揉捏着小腿。

他力度不轻不重，顾见骊觉得很舒服。她悄悄地将上半身往后仰，双手撑在床榻上，小心翼翼地往后挪，一边挪一边观察姬无镜的表情，好不容易才将两个人的距离稍微拉开了些。她松了一口气，又看了一眼自己的腿，仍觉得自己的坐姿难看得很，便缓缓将两条腿并拢了些。

姬无镜给她揉了很久才松开手，手掌沿着顾见骊的小腿下移，握住她的脚。她的脚很小，还没有他的手掌大。

顾见骊觉得不太自然，想把脚缩回去，姬无镜却一下子握住了她的脚腕。虽然姬无镜自诩长相不输顾见骊，却不得不承认，顾见骊的脚比他的脚好看多了。

他握着她的小脚慢慢把玩着，兴趣很足。

顾见骊慢慢蹙起眉，觉得姬无镜的神色与他玩拨浪鼓或不倒翁时没什么差别。他是把她的脚当成了玩具？

"时辰不早了，我叫季夏送热水进来。"顾见骊低声道。她再次用力，将脚从姬无镜的手中抽了回来。

"天刚黑，热水还没烧。"姬无镜重新将她拉进怀里，手掌搭在她的后腰上。

他垂眼看着她，情不自禁地俯下身来，却在亲上她的额头前停下，慢慢问："叔叔想亲你，让不让？"

顾见骊真的很想捂住耳朵，不听他说话，于是侧过脸不理他。

"问你话呢。"姬无镜不耐烦地拍了拍她的脸，"省得有人又因为我不问她，就像个小疯子似的又哭又咬又骂。"

顾见骊一怔，忽然觉得那句道歉的话没那么重要了。

姬无镜抬起她的下巴，逼她看他的眼睛，说："说话啊。"

"你别问我这个！"顾见骊的声音闷闷的。

姬无镜慢慢笑了，颇有深意地望着顾见骊，问："这个不用问你？以后我想亲就亲，是这个意思吧？"

"不是！"顾见骊反驳道。

"那你是让亲还是不让亲？说啊。"姬无镜又问。

顾见骊脸略红，愤愤地道："不让！"

姬无镜叹气，捂住胸口，"哎哟"了两声，道："心绞痛，四肢乏力，头昏眼花，我是不是快死了？"

顾见骊苦着脸道："姬无镜，你能不能不要这么无赖？"

姬无镜挑起眼尾，笑道："说，说你让叔叔亲。"

顾见骊无奈地瞪了他一眼，声音闷闷的："我又没说不许！"

"咦？"姬无镜诧异，"你刚刚说的分明是不让啊，难道是我听错了？"

顾见骊气得在姬无镜的胸上狠狠地捶了一下，转身就要下床，不再理他。姬无镜却笑着抓住她的腿，不让她动。

他低下头，与她接吻。

起初的抗拒过后，顾见骊的身子慢慢地软了下来。

这不是他们第一次接吻了。她从跟他回来时起就决定要做一个合格的妻子，接吻是妻子的本分，她没有理由躲着他。

顾见骊缓缓合上眼睛，努力地平静下来，由着他时而温柔时而凶猛地吻着自己。

时间久了，顾见骊的喘息声微微加重。她逐渐有些慌乱，几乎是本能地身子后倾，想要躲避。

姬无镜握住她的腰，越发用力地将她拉进怀中。顾见骊的膝盖抵住了床头，两个人的身体更为紧密地贴着。

顾见骊身体紧绷，感官变得异常敏锐。她檀口微张，姬无镜便钻进来，舌尖潜入她的舌下。

身下异样的感觉令顾见骊大惊失色，她猛地推开姬无镜，向后逃。姬无镜微怔，看向顾见骊红透了的脸，缓慢地舔唇。

心"怦怦怦"地跳着，顾见骊慌张地攥着裙子，道："不要了……"

"好。"姬无镜应下，重新握住她的脚把玩。

顾见骊却挣开束缚，慌乱之中，跌到床下。她连忙爬起来，跌跌撞撞地朝西间跑去。

姬无镜看着她的背影，还没来得及说什么，她便"砰"的一声关上了门。

姬无镜慢慢地低下头，笑出声来，眼中透出几分愉悦之色。

顾见骊在西间里待了一个多时辰，且一点声音也没传来，姬无镜不由得有点担忧。他下床走过去，轻轻一推，将西间的门推开了。

"顾见骊，羞得躲起来上吊了？"

房间内，顾见骊正坐在小杌子上，脚下踩着被她剪得稀巴烂的裙子。她沐浴了，下身用擦身的宽棉布盖着。见姬无镜进来，她攥紧了棉布。

"你在这儿坐着，是想干吗？"姬无镜问。

顾见骊瞪了他一眼，又低下头，不想理他。

姬无镜走到衣橱前，打开，里面是空的。他想起来了，今日阳光明媚，季夏一大早就将寝衣全部拿出去晒了。

姬无镜走出西间，取了顾见骊的寝衣递给她，顺手捏了捏她的脸，道："没衣服穿不会叫我？"

"出去！"顾见骊心里慌得不行，偏偏拿出凶巴巴的样子瞪着他。

姬无镜不想再逗顾见骊，转身出去了。

顾见骊又在里面磨蹭了半个时辰，对着铜镜照了又照，确定脸色没那么红了，才推开西间的门。

顾见骊幻想了十几种姬无镜挖苦她的场面，可出去了才发现姬无镜并不在。她皱眉，早知道就不在里面待那么久了，那儿有些冷。

顾见骊走到床边，刚刚坐下，姬无镜就推门进来了。顾见骊的身子瞬间紧绷起来。

她垂下头，等着姬无镜笑话她，等了好一会儿也没等到。她悄悄去看姬无镜，见他正低着头，望着用衣襟兜起的东西。

姬无镜来到床边，将兜着的花瓣倒到床上。颜色深浅不一的凤仙花翩然落下。他居然跑到院子里摘凤仙花去了。

姬无镜神色自若，好像之前什么都没发生过。这让顾见骊心里一松。

有人在外面敲门，顾见骊知道是季夏送热水来了，提高声音喊道："进来。"

提着热水进来的并不是季夏，而是叶云月。

顾见骊愣了一下，微微蹙眉。她今日心里有些慌乱，这样的情况下，不想外人进来。

姬无镜瞥了一眼顾见骊的神色，看向叶云月。叶云月规矩地低着头，提着木桶往西间走去。

"叶云月？"姬无镜不太确定地叫出了她的名字。

叶云月一愣，有些意外又有些惊喜地看向姬无镜，道："是我。"

姬无镜皱眉问："你怎么还没滚？"

叶云月的笑容一下子僵住了。

顾见骊看了姬无镜一眼，默不作声地低下头，当什么都没听见。

叶云月知道自己暂时还没有资格在姬无镜面前闹情绪。舅母一家在京中置办好了宅子。最近几日，舅母几次找她谈心，她也想明白了，若是以婢女的身份留在姬无镜的院子里，只能永远被顾见骊打压，还不如先出府，再从别的地方接近姬无镜。她已经将东西收拾好了，再过几日就会跟舅母一起搬出广平伯府。

至于现在，她断然不会离开。

她知道，要不了多久，府里的人便会悄悄将姬星漏绑起来，扔到野外喂狗。最后是顾见骊把姬星漏找回来的。叶云月猜测，肯定是因为这件事，姬星漏才特别依赖顾见骊。要不然姬星漏登基之后也不会直接封顾见骊为尚贤皇太后。

这个功劳，叶云月是一定要抢的。

于是，叶云月做出恭敬温顺的样子，温声回道："再过几日我就会跟着舅母搬出去，不能再侍奉五爷了，这实在是云月之憾事。眼下栗子不在，林嬷嬷一个人照看两个孩子也顾不过来。幸好我搬出去的时候栗子就回……"

姬无镜不耐烦地看向她，打断她的话："出去。"

叶云月尴尬地站着，把话咽了回去。她不敢再去西间，将木桶放下，转身匆匆出去了。

她前脚出去，季夏后脚便跟了进来，说："奴婢错了，刚刚去厨房煎药，没想到她居然……"

顾见骊挥了挥手，只道："去忙吧。"

"是！"

季夏手脚麻利地在西间备好了热水。顾见骊洗完澡，又吩咐季夏给姬无镜备水。

顾见骊洗澡时，姬无镜出去摘了些叶子回来，和凤仙花扔在一起，随后进了西间。

顾见骊望着床上的花，犹豫了一下，也进了西间。

姬无镜已经脱了外衣，转身看向顾见骊，问："怎么，想和叔叔一起？"

顾见骊不理他，倒了一杯温水放在浴桶旁的桌子上，将盐粉倒进杯中，用量是寻常的六七倍。然后她从柜子里取来牙粉和齿木，摆在一旁。

姬无镜停下动作，饶有兴致地看着顾见骊的举动。

顾见骊看他一眼，小声说："好好把嘴洗干净……"说完急忙转身往外走去。

姬无镜望着顾见骊落荒而逃的背影，笑了。

顾见骊出去后,看了一眼撒满凤仙花的床榻,随意地拿了本书,坐在梳妆台前翻阅。只是她心里乱得很,根本看不进去。

姬无镜洗完澡出来,看了顾见骊一眼,从抽屉里取出两个石臼,懒洋洋地坐在床边,开始挑拣凤仙花。

他从不同颜色的凤仙花里挑出浅粉色的扔进石臼里,又抬眼看向顾见骊,道:"过来帮忙。"

顾见骊放下书走过去,坐到姬无镜对面,默不作声地将粉色和红色的花瓣还有叶子分开,分成三堆。

姬无镜将粉色的花瓣放进石臼里捣着,神情分外专注。

顾见骊已经许久不用凤仙花染指甲了。先前若是遇上年节或宴席,她会用胭脂铺的染料,上色简单,便于擦拭。她上次用凤仙花染指甲是很多年前,她和姐姐手牵着手跑进花圃,摘了满满一篓的凤仙花。忆起那段时光,她的嘴角慢慢爬上笑意。

她将手心里捧着的粉色花瓣放进姬无镜手中的石臼里,而后继续挑拣着。

屋里只有姬无镜捣花时发出的声音。

顾见骊用澄澈的目光望向姬无镜。姬无镜笑了笑,忽然伸手搭在顾见骊的后颈处,将她拉到面前,用力地亲了一下她的眼睛,一触即分。

他顺手摘下顾见骊的发簪,任她如缎的鸦发散落,滑过他的手背。

姬无镜收回视线,朝顾见骊伸出手,道:"伸手。"

顾见骊默默地将手递给他。

姬无镜用她的发簪挑起凤仙汁,认真地涂抹在她的指甲上。他垂下眼,神情专注,捏着顾见骊的手指,反反复复地涂抹着。

顾见骊的目光从指甲上移开,望着姬无镜专注的眉眼,最终落在他眼尾的泪痣上。

右手涂好后,顾见骊将其搭在膝上,五指微微翘着。

姬无镜继续涂她的左手,忽然又说:"别怕。"

"染指甲有什么可怕的?"

姬无镜只是笑笑,没说话。

顾见骊慢慢抬眼,小心翼翼地去看他的神情,后知后觉,姬无镜说的并不是涂指甲这件事。

"晓得了……"她温暾地应着，垂下眼，静静地望着色泽艳丽的凤仙花汁。

涂完顾见骊的十指，姬无镜拉过她的手，又涂了两遍。涂了三次之后，姬无镜用玉簪挑着另一个石臼中的红色花汁，从顾见骊的指甲顶端开始涂抹，却并不涂全，留下了一点，再换了粉色的涂在尾端。然后他用叶子包住了她的十个指甲。

顾见骊在心里悄悄说：真有耐心。

"抬脚。"姬无镜说。

顾见骊下意识地将双脚往后缩，提防地看着姬无镜。

"不咬。"姬无镜敲了敲石臼。

顾见骊这才将脚递给他，由他给自己涂脚指甲。

叶子明日才能拆，顾见骊怕弄掉叶子，这一夜睡得不安稳，第二天很早就起了。

她悄悄下了床，自己拆了叶子，瞧着指甲上红与粉交错的色泽，满意地翘起嘴角。

她起身收拾好用过的叶子，又将昨夜看的书放回书架上。她的目光不经意间一瞥，忽然瞧见书架角落里的小册子——那本她跟姐姐讨来的春宫图。

顾见骊小心翼翼地将册子取了出来，忐忑地翻开一页。

过于直白的画面让她吓了一跳，小册子直接掉落在地。

顾见骊猛地转身，望向姬无镜。果然，姬无镜被吵醒了。

他没睁眼，正懒洋洋地抬手揉着眉心。

顾见骊看了一眼地上的小册子，犹豫了。她应该趁姬无镜还没发现，将它捡起来，重新放回去。

可是她没有。

顾见骊慢腾腾地转过身，望着躺在床上的姬无镜，紧抿着唇，没吭声，等着姬无镜彻底醒过来。

没过多久，姬无镜果然觉察出不对劲。他侧过头，半眯着眼睛望向顾见骊，低沉的声音里带着没睡足的倦意："小骊骊，一大清早就沉迷在叔叔的美貌中不可自拔了？来，到叔叔身边看得更清楚。"

顾见骊没动，垂在身侧的手用力握成拳，又松开。她终于问出来："五爷，其实我们还没有圆房，没有做成夫妻，对不对？"她的声音又轻又软，暗藏着一丝期盼之意。

姬无镜慢慢清醒过来，没有立刻回答，目光扫过地上的小册子，了然。

他懒散地打了个哈欠，小臂撑着床榻坐了起来，掀开被子下床，语气十分随意："是啊。"

顾见骊眼神一黯，脸色跟着一白。原来之前那样都不算吗？

她觉得失落，又茫然无措。

姬无镜稍微站了一会儿，等头不那么晕了，才朝顾见骊走过去。他弯腰捡起小册子，看见册子上的画面，眼中露出嫌恶和愤怒之色。

他上次就该烧了它，省得被顾见骊翻到。

所有的东西都该由他来教顾见骊，而不是这本难看的小册子。姬无镜烦躁起来，狐狸眼微眯。

顾见骊不知道他怎么又不高兴了，朝他伸出手，说："你把它给我。"

她努力让自己平静下来，抬起的手却微微颤抖着。

姬无镜诧异地看向她，不高兴地问："真喜欢看这个？"

顾见骊十分认真地说："如果别人的妻子都是如此，我会拿去好好学的。"

姬无镜看着顾见骊的眼睛，而后嗤笑一声，问："身为妻子的责任？"

顾见骊没说话，默认了。

姬无镜拿起桌子上的火折子，一吹，随后点燃了手里的小册子。

"你怎么把它烧了？"顾见骊急着去抢。她鼓足了勇气才跟姐姐要了这个，这本被烧了，她要从哪里去弄第二本？

姬无镜抬手，顾见骊自然抢不到了。他晃了晃小册子，让书页散开，烧得更快些。烧到最后，姬无镜将它丢进铜盆里，微微抬了抬下巴，说道："把手抬给我看看。"

顾见骊将手递到他面前，让他看指甲。姬无镜看过，动作自然地牵住顾见骊的手，拉着她重新上了床榻。他懒洋洋地打着哈欠，将顾见骊抱在怀里，缓缓地说："让叔叔抱着再睡会儿。"

屋内有纸张燃烧的味道。顾见骊依偎在姬无镜的怀里，茫然地睁着眼睛，还在想那本已化为灰烬的小册子。

姬无镜声音沙哑地道："叔叔会慢慢教你的，不要跟外人学。"

顾见骊皱眉，不喜欢他的说法，闷声反驳道："那是书，不是外人。"

"书也不行。"姬无镜拍拍顾见骊的头,将她柔软的头发揉得乱七八糟,笑道,"不是书上那样的,实际上很好玩。别怕。"

顾见骊才不信,不过没再反驳,因为……她的确没试过。

过了好久,久到姬无镜都要睡着了,顾见骊才小心翼翼地攥住他的衣角轻轻扯了扯,小声喊他:"五爷?"

"嗯……"姬无镜迷糊地应了一声。

顾见骊又沉默了一会儿,才软软地开口道:"我们圆房吧。"

这次换姬无镜沉默了。过了好一会儿,他才开口问:"还是为了妻子的责任?"

顾见骊坦诚地点头。

姬无镜"啧"了一声,道:"顾见骊,我怎么觉得你这举动特别像一句话啊,'早死早超生'。"

顾见骊皱眉,不理解姬无镜为什么又不高兴了。

姬无镜叹气,无奈地道:"顾见骊,你如果换个理由,叔叔是很愿意现在就将毕生绝学尽数传授给你的,毫无保留的那种。"

"什么理由?"顾见骊问。

"比如,你是因为被叔叔的美貌吸引。"

顾见骊一怔,推开姬无镜,转身背对着他,不理人了。

姬无镜在她身后嬉皮笑脸地扒起嘴角,手指弹了弹她的后脑勺,笑着问:"怎么,叔叔不好看吗?"

顾见骊捂住了耳朵,不想搭理他。

姬无镜的目光在顾见骊乱糟糟的头发上停了一会儿。

她的头发是被他抓乱的。他修长的手指穿过她的发,慢条斯理地将其理顺。

随后,他在顾见骊的后颈上咬了一口,又将她的衣服扯开,脸蹭了蹭她的肩,继续睡觉。

顾见骊噘着嘴,一动不动,由着他。她的目光落在他搭在枕侧的手指上。她认真地看了一会儿,察觉姬无镜睡着了,慢慢合上眼,也睡去了。

时辰还早。

## 第二十七章　百花宴

「五爷要每日心情都好才行。」

「那要看有没有人气我。」

今天是姬无镜看病的日子，纪敬意没来，只有罗慕歌自己过来。

姬无镜懒洋洋地靠着椅背，手搭在椅子的扶手上。罗慕歌坐在一侧给他诊脉，眼中闪过一丝惊讶之色，抬头看向姬无镜。

姬无镜闭着眼，像睡着了一样。他一年四季的衣服都差不多，宽袖的雪色对襟长袍罩在他身上，宽松得很，腰带未束，衣襟自然垂落。长袍下是红色的里衣，露在外面的肌肤比寻常女子的还要白上几分。

罗慕歌视线上移，从他的锁骨看向喉结，最后看向他眼尾的泪痣。

即便闭着眼，他身上那股浑然天成的冷傲与疏离感依旧明显。疾病会摧毁一个人的美貌，更何况姬无镜已经被困于室内四年了。现在的姬无镜，容貌远不及曾经，可这世间再也找不到第二个男子如他这般美了。

顾见骊用香胰仔细洗去指甲外的凤仙花汁，走了出去。

罗慕歌收回视线，起身收拾药匣。

"罗姑娘，纪大夫今日没过来？"顾见骊走过来问。

罗慕歌淡淡地道："今日落雨，师父便没有来。慕歌医术不精，但寻常诊脉尚可。"

"罗姑娘的医术岂止尚可？"顾见骊微笑着道，"辛苦你冒雨过来了。"

罗慕歌浅浅一笑，略颔首，没再说话。

姬无镜神情恹恹地睁开眼。

顾见骊在他身前弯下腰，帮他将外袍系上，蹙眉说："怎么又睡着了？睡着了也不知道多穿些。"

"困。"姬无镜握住她的手，顺势将她拉到膝上坐着，埋首在她的颈间。

罗慕歌收拾东西的动作一顿。

顾见骊一惊，急忙起身，埋怨地瞪了姬无镜一眼。

罗慕歌将药匣收拾好，背在肩上，面无表情地说："今日师兄的身体竟比前日好了许多，慕歌不解，过几日让师父来诊脉，师兄便仍用先前的药吧。我这就回去了。"

姬无镜点头。

"我送罗姑娘。"顾见骊跟上去，拿了伞亲自递给罗慕歌。

罗慕歌道了谢，撑伞走进雨里。

顾见骊站在门口，瞧着雨中的罗慕歌。

绘有红梅的伞遮不住倾斜的雨，雨水逐渐打湿她素雅的白裙，泥水弄脏了她的裙摆。虽然走在雨中，但她闲庭信步，一点都不急。

罗慕歌还没走多远，长生便穿着蓑衣跑进了院子，先笑着跟罗慕歌打了个招呼，再朝这边跑来，将藏在怀里的请柬递给顾见骊。

"宫里送来的！"

顾见骊想起了姬玄恪那日跟她说的话。她打开请柬，上面称皇后将于六月十二日举办百花宴。

百花宴往年都是由皇后在五月二十二日举办的，可今年五月二十二日时，宫中还没有皇后。前两日，宫中举行了封后大典。孙引竹将百花宴拖到了六月十二日。

想起孙引竹那张天真烂漫的脸，顾见骊不太舒服。孙引竹比她还小半岁，竟阴错阳差地成了皇后。

姬无镜站在里间门口，皱眉看向顾见骊，说："没睡饱，过来陪我睡觉。"

长生假装什么也没听见，转身跑进了雨里。

顾见骊想了想，提着裙子小跑到姬无镜身边，挽起他的胳膊，冲他笑道："你陪不陪我去百花宴呀？"

姬无镜半眯着眼，看向她孩子气的脸。

二夫人连叹几口气，抓住姬玄恪的手，问："你真的不考虑一下？田家姑娘家世好，品行好，绣技和厨艺都很了得。模样也不错，眉清目秀的。她若是和你站在一起，定然很是般配，将来生出来的孩子……"

"不。"姬玄恪坐在长桌前，翻着书卷，目光没有离开过书页，对母亲说的话更是没怎么听。

二夫人将田姑娘的画像摆在桌上，急道："你倒是看一眼哪！"

姬玄恪握着书卷转过身。

二夫人继续说："真人比画像上的好看，你若见了，定然能相中！"

顾见骊的脸在二夫人的脑海中一闪而过。她不由得放低了声音，继续说："虽然比不上'安京双骊'，但是……"

姬玄恪将书卷重重放下，眉宇之间带了几分怒意。

二夫人忽然觉得很委屈，在姬玄恪的肩上狠狠地打了两巴掌，哽咽道：

"你到底想怎么样?一辈子不娶了?母亲知道你重情,心里还有顾见骊,可顾见骊已经是你的五婶了!事到如今,你还能怎么样?你不要再置气了,母亲心里也难受啊。谁能想到昌帝会因为一场大火意外驾崩,而那武贤王又得势了?……你好好想想,母亲能怎么办?那可是昌帝的密旨!若我告诉了你,你一定不会同意,凭白生出祸事来……"

"您不要再说了。"姬玄恪沉声道。

"我偏要说,要不然由着你想那个女人?若别人知道了……"

"您能怎么办?若您将消息告诉我,我可以带她走,或者想法子躲起来。可是您骗了我,将我支开。"姬玄恪轻笑一声,望着母亲的目光是冷的,"回家会影响父亲的仕途吧?"

二夫人微怔。

姬玄恪微微向后仰,靠着椅背,不急不缓地转动着指间的玉扣,道:"我需要你们的时候,你们欺骗了我。日后,你们也别想从我这里讨到什么好处。"

"可你是我们的儿子啊!"

"母亲放心,儿子会为你们养老送终的。"姬玄恪顿了顿,目光冰冷,道,"儿子也希望继续保持表面上的和睦。"

二夫人忽然觉得他很陌生。

这场雨下了两日,时大时小,但一直没停。

顾见骊闲适地做着针线活,倒不觉得无聊。可小孩子坐不住,没一会儿就觉得闷得慌。顾见骊只好收起东西,陪姬星澜和姬星漏玩。

顾见骊倚着罗汉床,手中握着一卷书,正给两个孩子讲志怪故事。姬星澜乖巧地紧挨着她,眨巴着眼睛听故事。姬星漏则坐在罗汉床的另一头,离她们远远的。他低着头,一边玩着一个玲珑锁,一边竖起耳朵听故事。

姬无镜推门进来,扫了一眼罗汉床上的三个孩子。

"后来……"顾见骊停下来,望向姬无镜,问他:"你要睡一会儿吗?我们这边有点儿吵,要不你去外间吧。"

"换个好听的故事。"姬无镜躺到床榻上,打算听着顾见骊的故事睡觉。

顾见骊继续讲了下去。她声音甜美,又刻意放轻放柔,不到半个时辰,姬无镜、姬星澜都睡着了。

顾见骊抬眼去看姬星漏，轻声问："还听吗？"

姬星漏撇了撇嘴："不好听。"

他趴下来，继续玩玲珑锁。这玲珑锁早就被他解开了，如今他像打发时间一样，一次次弄乱，又重新解锁。

顾见骊放下志怪书，姬星漏打了个喷嚏。

顾见骊轻轻挪开怀里的姬星澜，给她盖上小被子，伸手去摸姬星漏的额头，温度有些高。她下了罗汉床，取了架子上的小棉袄给姬星漏穿上，压低声音说："这两天下雨，冷得很，晚上我让季夏给你熬姜汤，你要全喝光。"

姬星漏觉得腰上很痒，伸手挠了挠，没搭理顾见骊。

陪小孩子玩还是很累的，才过了两日，顾见骊就有些吃不消了。幸好晚上长生跑来禀告，称要回玄镜门一趟，接栗子回来。

顾见骊很开心。栗子力气大，好像永远不会累，也很喜欢和小孩子玩。关键是，姬星澜和姬星漏也不讨厌她。

这场雨在当天夜里停了，次日，晴空万里。顾见骊推开窗户，望着湛蓝的天，露出笑容。

今天是纪敬意来给姬无镜诊脉的日子。纪敬意年纪大了，等天气好了，才方便过来。

早膳，姬无镜一如既往，只吃鱼粥。顾见骊拿着小碟子，给挑食的姬星澜夹了些新鲜的蔬菜到碗里，姬星澜权当看不见，只吃肉。

"澜澜。"顾见骊叫她。

"在！"姬星澜抬起头来。

顾见骊用青菜包好肉，一并塞进她的嘴里。

姬星漏不挑食，饭量比同龄孩子大一些，可顾见骊发现他没精打采的。

顾见骊摸了摸他的额头，问："星漏不舒服吗？昨天晚上有没有喝姜汤？"

"我没事！"姬星漏扭头，甩开顾见骊的手。

一旁的季夏说："喝了的，六郎很听话，喝了一整碗。我昨天给他熬了风寒药，他也喝了半碗，今早起来已经不怎么发烧了。六郎昨夜可能没睡好，现在困了。"

顾见骊点了点头，吩咐季夏待会儿带两个孩子回后院补觉。

姬无镜忽然开口："顾见骊，我也要吃菜叶子包肉。"

"好。"顾见骊包好肉后递给他，发现他一手端着鱼粥，一手捏着汤匙，没有要接的意思。

顾见骊犹豫了一下，喂进他的嘴里。

姬无镜又慢悠悠地说："我好像也发烧了。"

顾见骊想着姬无镜可病不得，急忙将手贴到他的额头上。

"不烫呀。"

姬无镜"哦"了一声，似笑非笑地道："你挡到我喝粥了。"

顾见骊一愣，反应过来，瞪了他一眼。

天气逐渐转暖，今日天气好，门开着。罗慕歌刚进入庭院，便透过开着的房门看见顾见骊给姬无镜喂饭，还摸他的额头的画面。

叶云月端着一盆脏衣服从厢房里出来，正准备去后院洗，看见罗慕歌，恶狠狠地瞪了她一眼。

罗慕歌面无表情地低下头。

四年前，姬无镜让她接近叶云月，说尽他的坏话，促使叶云月主动退婚，且将退婚一事闹得沸沸扬扬。

虽然她是姬无镜的师妹，可这些年和姬无镜接触得并不多。姬无镜一向谁都懒得搭理，即使是对着罗慕歌的父亲——姬无镜的师父，也是懒散、随意的。

那一回，是姬无镜第一次主动找她。

得知姬无镜不想娶叶云月，罗慕歌很欢喜，又因为他找了自己，生出另一种欢喜。或者说，她对他产生了误会。

一晃四年，他们之间好像什么都没发生过，仍旧是如陌生人的师兄妹。

"慕歌，在想什么？"纪敬意问。

"没事。"罗慕歌回过神，道。

纪敬意和罗慕歌先到偏厅内候着，等姬无镜他们用过早膳，才过去诊脉。

"咦？"纪敬意给姬无镜诊脉许久，惊讶地发现姬无镜心脉衰颓的趋势有所减缓，气血也畅通了些。

他高兴地道："恭喜门主，病情未恶化。"

顾见骊欢喜地弯起眼睛，温声道："我也觉得这几日五爷的气色好了许多，不知是何缘故。"

纪敬意笑着解释:"门主体内的毒,毒性极烈,若是寻常人,早已丧命。而门主内力深厚,才能与之抗衡。病情会受情绪所影响。"

顾见骊想起来,姬无镜忽然吐血发病那日,情绪的确很不好。而这几日,他病情好转,是因为他心情变好了?

她侧过脸看向姬无镜,认真地说:"五爷要每日心情都好才行。"

姬无镜随口说:"那要看有没有人气我。"

顾见骊却茫然了,因为……她根本不懂那日姬无镜为何突然情绪不好,也不懂他这几日为何心情好。姬无镜这个人,喜怒无常,将心事藏得太深,别人很难弄懂。

傍晚,顾见骊仔细挑着衣服和首饰。

明天就是六月十二日,百花宴。

这百花宴是百花争艳的日子,又何尝不是京中女子争奇斗艳的日子?

顾见骊换了一身又一身裙子,在铜镜前照来照去。

姬无镜看了很意外,原来她也爱美,也会这样孩子气。他忽然想到她刚嫁过来的样子,明明心惊胆战,偏偏低垂着眉眼,装出成熟老练的样子。

她还是现在这样可爱。

"玫瑰准备好了。"季夏笑着从西间走出来。顾见骊准备好好泡个玫瑰浴,让自己香香的。

姬无镜好奇地跟着顾见骊进了西间,一进去,香气扑鼻。玫瑰花瓣厚厚地铺满水面。

顾见骊以为他要抢着用,急着说:"这是季夏弄了好久才准备好的,你若喜欢,改日再让季夏给你摘!"

姬无镜无语,笑了笑,故意说:"一起泡啊。"

"不要!"顾见骊想也不想就拒绝。

姬无镜本来只是逗逗她,但天生喜欢与人作对,尤其是对顾见骊。顾见骊最近总是眉眼弯弯的,他难得见她紧张起来的样子。

他玩心顿起,低下头,不说话,开始宽衣解带。

顾见骊急了,连忙说:"浴桶是单人的!"

姬无镜瞥了一眼,认真地点头,道:"过几日让长生买个双人的回来。"

"不……"顾见骊有点蒙。过几日的事情过几日再说,她只想解决眼下的事。

见姬无镜已经将外袍脱下来搭在衣架上了,顾见骊说:"现在单人的容不下我们!"

姬无镜刚解开红色里衣的系带,松了手,露出胸膛来。他问:"我胖?"

姬无镜自然是不胖的,甚至因为卧床多年,过分消瘦。

顾见骊摇头。

姬无镜笑了,漫不经心地说:"你就更瘦了,像小嫩芽。"

顾见骊疑惑时,姬无镜已经将里衣脱了下来,搭在了衣架上。

"明天一早就要进宫,你身上太香会不会不好?"顾见骊转变策略。

"为什么会不好?只有你们女子可以香喷喷的?"姬无镜问得理直气壮。

顾见骊抿唇。她怎么忘了姬无镜从来不会在意别人的目光呢?

顾见骊又换了个思路,板起脸来,语气诚恳:"五爷,我不想这样。"姬无镜并不是全然不讲道理的。

姬无镜瞧着她的脸,眼底露出几分笑意。

讲道理?好啊,那他就跟她讲道理。姬无镜也用认真严肃的语气问:"顾见骊,你不是说想履行妻子的责任,和我圆房吗?"

顾见骊一惊,转头望向浴桶,小声问:"现在?在这里?"

"对。"姬无镜脸上没什么表情,问,"怎么,又不愿意了?"

"没有……"

"那脱衣服啊。"姬无镜说着低下头,解开自己的裤带。

"哦……好。"顾见骊抿唇。她微微侧着身脱着衣服,动作慢腾腾的。

她将薄纱罩衣脱下来时,姬无镜身上的衣服已被尽数除去。

姬无镜跨进浴桶,顾见骊转过身,继续慢腾腾地脱着衣服。

浴室里雾气腾腾,有些热。顾见骊的脸红扑扑的。

姬无镜瞥了一眼她的背影,没催她,饶有兴致地玩着浮在水面上的花瓣。

顾见骊做了些心理准备,告诉自己这样拖下去不好,怕敏感的姬无镜多想。可她实在没勇气当着姬无镜的面把衣服全部脱下。顾见骊狠了狠心,将蜡烛吹灭,浴间内一瞬间暗了下来。

顾见骊硬着头皮脱下衣服,跨进浴桶,低下头,好一会儿才敢偷偷看姬无镜一眼。

姬无镜没说话，甚至根本没有注意她，手指有一下没一下地点着玫瑰花瓣。

浴桶不大，他盘腿坐在里面，几乎将位置占满。顾见骊则紧贴着浴桶边缘站着，局促不安，不知道如何坐下去。

她捂住胸口，慢腾腾地蹲下来后，和姬无镜的距离顿时拉近。姬无镜这才不再玩了，看向顾见骊。

二人四目相对，顾见骊紧张极了，姬无镜却忽然笑了，模样好看得紧。

然而下一刻，姬无镜泼了她一脸的水。

顾见骊下意识地闭上眼睛，抹了一把脸上的水，看了他一眼，一言不发地转过头，不想理他。

过了好一会儿，姬无镜才轻笑一声，从顾见骊的头发上取下一片花瓣，说：“你这样一直蹲着，等一下左腿又要痛了。”

姬无镜换了个姿势，将腿略微伸直些，脚底抵着浴桶。

顾见骊慢腾腾地在他的腿间抱膝坐下，脊背略弯，身子藏在水里，连下巴也没在水里。

"出去之后身上就会有玫瑰香？"姬无镜问。

"多泡一会儿是会有的。"

姬无镜点头，捡起几片玫瑰花瓣贴在顾见骊的脸颊上、额头上。

最后，他将一片花瓣贴在顾见骊的鼻尖上，然而花瓣很快便落了下去。姬无镜又将其捡起来，再贴，花瓣依旧往下掉。重复几次后，姬无镜的脸黑了，他抱怨道："顾见骊，你的鼻子长得不好，鼻头太翘了，贴不住。"

顾见骊连忙说："你自己的鼻子也贴不住，真的！"

顾见骊捡起一片花瓣贴到姬无镜的鼻梁上，然后呆滞地发现，它竟然贴住了。

姬无镜扯起嘴角笑了笑，那片花瓣才落下去。他向后靠，望着顾见骊说："这样泡着，身上是香了，可是脸不香啊。"

顾见骊说："别人又不会凑近了闻。"

她话音刚落，姬无镜忽然整个人没入水中。

顾见骊的手臂被姬无镜抓住，她被他拖进了水中。

躺在水里，顾见骊下意识地闭上了眼睛，屏住了呼吸。她下意识地想挣扎，试图探出头去，手臂却被姬无镜紧紧禁锢。胸口逐渐变闷，她慌乱地睁开眼睛，却什么都看不清楚。

等眼睛逐渐适应了水下的环境后，她才慢慢看清姬无镜的脸，看见了他含着笑意的眸子。

她拍打姬无镜的胳膊，想要出去。姬无镜伸手搂住她的背，俯下身来吻她。他带来的空气立刻让顾见骊好受了许多。拍打姬无镜的胳膊的动作停下，她反而牢牢地攀着他，主动向他索取空气。

姬无镜揉了揉她的头，随后抱着她从水中坐了起来。

顾见骊大口喘息着，抹了把脸，还没彻底平复下来，便恼怒地去拍打姬无镜。

姬无镜笑了，问："生气了？挺好，不紧张了就好。"

顾见骊蹙起眉。

姬无镜将她抱在腿上，顾见骊的身子大半露出水面，身上各处贴着些玫瑰花瓣。

红色是姬无镜最喜欢的颜色。姬无镜目光凝了一瞬，毫不迟疑地凑到她身前，一口咬了上去。

顾见骊猛地睁大眼，抓着桶沿的手微微用力，细微的一声响过后，漂亮的指甲被折断。

顾见骊蒙了，稀里糊涂地被姬无镜抱进怀中。紧贴着他的胸膛，顾见骊听见了自己过快的心跳声。二人的身体相贴，顾见骊不敢乱动，姬无镜亦没再动。

水面逐渐平静下来。许久之后，顾见骊攀着姬无镜的肩，小声问："它是不是要进去？"

"是。"姬无镜声音沙哑地应道。

又过了许久，两个人仍旧一动不动。顾见骊再一次小声地问："那它为什么不进去？"

姬无镜慢慢闭上眼，克制自己。半晌，他垂下眼，抬起顾见骊的脸，问："又哭了？"

顾见骊摸了摸自己的眼睛，是湿的。可她不知道这是水还是泪。她茫然地望着姬无镜,摇头:"我不知道……"

随着她摇头的动作,她的身子轻轻晃动。

姬无镜立刻皱着眉,掐住她的腰,怒道:"别乱动!"

他一下子推开顾见骊,激起大片水花,起身出了浴桶,拿了衣架上的宽袍披上,大步往外走去。

顾见骊跌坐在水中,双手捂住脸。脸是热的,桶中的水早已凉透。原本浮在水面上的花瓣所剩无几,不知何时落了满地。

姬无镜忽然又大步走了进来。望着顾见骊微张的唇,他捏住顾见骊的脸,打开她的嘴,却又在逼她凑近时看见了她眼里的惊慌之色。

他终究没狠下心,只是抓住了她的手……

…………

姬无镜再次出去后,顾见骊又在水中坐了一会儿才出去。她看了一眼在床上面朝里侧躺着的姬无镜,走到门口吩咐季夏进来收拾。

季夏进了西间,望着满地的水和花瓣,蒙了半天。

难道主子洗澡的时候,桶倒了?

她伸手敲敲浴桶。啧,水洒了不要紧,可别摔了她的主子呀!

季夏出去后,顾见骊准备歇息,惴惴不安地往床榻的方向走去。姬无镜忽然起身,把枕头和被子扔给顾见骊,没好气地说:"你到罗汉床上睡去!"

顾见骊无辜地看着姬无镜将厚重的床幔放了下来。

天气逐渐转暖,鸭卵青的厚重床幔被顾见骊换成了浅浅的藕色,上面绣着大捧的莲花。床幔晃动,莲影层层叠叠。

顾见骊噘了一下嘴,心想:睡罗汉床就睡罗汉床。

她抱紧被子转身往罗汉床走去。

她刚嫁过来时就是睡这张罗汉床,此时自在得很。她日后夜夜独睡罗汉床才好呢,省得被人当成枕头抱着,连翻身都要小心翼翼的。

顾见骊检查了一下桌子上摆放的衣服和首饰,熄了灯躺下。

寂静的夜里,顾见骊望着罗汉床靠背上雕的市井图,微微出神。木头上的那些赶集的小人儿似乎动了起来,成了浴室内的画面。

顾见骊猛地回过神来,逼自己不再乱想。她移开目光,不经意间一扫,才看见自己折断的指甲,眉头立刻皱了起来。

右手无名指上的指甲是什么时候断的？她竟不知道。

她将拇指、食指和中指的指甲都剪得短短的，只有无名指和小手指的指甲长一些。

指甲断了再留长便是，只是可惜了上面那上深下浅的颜色。

顾见骊张开十指，不开心了。她喜欢双手的指甲长度对称，如今右手无名指上的指甲断了，她就得把左手无名指的指甲也剪短。

她坐起来，轻手轻脚地下了罗汉床，摸黑在抽屉里翻出剪子。

点了蜡烛，就着光，她右手拿着剪子先将左手无名指的指甲剪短，才换左手握剪。

她左手握着剪子比了两下，没剪下去，总觉得左手握剪子时动作变得笨拙了些。

她望了一眼门口的方向，想喊季夏帮忙，又觉得这个时候季夏应该已经躺下了。

床幔忽然被猛地拉开，姬无镜冷着脸坐在床上，冷冷地问："大半夜干什么呢？"

顾见骊望着他，缓慢地眨了眨眼睛，又低头看了看手里的剪子，说："醒了好，帮我一下，好不好？"

她站起来，跑到床边，将剪子和右手递到姬无镜眼前，笑道："帮帮我吧。"

"顾见骊，你是不是很想被我活活掐死？"姬无镜语气阴森。

"哦，先帮我剪了再说，要不然睡着了，划到身上会痛的。"顾见骊强行把剪子塞到了他的右手里。

姬无镜咬牙，怀念起那个见了他就怕的女孩儿来。

他嗤笑一声，一手捏着顾见骊的手指，一手将剪子搭在她的无名指关节处，用剪子上薄薄的刃轻轻地磨她细白的手指头，慢悠悠地问："把手指头剪了可好？"

顾见骊望着他，认真地说："不要闹了，要早些睡，明日气色才会好。"

姬无镜盯着她的脸很久，才默不作声地去给她剪指甲。

"好啦！"顾见骊想要收回手，姬无镜却没放。

又是"咔嚓"一声，姬无镜将顾见骊小拇指的指甲也剪掉了。

顾见骊蒙了，质问道："你干吗呀？"

姬无镜拉过她的左手，把她左手小拇指的指甲也剪去了。

顾见骊叹了一口气，将双手递到姬无镜面前，说："没对齐！"

两只无名指的指甲长度的确不同。

姬无镜没好气地道："是不是还要我拿磨石给你磨光滑啊？"

"我可以自己磨的。"

姬无镜舔唇，有一句话卡在嗓子里上不来下不去，欲言又止。最后他低下头，重新给她修剪了指甲。

剪完指甲，顾见骊欢喜地重新躺回罗汉床上，姬无镜则心情复杂。

顾见骊很快就睡着了。

寂静的夜里，床幔被掀开，姬无镜悄无声息地走到罗汉床前。他弯下腰，凑近看顾见骊的脸。顾见骊檀口微张，模样乖巧。

姬无镜凝视了她很久，许久之后，伸出手，想要碰触她软软的脸，却在指腹将要碰到她时停下动作，慢慢收回了手。

## 第二十八章 嫁得不好

顾见骊,你不觉得当着我的面这么说话不太好吗?

第二天一早，顾见骊早早醒来，细细梳洗一番，坐在铜镜前描了妆，在眉心贴上了罗扇花钿。

　　姬无镜掀开床幔时，看见顾见骊正在换衣服。寝衣被她脱了下来，她身上只有一条茶白色的抹胸，上面绣着云纹和栀子花。

　　"顾见骊！"姬无镜眼神阴沉，"能不能去西间换衣服？"

　　顾见骊被他吓了一跳，双肩不由得轻颤。她无辜地看了姬无镜一眼，转过身去，不大高兴地穿上白色的对襟上衣。

　　她穿了一条浅蓝色的襦裙，掌宽的烟蓝色系带上绣着罗扇，被系在胸口处。觉得有些冷，她又在外面配了一条淡粉色的披帛，雅致里多了几分甜美。

　　"你要穿玄境服吗？"顾见骊问姬无镜。

　　"不。"姬无镜在饭桌旁坐下，还是对桌上的鱼粥更感兴趣。

　　顾见骊看了看姬无镜身上的白衣，说："穿红色的吧，你穿红衣好看！"

　　顾见骊问刚迈过门槛的姬星澜："澜澜，你说是不是？"

　　姬星澜笑出梨涡："爹爹穿什么都好看，你也好看。"

　　"最喜欢澜澜了。"顾见骊将她抱到椅子上，然后问季夏："星漏呢？"

　　"有些发烧，不肯起来，我便让他再睡一会儿。"季夏说。

　　正在吃鱼粥的姬无镜忽然说："一会儿去给他请个大夫。"

　　季夏连忙说："林嬷嬷已经去了。"

　　姬无镜没再说什么。

　　顾见骊欣慰地夹了一块鱼肉，放进姬无镜的碗中，心想：你终于知道关心星漏了。

　　出门时，姬无镜果然如顾见骊所愿，换了身红衣。那并非紧身的玄境服，而是宽松些的红色常服。

　　百花宴更像是由皇后举办的京中年轻男女相聚玩乐的宴会，还有一个不成文的规定，所邀之人未到而立之年。

　　顾见骊本可以自己来，但觉得让姬无镜多出门转转会对身体好些，更何况再过几年，姬无镜想去也去不了了。

　　百花宴在兰苍行宫举行。兰苍行宫是大姬开国皇帝为皇后所建，后来成了避暑胜地，也是每年百花宴举办之地。

　　顾见骊和姬无镜到时，兰苍行宫内已人头攒动。

"见骊！"龙瑜君提着裙子疾步赶过来，亲昵地挽起顾见骊的胳膊，"我刚刚还与人打赌，你今日会过来。"

顾见骊实话实话："如今家中境况好了些，自然可以多出来。"

顾见骊知道姬无镜定然不喜欢在一旁听她和别人闲聊，于是跟龙瑜君说了一声，先带着姬无镜寻了个人少的凉亭，将他安顿好，而后去找龙瑜君。

姬无镜瞧着顾见骊走远的背影，神情恹恹的。合着她把他叫来后，就把他往角落随意一丢？姬无镜嗤笑一声，在心里先记了一仇。他抱胸，懒散地坐着，闭目养神。

没多久，他隐隐约约听见下方假山旁传来几个男子的谈笑声。

"文敛兄，你半年前成亲后，几乎就没出来快活了，是把同窗们给忘了？"

"文敛兄为何拿着盒莲罗酥？"

"内人喜欢吃，刚巧看见了，给她送去。"书生文敛憨厚地道，惹得另外几个男子大笑。

"文敛兄可不要宠妻过度啊，女人可不能娇惯！"

文敛立刻严肃起来，道："我比内人年长九岁，她年纪还小，我着实该好好宠着她。"

几个人又笑话了他两句，其中一人打趣道："怪不得，原来是老牛吃嫩草，那是该多花心思陪着尊夫人哪……"

姬无镜皱眉，神情不悦。

九岁而已。

"莲罗酥……"姬无镜念了一遍。他想了想顾见骊喜欢吃什么，想来想去，只想到她喜欢吃糖。

姬无镜忽然想起那一日顾见骊问他："你是不是不知道怎么对一个人好，不知道关心别人的方式呀？"

他会不知道怎么对一个人好？哼。

姬岚站在最高处，俯瞰着下方。

他的目光很快被那一抹淡蓝色的身影吸引了去，他忽然又想起那一夜的大火，不由得皱眉。

窦宏岩以为姬岚是在生皇后的气，连忙赔着笑脸说："陛下，皇后年纪还小。"

"十五岁很小吗？"姬岚望着下方，悠悠问。

"若是男子，十五岁可从军，可考功名，而十五岁的女子还是孩子心性。"窦宏岩道。

姬岚望着下方钻进画舫的蓝色身影，道："未必吧。"

窦宏岩不解其意，亦不敢再答。

画舫停在湖上，顾见骊倚着美人靠，一边欣赏着湖光山色，一边与龙瑜君说话。

"听说你的亲事已经定口了了。"顾见骊说。

龙瑜君点头，说："在八月初十。"

龙瑜君回头看了一眼，画舫里除了她和顾见骊，只有她的丫鬟红樱和跟着顾见骊的季夏。她便压低了声音说："家里其实是想让我入宫的。"

顾见骊讶然："我还以为你的家人不想让你蹚这浑水。"

龙瑜君无奈地轻叹一声，道："不，家里人想我入宫，是我不肯，以死相逼，才换来和余郎的亲事。"

她三言两语间不知包含了多少挣扎和心酸。

顾见骊沉默了一会儿，才说："不入宫也好。后宫女子大多如履薄冰，福气浅。"

"你如今可好？听闻你仍留在广平伯府，我着实有些惊讶。"

顾见骊随手摘了一枝花，将花瓣一片片丢进湖水中，说："早晚是要回家的。只不过如今姬五爷重病缠身，我现在离开有些不道义。"

龙瑜君笑了："我还以为相处几个月，你和姬五爷处出了感情。"

顾见骊将最后一片花瓣丢进湖中，蹙了蹙眉，说道："别说是日日相处的人，就算是种一盆花，时间久了也会有感情，但那不是男女之情。我不愿意被情爱这种东西困扰，行事端正、无愧于心就好。"顾见骊顿了顿，接着说，"我倒是要多嘴劝姐姐两句，你若不爱听，我说完你忘了便是。你是如何说通家里人嫁到余家的我不晓得，可余家定然是晓得的。你付出得多了，余家的人未必感动，兴许还会生出轻视的心思。而若婚后你们产生了争执，你难免会因牺牲太多而更觉委屈。而且，女子在夫家的地位如何，并非全靠所嫁之人和自己的本事，更仰仗娘家。父亲起起落落，我在广平伯府的待遇也大相径庭。姐姐的选择难免让家人不悦，事已至此，余下的三个月，姐姐在家里要努力尽孝才是。"

龙瑜君听着，脸上的笑慢慢淡了。这段时间，她心中一直有些慌张，但又想不明白所为何事，如今听顾见骊这么一说，豁然开朗。

她主动对顾见骊说这些，何尝不是为了寻求意见？龙瑜君一直知道，比她小两岁的顾见骊是分外理智冷静的。

顾见骊看了一眼龙瑜君的脸色，甜美地笑了起来，柔声说："我只是说了最差的结果，你可别全信了。你知道的，我经历了一些事情，对很多事难免会多想。瑜君你自然是会一切顺遂的！"

顾见骊倒了两杯果子酒，递给龙瑜君一杯。龙瑜君这才重新笑起来，道："放心，我心里有数。"

两个人很快换了话题，聊起了今夏流行的衣裳和首饰。

龙瑜君转过头望着顾见骊，有些感慨。这世间坚强聪慧的人不少，可她最欣赏的是顾见骊遭遇劫难后依旧不改的善良本性。

"陛下在那边。"红樱忽然说。

顾见骊看过去，一身龙袍的姬岚走在不远处的蔷薇园内，身后跟了些随从。姬岚脸上挂着儒雅温和的浅笑，显得十分平易近人。

姬岚忽然低下头，看了看自己的鞋。姬玄恪从候在一侧的人群中走出来，蹲在姬岚面前给他擦鞋。

顾见骊惊讶不已，那蹲着的身影有些陌生了。

姬玄恪起身，姬岚和他说了两句话，姬玄恪行礼，恭送姬岚离开。

姬玄恪刚要走，忽然皱眉，鬼使神差地转过身去，目光扫过湖面，落在画舫上。他只来得及看见一抹蓝色的裙角。

姬玄恪觉得自己看错了，皱着的眉头逐渐舒展。他并不希望顾见骊看见这样卑微谄媚的他。

顾见骊站在柱后，冲龙瑜君嫣然一笑："我得走了，下次再与你好好聊。"

"去吧。我也得去看看我的几个妹妹。"

龙瑜君话音刚落，表弟林少棠上了画舫。林少棠今年十六岁，一直生活在南方，最近刚来永安城。

他穿着一身青色的对襟长袍，唇红齿白，双眼明亮，声音清脆，一股少年气。他说话的时候眉眼和嘴角都带着笑意，脸上有一对小酒窝。

"表姐，我刚刚在文竹林见到了好些仙女姐姐，还见了你与我说过的'安京双骊'中的大骊，那真是……"林少棠顿住脚步，怔怔地望向顾见骊，道，"这位想必就是小骊……"

顾见骊莞尔。

"少棠！"龙瑜君瞪了他一眼。

林少棠回过神来，急忙冲顾见骊道歉："小生林少棠，淮湘人，前些日子刚刚入京以备秋闱。惊见仙颜，言语唐突，万望莫怪！"他又抬起头看向顾见骊，"百闻不如一见……"

顾见骊屈膝回了一礼。

龙瑜君无奈地说："见骊，你可别笑话。"

顾见骊摇了摇头，笑着说："我真的得过去了。"

龙瑜君点头，站在画舫前目送顾见骊离开。

她一回头，瞥见林少棠直勾勾地看着顾见骊的背影，气笑了，道："她已经嫁人了。"

"哦……"林少棠有些惋惜，可是目光不曾挪开。

龙瑜君皱眉，再次提醒："少棠，她已经嫁人了，不该有的心思你便收回去。"

林少棠惊讶地看向龙瑜君，不大高兴地说："表姐，你这话说得不对。爱美之心，人皆有之。她生得美，我这样的凡夫俗子自然是要被她吸引的。这又不代表我要做什么混账事。你这是玷污了我对美人的崇拜向往之情！"

龙瑜君在心里默默骂了一句"书呆子"，嘴上却说："是，是我不懂了。"

林少棠又皱起眉，追上龙瑜君，问："表姐，我今日这身长衫是否妥当？我刚刚可有惊了美人？不妙，不妙，还是唐突了，她定然是厌烦了……"

龙瑜君叹气，无奈地道："你就别瞎想了。下了这画舫，她便会把你忘得一干二净，不稀罕厌烦你。你以为'安京双骊'的名号是白叫的？向她示好的公子哥儿数不胜数，比你更直白的也不是没有，有吟诗作画的，有唱小曲儿的，甚至还有下跪的。"

"真的？你们永安人这么……"林少棠震惊了。

顾见骊回去时，姬无镜已不在凉亭内。她问了旁人，对方说姬无镜进了石林。

石林内路线复杂，像迷宫，有些地方虽无光源却十分明亮，有些地方则漆黑一片。

顾见骊没有贸然进去，在洞外轻声喊道："五爷，你可在里面？"

直到听见姬无镜的声音，顾见骊才走了进去。

她一边喊着姬无镜，一边往里走，走得磕磕绊绊，却始终没找到他的人。她不想再找了，生气地说："你自己留在这里好了！"

她刚转身就撞上了一个坚硬的胸膛，吓了一跳，差点叫出来。幸好她闻到了熟悉的药味儿。

姬无镜伸手扶了她一把。

顾见骊瞪他："藏在这里做什么？"

姬无镜不耐烦地说："安静。"

顾见骊忽然明白了，姬无镜一定不喜欢这种宴会，自己下次还是不要带他来比较好。

"五爷，你可有遇见什么熟人？聊聊天哪。"

姬无镜嗤笑道："顾见骊，你是不是蠢？谁敢和一个杀人魔头聊天？"

顾见骊沉默了一会儿，主动去拉姬无镜的手，笑着说："那咱们不理他们。你是不是没有来过行宫？"

"来过。"姬无镜随意地道。

"那定然没有好好游玩过。我带你去看看行宫里好看的景色。"

姬无镜本觉得无趣，不想去，可是望着顾见骊含笑的眼睛，把拒绝的话咽了回去。

顾见骊拉着他走出石林，进了另一侧的花殿。花殿内摆放着各种花卉，都是宫人悉心养了许久的。

顾见骊蹲下来，瞧着一株芍药花，微微仰起头，望向站在她身侧的姬无镜，说："它开得可真好。"

"竟然又见到你了！"林少棠快步走上前来，道。

顾见骊怔了一下才想起他是谁。林少棠看见她的表情，目光一瞬间黯淡下来。

顾见骊起身，见了礼，微笑道："林公子，你没和瑜君在一处？"

林少棠秀气的眼睛立刻重新亮了起来，他笑了，露出一对小虎牙，说："表姐跟人一起骑马去了。我来这里赏花，没想到又遇见了你……"

他目不转睛地看着顾见骊，目光舍不得离开。

顾见骊含笑颔首，转过身，重新望向刚刚那盆芍药花。她自然地将手搭在姬无镜的小臂上，问："我们在院子里种些芍药花可好？"

就在顾见骊和姬无镜赏花时，广平伯府中却出了大事。

林嬷嬷一早去喊两个孩子起床，姬星漏称头疼、恶心，不肯起，林嬷嬷就让他再睡一会儿。她让姬星澜跟着季夏去了前院吃饭，自己则出府给姬星漏请大夫。待她请了大夫回来，顾见骊和姬无镜早就坐上了去往行宫的马车。

林嬷嬷带着大夫去看姬星漏，发现姬星漏的脸上起了些红点点。

林嬷嬷在心里暗道一声"坏了"，问："大夫，您瞧是不是起了水痘？"又对姬星漏说："六郎，把手拿出来。"

姬星漏从被子里探出小手，上面也起了密密麻麻的小红点子。

大夫愣了一下，向后退了一步，连忙说："你拿个帕子，搭在他的手上！"

林嬷嬷不解其意，只是照做。

姬星漏忍着极大的不舒服的感觉扭过头去看大夫，看见了他眼里的畏惧之色，皱了皱眉。

大夫一手捂住口鼻，一手拿着一盏灯，小心翼翼地往前挪，用手中的灯去照姬星漏的脸。待看清他脸上的疹子，大夫大惊，也不把脉了，连连后退。

"天花！"

"什么？怎么会……"林嬷嬷愣住了，"大夫，别走啊！"

大夫颤抖着收拾好药匣，转身就跑。

姬星漏浑身难受，偏过头，看见大夫如躲避洪水猛兽一般逃走了。

大夫跑到门外，一不小心将往这边走来的姬星澜撞倒了。

姬星澜爬起来，委屈地揉了揉屁股。不过还好，她怀里抱着的流沙包没有掉到地上。这是她刚刚去厨房给哥哥拿的。

"哥哥，我给你拿了流沙包！"她边说边往屋子里跑来。

林嬷嬷顿时回过神来，喊道："四姐儿，别进来！"

姬星澜站在门口，茫然地眨了眨眼："怎么了？"

林嬷嬷奔至门口,想将姬星澜抱走,忽然想起自己碰了姬星漏,立刻停了步子,只是说:"星澜听话,去你父亲的房里待着,不要出来!"

姬星澜被林嬷嬷的表情吓到了,隐隐有不好的预感。

"澜姐儿听话!"林嬷嬷加重了语气。

姬星澜的眼圈一下子红了,她奶声奶气地喊了声:"妈妈……"

她往前走了两步,又停下来,把用帕子包好的流沙包放在地上,站起来冲林嬷嬷说:"澜澜听话,但这个你要拿给哥哥!"

姬星澜一步一回头地走了。

瞧着她的背影,林嬷嬷心里七上八下。她既庆幸又担忧,庆幸前几日顾见骊让两个孩子分房睡了,又担忧姬星漏的病情。

偏偏五爷不在府中。林嬷嬷六神无主,正慌着,姬星漏忽然歪着身子大口呕吐起来。

"六郎!"林嬷嬷急得流下泪来。


大夫逃走时撞见了府里的仆人,将姬星漏染了天花的事说了出去。

不过片刻,这件事就传到了老夫人的耳中。老夫人正和府里的女眷们闲谈,得知此事后,惊得脸色惨白。

"快,快派人去行宫找五爷!"

可行宫哪里是那么好进的?仆人在行宫外急得团团转。

行宫中,顾见骊、姬无镜和林少棠一起正在花殿里赏花。林少棠自幼便喜欢花,对各种名卉多有研究,见顾见骊喜欢,做起了解说,恨不得将每种花都详细地介绍给顾见骊。

顾见骊抬眸去看姬无镜,发现他脸色不太好。她瞟了一眼林少棠,轻轻蹙眉。她原本只是将手随意地搭在姬无镜的小臂上,如今挽起他的胳膊,身子也略微靠着他。她看向林少棠,微笑着,却又态度疏离地说:"今日跟林公子学了许多东西,我们要去寻我姐姐了。"

林少棠看着顾见骊亲昵地靠着姬无镜的样子,心里既失落又羡慕,勉强笑着说:"真是羡慕姬兄。"

姬无镜瞥了他一眼,终于开口:"谁是你兄长?"

林少棠愣住了。

姬无镜却嗤笑了一声，道："看你对花卉这么有研究，可想自己也开开花？"

"开开花？"林少棠茫然地看着姬无镜。

很快他便不再想姬无镜的话，只因他忽然发现姬无镜的容貌亦异于常人。其貌近妖，与他平日里所见的男子大不相同。姬无镜不愧是能娶到仙女姐姐的男人！

顾见骊连忙对林少棠说："林公子慢慢赏花，我们先行一步。"

"好……"林少棠站在原地，不舍地目送顾见骊和姬无镜离开。

脚边忽然传来一道劲风，林少棠没站稳，直接向前倒，栽进了花盆里，惹得周围的人一阵惊呼。

林少棠狼狈地爬起来，身上的青色袍子脏了，束发散了，有一朵小花插在他的发间。他脸色惨白，心里惴惴不安，暗道：坏了，这下得赔多少钱？

顾见骊回头看见了，下意识地停下脚步。她转过脸，审视着姬无镜。

姬无镜扯了扯嘴角，不急不缓地道："走啊，找姐姐去。"

顾见骊静静地看着他的眼睛，姬无镜说："或者吵个架玩玩也挺好。"

顾见骊将手收回来，沿着石阶往下走，不想理他。

姬无镜看着顾见骊缓缓离开的背影，忽然想起之前卧床时，长生偶尔会对他说一些外面的事。长生似乎说过，去年的百花宴上，有个姓钱的纨绔子弟当众向顾见骊单膝下跪，作了一首诗。那个人后来怎么样了？

"五叔？"姬玄恪不确定地喊了一声。他是听见了花殿内的响动，过来看看，没想到会遇见姬无镜。

姬无镜转过身，看向姬玄恪。他想起那件事的后续了。

后来，姬玄恪出现，讽刺那个纨绔子弟作的诗太烂，从对仗、押韵、用词到意境，都不行。姬玄恪另外作诗一首后，将顾见骊带走了。

姬无镜的脸色一瞬间冷了下去。他大步下了石阶，去追顾见骊。

姬玄恪微微惊讶，视线跟随着姬无镜，便看见了那道淡蓝色的身影。

是了，姬无镜怎么会来这种地方，定然是陪着顾见骊来的。姬玄恪眼神一黯，难道自己刚刚没有看错，画舫中的人的确是顾见骊？他眉心紧皱，朝前走了两步，站在石阶边缘，遥遥望着顾见骊的背影。

姬无镜走得极快，追上了顾见骊。顾见骊看见他，刚想转身，手腕却被他用力地握住。姬无镜拉着她大步往前走去。

不远处就是石林，二人经过时，姬无镜弯下腰，带着她钻了进去。

姬玄恪瞳孔微缩。

一身狼狈的林少棠从花殿内走出来，站在姬玄恪身边叹了一口气，问："玄恪兄，你身上可带了钱银？"

姬玄恪努力平复情绪，转头看向林少棠，摘了他头上的花，道："钱银是小事，林公子还是先整理一下为好，若等一下遇见陛下，未免冲撞了。"他拍了拍林少棠的肩，缓缓离开。

林少棠后知后觉地发现姬玄恪没借钱给他，叹了一口气，便硬着头皮去找龙瑜君。

石林内时明时暗，姬无镜拉着顾见骊走过明亮之处，一直钻到石林的最深处。

极狭小的洞穴内，只能容纳两个人。姬无镜将顾见骊逼得后背紧贴着石头。石头硌着顾见骊的背，惹得她直蹙眉。

"五……"余下的话已被姬无镜吞入口中。

顾见骊不得不向后靠，但想象中的疼痛没有袭来，姬无镜一手垫在她的后背上，一手托住了她的后脑勺。

外面传来宾客嬉戏的声音，顾见骊骇得睁大了眼睛，使劲拍打着姬无镜。可姬无镜不为所动，更为用力地啃咬着她的唇。

许久之后，姬无镜松开顾见骊。顾见骊瞪他，推开他，愤愤地往外走去。

刚走出石林，顾见骊还没来得及闭上眼睛躲避刺眼的光，姬无镜便从她身后伸出手，捂住了她的眼睛。

顾见骊一怔，心软了，有些后悔刚刚在心里骂他是"野狗"。

半晌，姬无镜面无表情地松了手。

顾见骊轻哼一声，瞥了他一眼，往前走去。

"姬夫人，你竟在这里！"窦宏岩笑着在石桥的另一侧喊道。他声音不算小，周围的人都看了过来。

顾见骊抿唇，唇上火辣辣的，只盼着不要被人瞧出端倪才好。

窦宏岩一路小跑过来，笑着说："陛下召您过去呢！"

顾见骊心中一沉，猜测陛下找她与昌帝之死有关。

几个月过去了，时局稳定后，他开始算旧账了？不过只要他还要用父亲，便不能动她。

不过是瞬息间，顾见骊的心态就由担心变为淡然。她欣然随窦宏岩走了过去。

姬岚站在阁楼上俯视下方，看着顾见骊从远处走近。姬无镜在顾见骊身边。

路边不知是哪个大臣的女儿想跟顾见骊打招呼，可是看了一眼姬无镜，就畏惧地摇摇头，躲开了。

姬岚收回视线，在长桌后入座。

姬无镜也注意到了那个姑娘，看见了她眼中的惋惜和同情之色。他问顾见骊："你认识她？"

顾见骊点头。

"她一脸同情地看着你是什么意思？"姬无镜问。

"自然是觉得我嫁得不好。"顾见骊坦诚地道。

姬无镜看了顾见骊一眼，问："顾见骊，你不觉得当着我的面这么说话不太好吗？"

顾见骊表情无辜地说："反正你也不会因为这个生气。"

姬无镜沉默了。

你怎么知道我不会生气？还是说，我生不生气你都无所谓？

半晌，姬无镜忽然问："顾见骊，你会喝酒吗？"

"只喝过果子酒。"

姬无镜没再说话了。

几个人到了地方，见过姬岚。

姬岚笑着让他们入座，先是问了姬无镜的身体状况，又让他早日回玄镜门。然后姬岚看向顾见骊，温声道："朕召你过来，是有件事想请你帮忙。"

顾见骊恭敬地道："若是臣妇能做之事，定当领旨。"

"是关于你父亲的事情。"

顾见骊没有太惊讶。

姬岚说到这里暂且停了下来，转而说了几句体恤姬无镜的话，还让他去隔壁休息。

姬岚这是想支开姬无镜。

姬无镜看了顾见骊一眼，欣然接受。反正他听力过人，听得见他们的话。

窦宏岩也退了下去，只留姬岚和顾见骊两个人。

博山炉里飘出淡淡的清香。姬岚沉思片刻，问："那日的事情你可说给旁人听了？"

顾见骊坦诚地道："臣妇不过弱女子，诸多事情要仰仗父亲，一切但凭父亲做主。所以，那件事父亲是知道的。"

"那你的夫家呢？"姬岚缓缓问。

顾见骊摇头："未再与其他人提过。"

其实那件事陈河知道，甚至是共犯，可顾见骊答应过陈河，不会将他牵扯进来。至于广平伯府……说起来，顾见骊也不清楚姬无镜是否知道那日发生的所有事。她不知道陈河对姬无镜说了多少，姬无镜也从未问过她。

姬岚看着恭顺的顾见骊，半晌才问："你可知武贤王有意交权？"

顾见骊很惊讶，说："这几个月臣妇一直在家中养腿伤，未曾见过父亲，并不知晓。"

姬岚视线下移，落在顾见骊的腿上，眼前浮现那场大火前她一身紫色霓裳的模样。那时的她沉着冷静，一直在出谋划策，他完全没察觉她的腿伤原来那么重。

顾见骊已嫁人，令姬岚觉得惋惜。他不是贪图美色之人，对顾见骊的感觉，更多的是欣赏。这样有勇有谋且家世显赫的女子，没人比她更担得起"母仪天下"这四个字。

"朕希望你可以劝劝你父亲。"姬岚起身走到顾见骊面前，凝视着她道，"朕十分敬仰武贤王，他为大姬立下汗马功劳，万不可因朝廷一时失误，失了报国之心。"

顾见骊神色不变，脸上始终挂着浅浅的笑，恭敬地回话道："臣妇替父亲谢过陛下厚爱，这次回家，定然转达皇恩。"

她只传话。

姬岚领首，笑了笑。他回到桌前，拿起诏书，看向顾见骊道："武贤王二

453

女顾见骊接旨。"

顾见骊一怔，提裙跪下。

这是赐封顾见骊为郡主的诏书，本该在她及笄之日颁布。

盛仪郡主。

顾见骊的姐姐顾在骊的封号是"盛安"。

宦官扯着嗓子报喜。很快，来行宫参加百花宴的宾客便都知晓了这一喜讯。

顾见骊和姬无镜从楼上下来时，得了好些恭贺。

顾在骊也寻了过来。顾见骊终于见到了姐姐，十分欢喜。

姬无镜懒散地站在一旁，看着那些人向顾见骊道喜，又想起那个姑娘望向顾见骊时惋惜且同情的目光。

他配不上她吗？

顾见骊与人寒暄了好一会儿，打算回王府一趟，向父亲转告姬岚的话。

她与身旁的人道别，朝姬无镜走去。

看着一步步走来的顾见骊，姬无镜嗤笑一声，她现在想起他了？

顾见骊走到他面前，眉眼含笑，柔声问："我们现在就走好不好？"

姬无镜沉默了。

顾见骊便拉住他的手，将他微凉的拇指握在掌中，轻轻晃了晃，说："走啦。我们先去王府一趟，在那边吃了晚饭再回家。"

他明明心里不舒服，偏偏一听到"回家"两个字，那股不舒服的情绪就会悄悄消失。

姬无镜起身，不耐烦地说："这种地方，下次要来你就自己来。"

"好。"顾见骊跟上他道。

行宫很大，他们走到正门，至少要花半个时辰。顾见骊和姬无镜刚走了一会儿，竟又遇见了林少棠。

"你们就要走了？"林少棠换了身干净的衣服，脸上带着些失落之色。

顾见骊放慢脚步却没停，微笑着颔首，算是与他打了招呼。姬无镜则看都没看他一眼。

见顾见骊就要走了，林少棠连忙说："改日带着亲手栽的芍药花去广平伯府拜会姬兄！"

姬无镜停下脚步,回头看向他。

林少棠看见姬无镜眼里的阴沉之色,愣住了。

姬无镜朝他走去。顾见骊一惊,急忙拉住姬无镜的胳膊,微微用力,催促道:"我们该走了。"

姬无镜回头看向顾见骊,顾见骊蹙着眉心,轻轻摇头,眸子里有一丝讨好之意,撒娇道:"走啦……"

姬无镜慢悠悠地舔唇,眼底的不悦之色淡了下去,不再看林少棠,和顾见骊往外走去。只是他走了没几步,忽然抬手折断了一旁的一截树枝。

树枝在他修长的指间转了一圈,忽然不见了踪影。紧接着,他身后响起一道落水声和人们的尖叫声。

顾见骊吓了一跳,回头望去,原本站在湖边的林少棠不知道怎么落了水。

顾见骊缓慢地眨了眨眼,看向姬无镜。姬无镜漫不经心地说:"这人不仅脑子有病,腿脚也不好,摔进花里不够,还能再掉进湖里。"

顾见骊无语地移开视线,见侍卫将林少棠救了上来,才转身往外走。姬无镜几不可见地勾了勾唇。

龙瑜君皱眉责备道:"你是不是偏要招惹不该惹的人?"

林少棠挠了挠头:"是我自己不小心摔的。当着小骊的面摔了两次,可真丢人……"林少棠有些沮丧,不过很快又灿烂地笑了起来,道,"表姐,我今日在不同的地方见了她三次!我们可太有缘分了!"

龙瑜君不想再搭理他。

顾见骊和姬无镜上了马车,先往王府赶去。

车厢里,顾见骊一直在想姬岚的话,想着父亲的打算。

姬无镜脸色不太好,懒散地靠着车壁,也没说话。他忽然想,若日后顾见骊自己来这种宴会,再遇见林少棠了该怎么办?没了林少棠,定然还会有张少棠、李少棠……

到了王府,顾见骊下了马车。见到曾经生活了十五年的王府,她颇为感慨。当走进府中,见到一个个陌生的仆人,还有那些被改了的建筑时,她心里生出一丝怅然感,似乎明白这里终究不是曾经的地方了。

有些事情,发生了就是发生了。

陶氏听说顾见骊和姬无镜来了，亲自赶到门口，满面笑容地将人迎了进去。此时顾敬元不在府中，顾川去了书院，而顾在骊还留在百花宴上。

顾见骊与陶氏说了一会儿话，陶氏便道："你的房间我尽量按照以前的样子装扮了，你去看看可有不喜欢的地方？你们坐了那么久的马车，得歇一歇。等你父亲回来，我去喊你们。"

陶氏注意到姬无镜的脸色不太好，心想：难道小两口吵架了？

顾见骊谢过陶氏，带着姬无镜回了她的房间。

顾见骊推开房门，望着里面，思绪千回百转，眼底忽然有些湿。她深吸一口气，收起情绪，准备先安置姬无镜，道："五爷可累了？先休息……"

她尚未说完，忽然被姬无镜握住手腕拉上了床。

姬无镜解开腰间的系带，抽出来，将顾见骊的双手绑在了床柱上，动作一气呵成。

望着姬无镜的冷脸，顾见骊蒙了。

## 第二十九章 喜欢他对我好

「姬昭不好看?姬昭的优点只有那张脸吧?」
「他还有别的优点……」

"你又要做什么?"顾见骊无辜地望着他,因为惊讶,瞳孔微微放大。

姬无镜也不知道自己要做什么,只想把她绑起来,这样她就不能乱跑了。

顾见骊挣扎一番,没有挣开,手背还撞到了床柱上,有些疼。她只好重新望向姬无镜,说:"不要闹了。"

闹?姬无镜忽然意识到自己之前太纵容顾见骊了。

他捏着顾见骊的下巴,从她的眼眸中看见了那个脸色冰冷的自己。

手逐渐下移,他掐住了顾见骊的脖子。只要微微用力,他就能轻易地掐断她细白的脖子,以后不知要少多少麻烦。

然而他没有,反而凑过去在她的脖子上咬了一口。

顾见骊吃痛,低低地叫了一声,五官皱了起来。

这还不够,姬无镜将顾见骊的衣服扯开,沿着她的锁骨一路咬了下去。

"五爷,你别这样!这里是王府,等一下兴许有人要过来!"顾见骊使劲挣扎,却根本逃不开。

姬无镜想要将她的裙子扯开,忽然想起她之前骂他打他,明明哭成了泪人儿却像个小野兽一样反抗他的样子,便停下了动作。

顾见骊刚好将手挣脱开,生气地推着姬无镜。

姬无镜回过神来,去抓她的手,顾见骊又推又躲。

"啪——"清脆的巴掌声响起,两个人同时停下动作。

姬无镜歪着头,保持着被打的姿势。

顾见骊惊愕地望着姬无镜,好半天才回过神来:"我不是有意的,只是想把你推开……真的!"

顾见骊慌慌张张地解释,又去拉姬无镜的手腕。

"疼……疼不疼啊?我真的不是有意的……"

姬无镜慢慢转过头,看向顾见骊,脸上没什么表情。

"不是有意的就行了?"姬无镜冷着脸问。

顾见骊忽然有点怕,又心虚得很。可她觉得这不能全怪她,谁让姬无镜忽然这样对她?她一边整理衣服,一边赌气地说:"我让你打回来还不成吗?"

"好主意。"姬无镜忽然笑了。

顾见骊愣愣地望着他,顿时后悔了。她有多大力气,姬无镜又有多大力气?姬无镜一巴掌下来,她可能连命都没了。更何况这里不是广平伯府,若是

458

她脸上挂了彩，让家人看见了，定然会担心。她双手捂住脸，小声说："可不可以先欠着，等回去以后……？"

"不行，我现在就要打。"姬无镜打断她的话。

他忽然抱住顾见骊的细腰，让她趴在他的腿上，朝她的屁股狠狠地打了一巴掌。

顾见骊毫无准备，吓了一跳，不由得叫了出来，随后才隐约觉得疼。

姬无镜看了一眼自己的手，手上微微酥麻。他看着她，忽然又打了一巴掌下去。

"你又打我！"顾见骊叫出来。

又是一巴掌下来。

顾见骊气急，挣扎着从姬无镜的腿上起来，生气地去推他、打他，控诉道："你欺负人！我是不小心的，你怎能一直打我？"

顾见骊气得胸口起伏，姬无镜一手搂住顾见骊的后腰，一手轻易抓住顾见骊的双手压到她的头顶上，逼近。

姬无镜气息紊乱，眼中满是愤怒。他逐渐靠近顾见骊，死死地盯着她的眼睛，亦在从她的眼中搜寻着什么。

两个人距离极近，顾见骊微微抬了抬下巴，亲了亲他的唇角。她软着声音道："不要生气啦。"

心里的铜墙铁壁像被她轻易撬开了一个角，姬无镜的神色逐渐缓了下来。他渐渐松开手，刚要开口……

"姬狗，你居然敢打我的女儿！"顾敬元一脚踹开门，冲了进来。

顾敬元刚回家就听说顾见骊来了，急忙赶过来。尚未走近，他就听见女儿喊着"你又打我""欺负人"……

顾敬元瞬间怒了，这姬狗竟这般虐待他的女儿。

顾敬元拔出佩刀，刀刃上闪着寒光。

姬无镜不甚在意地冷笑。

顾见骊一惊，急忙起身，张开双臂挡在姬无镜面前，道："父亲，他没有打我！"

姬无镜意外地看着身前的顾见骊。

"我都听见了，你还要维护他。你糊涂啊！"顾敬元大怒，"你被欺负了就要和父亲说，父亲就是拼了命，也不会让你受委屈！"

"他真的没有打我！"顾见骊犹豫了一下，声音软了下去，"我……我们是闹着玩的……"

"闹着玩？你是何性子，为父不知道？要不是真的恼了，你怎么可能这样大喊大叫？"顾敬元完全不信。

"我……"顾见骊还想解释，腰忽然被揽住。姬无镜伸手将她的身子往后一带，她便坐在了姬无镜的腿上。

"别闹了，松开！"顾见骊回头瞪了他一眼，挣扎着要起来。

姬无镜没依，双臂搂住顾见骊的细腰，下巴搭在她的肩窝上。他微微挑眉，狐狸眼眨了眨，笑着对顾敬元说："好爹，你一把年纪，连夫妻情调都不懂了？"

他凑到顾见骊的脖子旁，轻轻嗅了嗅，而后作势去脱顾见骊的衣服，又重新看向顾敬元，道："好爹，你要观看吗？"

"你！"顾敬元一愣，随后仔细地看了看顾见骊的脸色。

是了，他的女儿可不是轻易委屈自己的人。

顾见骊在姬无镜的脚上使劲地踩了一脚，略生气地喊道："松开！"

姬无镜这次倒是松了手。

顾见骊有些尴尬地站起来，朝顾敬元走过去，努力扯出笑容，道："父亲，你回来了。"

"见骊，你跟父亲出来。"顾敬元没好气地转身道。

顾见骊急忙跟上，经过门口的小高桌时，顺手从上面的花篓里拿了一个手鞠，转身朝姬无镜砸了过去。姬无镜没躲，手鞠打到他的胸口上，又落下去。他伸手一接，有些好奇地把玩着这个花花绿绿的小东西。

到了外面，顾见骊先开口："父亲，五爷真的没有打我，没有欺负我。"

顾见骊这么说着，屁股上却隐隐约约有些痛。

顾敬元生气地审视了顾见骊很久。顾见骊捏住他的袖子，撒娇道："父亲……"

顾敬元甩开她的手，问："你跟父亲说实话，你喜欢上姬昭了？"

顾见骊有些犹豫，如果说不喜欢，父亲岂不是会更生气、更不放心？于是她便说："喜欢呀。"

460

"那你喜欢他什么？"顾敬元再问。

这倒是把顾见骊给问住了。她犹豫片刻，说："喜欢他对我好。"

顾敬元叹气，把刀插入地里，一副恨铁不成钢的样子。

顾见骊不解其意，茫然地望着父亲。

"见骊，你可以因为一个人的品行、才华、家世、能力而喜欢他，也可以因为志趣相投喜欢他，还可以因为对方风趣幽默、能逗你开心而喜欢他，却万不可因为他对你好就把心给了他！这玩意虚无缥缈，不靠谱！"

顾见骊似懂非懂，不怎么在意父亲的话。她始终觉得，喜不喜欢这件事并没有那么重要。道义和恩情，或者说良心，远比喜欢重要。情爱这种东西害人不浅。

顾敬元急了。顾见骊的生母在她很小的时候就走了，陶氏之前和两个女儿关系并不亲密。很多道理，没有人好好教她。

"哪怕你是因为他长得好看而喜欢他都行，千万不能因为他一时对你好而喜欢他！"

顾见骊缓缓眨了眨眼睛，茫然地道："可是他长得不好看哪。"

房间内，正用内力偷听的姬无镜手中一紧，手鞠被捏碎了。

"姬昭不好看？"顾敬元愣住了，见女儿特别认真的样子，想了想，说道，"姬昭的优点只有那张脸吧？是，他以前威风过，谁见了他都怕。可现在他连身子骨也不行了……"

顾见骊蹙眉。父亲说得好像很有道理，可是她不怎么爱听。

"他有别的优点……"顾见骊小声反驳。

顾见骊不想再和父亲说姬无镜的事情，换了话题，将今日姬岚对她说的话转述给父亲听，然后问："父亲，你真的交了兵权？"

顾敬元点头，在院子里的石凳上坐下。

顾见骊疑惑地跟上去，在父亲对面坐了下来，说："我以为父亲经历了上次的事情，会更加握紧手中的兵权。"

"见骊，君心难测，过去昌帝能对父亲下手，之后新帝亦能。若想一直待在高位，定然如履薄冰，双手染满鲜血。"他摊开双手，看着掌心，笑了，"父亲只愿握着重刀上阵杀敌，不想再在朝中为了权势钩心斗角。而且……"

顾敬元沉默了很久，才道："而且为父这辈子所有的才能全在行军打仗之上，对其余的事粗心大意，甚至……连挑女婿的眼光也不怎么样。"

顾敬元叹息，眼中露了颓态。

荣辱乃过眼云烟，跌倒了便再爬起来，顾敬元在沙场上摸爬滚打多年，自然不在意这些。可让两个女儿跟着受苦，他心里难受。

他恨自己之前考虑事情简单，以为自己永远不会倒，觉得女婿只要得女儿喜欢就好，家中背景如何无所谓。只要有他在，他的女儿不管是嫁到哪儿，都能横着走。

可是……得知两个女儿在他昏迷时的遭遇后，他是真的怕了。

女儿就是他的软肋，他这个莽夫再也不能莽撞下去了。他赌不起。

"父亲既然有了决定，女儿自然支持。只是若将所有实权都交出去，未必就真的安全了。"顾见骊说。

顾敬元大笑，道："安心，父亲心里有数。"他又说，"姬岚这个皇帝能做多久还是未知数，你不要和他走得太近。"

顾见骊有些惊讶，略一琢磨，问："父亲是担心二殿下杀回来？二殿下家族势力大，而姬岚又根基不稳。若是二殿下回来，说不定会追究昌帝驾崩的事。"顾见骊皱眉，"他会将我们当成姬岚一党。到底是我留下了隐患。"

"当时那般情况下，你的选择已是最佳的。"顾敬元劝道。

顾见骊有些不放心，道："依父亲的意思，二殿下极有可能……？"

"不仅是他。"顾敬元的脸色严肃起来，"当年前太子谋反，极有可能是被人陷害的。"

"前太子早就死了。"

"但是前太子妃可能还活着。"

顾见骊茫然了，那个时候她还小，并不清楚情况。

顾敬元解释道："当年二殿下殿前斩杀前太子，前太子妃跑了。追捕的人看着她跳下悬崖，可在崖下搜了十几日也没找到尸身。"

顾见骊不懂，就算前太子妃活着又有什么用？

"那个时候，前太子妃就快生了。"

顾见骊惊讶地睁大了眼睛。

顾敬元皱眉，语气不是太确定："据说那是个男孩儿，而且很可能还活着。"

顾见骊慢慢消化着父亲的话，逐渐明白，眼下京中看着歌舞升平，可这安稳的日子真不知道会持续多久。父亲在这个时候交权，也是明哲保身。想通了这一点，顾见骊立刻翘起唇角，说道："女儿知道了。"

季夏匆匆从外面跑过来，行了礼，说道："大姑娘喝醉了。"

"喝醉了？"顾敬元皱眉问。

"是。听大姑娘身边的丫鬟说，大姑娘与人赌投壶，输了要喝酒。她连喝了几杯，醉了。"

顾见骊起身，笑着说："姐姐怎么会和别人玩她不擅长的投壶？我去瞧瞧她。"

顾敬元点了点头，目送顾见骊走远，起身走进房间。

姬无镜坐在顾见骊的梳妆台前，随意地翻看着桌子上的胭脂水粉。王府曾被掏空，顾见骊曾经的小物件也都不见了，现在房间里摆着的各种小东西都是陶氏买来的。

姬无镜打开一个六角檀木盒，好奇地研究着里面精致小巧的花钿。

顾敬元坐到姬无镜身边，喊道："贤婿。"

姬无镜将花钿放在掌中细细打量，没回头，慢悠悠地说："你还是喊我姬狗顺耳些。"

顾敬元沉默了很久，久到姬无镜都诧异地转过头看向他，笑着问："好爹这是有什么吩咐啊？"

顾敬元心平气和地说："对我女儿好点。"话中有诚恳，也有无奈。

姬无镜的眸中闪过讶然之色。他看了顾敬元一眼，头一回没回嘴。

顾敬元有些欣慰，起身拍了拍姬无镜的肩膀，走到门口时，忽听姬无镜叹了一口气，慢悠悠地说："想当年你也是跟我一起为非作歹的，现在倒成了两鬓斑白的老父亲，唉，可怜哪。"

"姬狗，老子哪里有白头发了？老子还不到不惑之年！"

姬无镜嗤笑道："不就只差一年了？一眨眼就到了，老爹。"

"你！"顾敬元气得吹胡子瞪眼，指着姬无镜的背影愤愤不已，"你以为你才十七八岁？你是不老还是没当父亲？半老不老的东西！"

另一边，顾见骊刚督促顾在骊喝了醒酒茶，丫鬟又来寻她。

听丫鬟说父亲和姬无镜又争执起来了，顾见骊顿时头大，不再耽搁，立刻往回赶。她疏忽了，刚刚离开时应该将父亲一起带走。

顾见骊赶回去时，顾敬元已经走了。她犹豫了一会儿，进房去找姬无镜。

姬无镜躺在床上，脸色难看得很。

"你又与父亲起争执了？"顾见骊走过去，观察姬无镜的脸色。她记得纪敬意说过的话，担心姬无镜气坏了，会影响他的身体，劝道："不管怎么样，不要生气，对身体不好。"

姬无镜看着顾见骊一本正经的样子，火气"噌噌噌"地往上冒。

这对父女，一个说他老，一个说他不好看，真令人不爽。

顾见骊挨着他坐下，去摇他的手，撒娇道："好啦，不要生气，晚上我亲自下厨给你炖鱼吃好不好？"

姬无镜嗤笑一声，不高兴地问："就你那厨艺？"

顾见骊的厨艺的确不怎么样。她蹙眉，轻哼一声，同样不高兴地道："做鱼很麻烦，你以为我喜欢做？和你成亲前我就没进过厨房，连父亲都没吃过我煮的鱼。"

姬无镜挑眉，颇为意外地看向顾见骊，问道："只有我吃过你亲手下厨做的东西？"

顾见骊不假思索地点头，又摇头，补充道："不对，星澜和星漏也吃过。"

然后顾见骊便看见姬无镜翘起了唇角，那双充满冷意的眸子里也染上了几分笑意。

他这就不生气了？顾见骊有些意外。她还以为要哄好久呢。

"顾见骊，"姬无镜拉长声音，每一个字都念得很准很慢，"让叔叔抱抱。"

顾见骊提防地看着他，稍微犹豫了一下，主动将双手搭在他的腰上拥抱他。她将脸贴在姬无镜的胸上，温声道："不要总是生气，你吐血的样子很吓人。"

姬无镜像是没听见她说了什么，只是说："顾见骊，再给叔叔亲亲。"

顾见骊皱眉，抬起头来瞪他："姬无镜，我好像还在生你的气。"

姬无镜笑了，捏住她的脸，看着她将粉嫩的唇嘟了起来。他古怪地笑了一声，说道："今晚不吃鱼，想喝酒。小骊骊，陪叔叔喝酒吧。"

喝酒？

顾见骊其实不会喝酒，但不知道怎么了，最后竟被姬无镜哄得真的喝了酒，还喝了好些。

姬无镜哄顾见骊喝酒时，广平伯府里却人心惶惶。

天花可是最烈的急性传染病。

叶云月也慌了，六神无主地跌坐在地上。她脸色惨白，瑟瑟发抖。

她怎么记得姬星漏之前得的是水痘？难道是因为那时她远离京城，消息传错了？

她不怕水痘，因为她小时候得过。可天花……她怎么可能不怕？别说是救姬星漏，叶云月只要一想到自己住在姬星漏附近，就吓得魂飞魄散。

当晚，几个将自己裹得严严实实的家仆闯进了后院。他们不敢用手碰姬星漏，便用绳索套住他的脖子，将他装进木筐里，扔到了荒郊野外。

就连林嬷嬷和叶云月也被人绑了扔出府去了。

天色黑了下来，姬玄恪乘坐着马车回家。车夫驱赶着挡在前面乞讨的人，道："眼瞎的别挡路！"

姬玄恪掀开车窗旁的帘子，朝外望去。

乞讨的人看见了姬玄恪，急忙跑到窗前，哭诉道："已经好几天没吃东西了，可怜可怜我吧……"

"你这老东西！"车夫从车上跳下来，想要将人拉走。

"慢着。"姬玄恪看了一眼乞讨的人，拿出碎银递给他。

"谢谢恩人！"那人双手接过碎银，悄悄将一张字条递给了姬玄恪。

马车重新上路，姬玄恪打开字条，扫了一眼，又取了火折子将它点燃。

马车在府前停下，姬玄恪刚绕过影壁，便见一伙家仆鬼鬼祟祟地抬着个麻袋往外走，麻袋里还传出了小女孩的哭声。

"这是做什么？袋子里装的是谁？"

"三郎！"秦管家吓了一跳，赶忙将事情从头到尾跟姬玄恪说了一遍。

"已经把六郎、奶妈还有赵家的表姑娘送出府了。下人们心里发麻，慌得把四姐儿给忘了，这才折回来，打算把她也送出去。"

姬玄恪皱眉。

姬玄恪与广平伯府的其他人一样，认为姬无镜根本不在意这两个孩子的死活。毕竟这几年，姬无镜根本就没有管过这两个孩子。

可是，顾见骊……

姬玄恪的眼前浮现顾见骊牵着两个孩子在后山放风筝的样子，又闪过顾见骊为姬星漏出头的场景。府里很多人以为顾见骊不过是借两个孩子打压其他人，姬玄恪却知道，她对两个孩子好，定然是因为喜欢他们。

"五爷和五夫人不在府里？"姬玄恪问。

"不在。老夫人一早派人去行宫寻人了，一直没寻到，后来辗转打听到他们先走了，也不知是去了哪里……"

姬玄恪望着麻袋，陷入沉思之中：若那个傻姑娘回家发现两个孩子被扔出府了，会难过吧？

他上前，弯腰解开麻袋。

"三郎，不可！"秦管家阻止道。姬玄恪一个眼神就让他不敢再劝。

麻袋被扯开，露出哭成泪人儿的姬星澜。姬星澜哭得一抖一抖的，泪眼蒙眬地看着姬玄恪，委屈地喊道："三哥哥……"

姬玄恪瞧着姬星澜这样子，心中不忍，道："染了天花，封了院子就是了，扔出去做什么？而且四姐儿还没被传染！"

秦管家和几个家仆没敢吱声。

姬玄恪想要去抱姬星澜，姬星澜向后躲了躲，一边掉眼泪，一边委屈地哭着说："我可能病了，三哥哥不要碰我……"

半晌，姬玄恪放软了语气，问："澜澜能不能自己走回院子？"

姬星澜使劲点头，爬起来往回走去。

天色很暗，她一边走一边哭。哥哥被坏人带走了，母亲也不见了，所有人都不见了。

姬玄恪跟在她后面，从侍从手里接过一盏灯，给她照着路，一直将姬星澜送到姬无镜的院子门口。

姬星澜回过头去，望着姬玄恪，努力忍着哭腔，吐字清晰地说："谢谢三哥哥！"

姬玄恪觉得心疼，皱着眉，缓了缓才道："澜澜不要害怕，等一下我让人给你送东西吃，吃了东西，你好好睡觉，睡醒了你母亲就回来了。"

"那哥哥呢？"姬星澜问。

姬玄恪沉默了。

姬星澜吸了吸鼻子,眼泪又掉了下来。她使劲用手背擦去脸上的泪,说:"澜澜会乖乖的,澜澜听话……"

…………

姬玄恪大步往外走去,质问秦管家:"六郎去哪儿了?"

得了消息的老伯爷和老夫人匆匆赶了过来,老伯爷怒道:"你该不会是要把六郎也接回来吧?胡闹!好不容易才把他送走,就算现在找到了他,也没人敢碰他一下!何况他这个时候说不定已经被豺狼吃了。他得的可是天花,就算你五叔在,也会这样做!"

"您也知道那是天花!"姬玄恪肃然,"你们就这样将他们扔出府,若是被寻常百姓碰到,那可是要变成传染全京城的疫情!倘若皇上得知疫情是由广平伯府引发的,您以为广平伯府老老小小还能有一个活命?"

"这……"老伯爷蒙了,根本没想过这些。

难道他做错了?

"那……那怎么办哪?"老夫人道,"早知道咱们该一把火将那个孩子烧了才对……"

姬玄恪不再跟他们说话,问了姬星漏被扔的大致地点,令随从牵来了马。他翻身上马,出府寻找。

老伯爷赶紧令府里的人全部出去找人,且商量好,倘若别人问起,只说姬星漏是一时顽皮走丢了。

## 第三十章 遗 愿

让姬星漏平安长大,远离皇权争斗做一个普通人——这是姬崇的遗愿。

还什么都不知道的顾见骊被姬无镜哄着喝了三杯酒，脸上泛红，双眸微眯，脑袋难受。看着姬无镜递过来的第四杯酒，她没有接，向来澄澈的目光变得迷离。

"好难喝。"顾见骊蹙眉摇头。

姬无镜轻晃酒杯，哄骗道："不会喝酒的人刚开始喝都会觉得难喝，只要再喝上两杯，就能尝出它的甜味儿，比糖还要甜。"

糖？顾见骊舔舔唇，口中好像有了一丝甜意。

姬无镜将酒杯抵在顾见骊的唇上，压低声音温柔地道："乖，再尝尝。"

顾见骊温暾地张开嘴，任由姬无镜将酒喂给她。她茫然地望着姬无镜，缓慢地思考起来，意识到姬无镜是想灌醉她。

那……如果她装醉的话，是不是就不用喝这么难喝的酒了？

顾见骊眯起眼睛，指着姬无镜"哧哧"地笑，撒娇道："我面前怎……怎么有两个五爷？"

姬无镜微微勾唇，道："你看错了，是三个。"

"嗯……"顾见骊歪着头，仔细打量着姬无镜，"对，有三个五爷！嘿嘿嘿……"

"见骊今年多大啦？"姬无镜身子前倾，饶有兴致地望着顾见骊。

顾见骊望着姬无镜，扒拉着手指头，数了又数，最后凑到他面前，撒娇道："我不记得了，叔叔告诉我呀。"

姬无镜望着她的眼睛，顿了一下，稳了稳情绪，轻轻摸了摸她的头，沉声说："叔叔的小骊骊还没长大呢。"

顾见骊娇笑。

姬无镜又问："小骊骊嫁人了没有？"

顾见骊继续装傻，摇头，茫然地望着姬无镜，忽然嫣然一笑，指着他道："不知道，问叔叔！"

她笑起来的瞬间，姬无镜喉间微微滚动。他握住顾见骊的手，又问："小骊骊觉得何样的男子生得好看？"

顾见骊嘟囔："眉清目秀。"

眉清目秀——姬无镜眼前浮现林少棠的脸。

顾见骊用手指一下一下点着姬无镜的大腿，补充道："儒雅温柔！"

儒雅温柔——姬无镜眼前浮现姬岚的脸。

"还有什么啊？"姬无镜又问。

还有什么夸奖男子的词呢？顾见骊想了一下，说："美如冠玉、清俊秀顾、风度翩翩！"

姬无镜的脸色一瞬间冷了下去。

美如冠玉、清俊秀顾、风度翩翩——这些是当年姬玄恪高中时，京中女子对他的赞誉之词。

反应迟钝的顾见骊对姬无镜的情绪一无所觉，望着桌上的酒缓慢地眨了眨眼睛，这才发现姬无镜哄她喝酒，自己却一杯也没喝。顾见骊主动倒了一杯酒递给姬无镜，糯糯开口："叔叔也喝酒。"

"不喝。"姬无镜脱口而出。

顾见骊呆呆地看了姬无镜一会儿，撒娇道："喝嘛！"

"不！"

顾见骊眨了眨眼，觉得好像看见了姬无镜眼中的躲闪之意。她忽然有了一个大胆的猜测。

顾见骊摇摇晃晃地站了起来。姬无镜伸手扶住她的腰，免得她摔倒。

"叔叔……"顾见骊软软地撒娇。

姬无镜搭在顾见骊后腰上的手颤了一下，收了回来。

顾见骊拉住姬无镜的衣襟，主动坐在姬无镜的怀里，半眯着眼瞧他，用他刚刚对他说的话哄他："酒好喝，很甜的……"

姬无镜有一种不好的预感。

顾见骊檀口微张，喝了一口甜酒。她的唇被酒打湿，显得娇艳欲滴。

顾见骊凑过去，将口中的甜酒喂给了姬无镜。

姬无镜瞬间僵硬，脸颊竟泛了红。

他应该拒绝她的，可是当顾见骊看着他，送上红唇时，他无法抗拒地张了嘴，让辛辣的酒入了喉。

顾见骊眼睁睁地看着姬无镜的脸逐渐变红，从眼尾到耳根。她看错了吗？顾见骊糊涂了。她不由自主地去摸姬无镜的脸，手腕却被他握住。

顾见骊慢慢弯起眉眼，撒娇道："我是不是看错了？叔叔的脸红了啊……"

姬无镜觉得眼睛有些难受，闭了闭。再次睁开眼时，他便看到顾见骊微微抬着下巴，嘴咬着白瓷杯，头微仰，酒水入口。她动作有些迟缓，些许酒水从她的嘴角流下，消失在衣襟里。

她嘴里含着酒，也不咽下去，脸微微鼓了起来，冲着姬无镜笑。

"叔……"她刚开口，竟呛了一口酒，五官皱起来，一阵咳嗽。

姬无镜将手撑在她的脑后，凑过去吻她，带走她口中余下的酒。

其实姬无镜之前没喝过酒。就算陷入昏迷时，他都要对外界保持警惕，让自己意识清醒，怎么会允许自己醉酒？

顾见骊歪着头，迷茫地望着姬无镜。

她弯腰去倒酒，手一抖，酒杯跌落在地。酒劲儿终于上来了，她又拿了一个杯子，勉强倒了一杯酒，去看姬无镜，撒娇道："叔叔，还要不要喝酒呀？"

姬无镜问："为什么要让叔叔喝酒？"

顾见骊乖巧地笑道："叔叔脸红的样子很好看。"

"好看？"姬无镜眼中闪过一丝怒意，问，"你不是说叔叔长得不好看吗？"

"嗯……"顾见骊歪着头想了一会儿，皱着眉摇头，"是不好看……太妖了……"

太妖了……这是什么评价？

姬无镜捏住顾见骊的下巴，直接问："那你觉得谁最好看？"

如果她敢说出那个人的名字，他就揍她。

顾见骊理直气壮地说："我呀！"

姬无镜愣了愣，又说："男子。"

"父亲呀！父亲天下第一好看！"顾见骊想也不想，直接说。

姬无镜愣住了。顾敬元长得好看？那个浓眉大眼、国字脸、虎背熊腰又经常吹胡子瞪眼的人好看？他哪里好看了？她这是什么眼光？

顾见骊靠在姬无镜的怀里打了个哈欠，慢腾腾地说："叔叔有时候好看，有时候丑死了……丑得没眼看！"顾见骊捂住自己的眼睛，嫌弃地摇头。

"顾见骊……"姬无镜拖长了音调，咬牙切齿道，"叔叔什么时候丑过？"

"不穿衣服的时候呀！"顾见骊小声道。

她先前是装醉，眼下却是真的醉了，懒懒地说："叔叔生气啦？不对，叔叔不会跟我生气的。叔叔很好哄，只要我哭了他就会心软……"

"原来是这样啊……"姬无镜说得很慢，长长的尾音里带着一丝暧昧之意。

他不仅脸红了，连眼也开始泛红。

顾见骊望着桌上的酒，缓慢地眨了眨眼睛，想起来自己刚刚是想灌姬无镜喝酒。她眯起眼，望向姬无镜道："那叔叔还要不要喝酒？"

姬无镜古怪地笑了一声，无奈地说："如果你喂叔叔，叔叔就喝。"

"叔叔真好……"顾见骊凑过去亲了亲姬无镜的嘴角。

姬无镜眸色一变，想加深这个吻，却被她躲开。

顾见骊嫣然一笑，含了口酒再去喂他。

她喂他，他便喝。就算那不是酒，是毒药，他也要喝。

季夏端着醒酒茶进来时，看见顾见骊坐在姬无镜的腿上睡着了。姬无镜将下巴搭在顾见骊的头上，也合着眼。

季夏放轻脚步，轻轻推了推顾见骊的肩，道："您喝醉了？快喝口醒酒的茶。"

顾见骊迷迷糊糊地睁开眼睛，刚接过茶，姬无镜就睁开眼，看向季夏，声音沙哑："滚出去。"

季夏赶紧退了出去。

她一走，姬无镜又垂下了头。

顾见骊迷迷糊糊地喝了两口茶，手不稳，茶碗跌落，凉凉的茶水泼了一身。她不高兴地皱了皱眉。

睡了一会儿，顾见骊稍微恢复理智，半醉半醒。

她好奇地凝视着熟睡的姬无镜，原来姬无镜真的沾酒就醉。她笑了笑，肆无忌惮地近距离瞧着姬无镜红红的脸，甚至用指腹碰了碰他的眼睫。姬无镜蹙眉，顾见骊慌忙把手缩了回来。

"顾见骊……"姬无镜将脸埋进顾见骊的颈窝，蹭了蹭。

"在。"顾见骊应道。

"顾见骊……"

顾见骊皱眉，抱怨道："在……在你怀里呢。"

姬无镜松了一口气，搭在顾见骊腰上的手加大力道。顾见骊推他，皱眉道："好疼，去床上睡。"

她跌跌撞撞地从姬无镜腿上下来，攥住姬无镜的手，却拉不动他。她说：

"叔叔，我们到床上去睡。"

姬无镜摇摇晃晃地站了起来，由顾见骊拉着走向床榻。两个人一起倒在床上。

顾见骊胸口起伏，睁开眼，望着姬无镜的脸，懒懒地开口："叔叔，你不会喝酒，让我知道弱点了……"

姬无镜皱眉，手在身侧摸索，摸到了顾见骊的腰。他去解顾见骊的衣服，将脸埋在她的胸口，闷声喊她的名字："顾见骊……"

我的弱点是顾见骊啊。

顾见骊觉得痒，痒得笑出声来，推了推姬无镜："痒！"

姬无镜却抱着她不松手，沙哑着嗓子问："顾见骊，怎样才是对你好？"

顾见骊迷迷糊糊的，没听进去。她还是在推姬无镜，抱怨道："好痒……"

姬无镜哼了一声，不高兴地说："你只说我不会对别人好，可没有教我怎么才是对你好……"

顾见骊迷茫地眨了眨眼睛，望着姬无镜好久才慢腾腾地问："为什么要对我好呀？"

姬无镜沉默着抱紧了顾见骊，不愿松开。

顾见骊说："我知道了，因为我是你的妻子……"

姬无镜嗤笑了一声，讽刺的意味甚浓。

"不是吗？"顾见骊一阵娇笑，懒洋洋地打着哈欠，慢慢合上眼，嘴里轻声道，"我知道叔叔是很喜欢我的……"

"不喜欢。"姬无镜皱眉反驳，颇有置气的意思。

顾见骊不再说话了，因为她攥着姬无镜的衣角，慢慢睡着了。

许久之后，姬无镜轻声说了一句什么。顾见骊觉得耳朵痒痒的，可是没听清。


顾见骊是被季夏推醒的。

她睁开眼，头还有些疼，见季夏一脸焦急的样子，不由得蹙眉问："怎么了？"

"六郎出事了！"季夏连忙说。

还睡着的姬无镜不悦地皱了皱眉，顾见骊则清醒了大半，眸中有了愠意，

474

问:"府里又有人欺负他?"

"不是,六郎染了天花,府里那些人担心被他传染,竟连夜将他扔到野外去了!"

顾见骊一下子清醒过来。

姬无镜瞬间睁开眼,起身,冷冷地问:"谁?星漏还是星澜?"

"星漏!"

顾见骊只觉耳边传来一阵风,转头看去,姬无镜已不在房中。她来不及多想,赶紧起身追出去,只来得及看见院墙上一闪而过的红影。

这个消息是叶云月送来的,她此刻也在院中。叶云月看见顾见骊,假装随意地道:"没想到五爷这么在意六郎,想来一直把六郎的生母藏在心底。"

顾见骊看了她一眼,转而吩咐季夏去牵马。

顾见骊翻身上马,叶云月有点意外——顾见骊看着娇气,居然会骑马?

叶云月眉头紧锁,望向姬无镜消失的方向。事情怎么跟她预想的不太一样呢?

按理说,她跑来报信,姬无镜难道不应该向她询问详情吗?然后她就可以带姬无镜去找姬星漏。说不定他们路上还要同乘一骑。他们找到被她藏起来的姬星漏后,姬无镜定然不懂如何照顾这个孩子,那就到了她大显身手展现温柔一面的时候了。这样不仅能让姬无镜觉得她温柔勇敢,还能让未来的皇帝喜欢她。未来的皇帝虽然性情古怪了些,可现在才四岁,又是脆弱的时候……

可是姬无镜居然根本不问她线索,直接飞走了,他是不是蠢?

叶云月曾担心过被姬星漏传染天花,但转念一想,她是死过一次的人,还有什么可怕的?何况姬星漏病发的那天,她还与他接触过,却一直没染上天花,现在何不赌上一次?

然而,天不遂人愿,她不仅眼睁睁地看着姬无镜飞走了,就连顾见骊的身影,也看不见了。

叶云月正蒙着呢,看见顾见骊又骑着马回来了。管家、丫鬟和侍卫都赶了过来。

顾见骊坐于马上,瞥了一眼叶云月,问:"林嬷嬷和星澜一并被扔出府了?"

叶云月虽然不乐意,还是说:"六郎先被扔了出去,我和林嬷嬷随后被套进麻袋里扔到了乱葬岗上，当时四姐儿还在府里。天色太黑，我从麻袋里爬出来的时候没看见林嬷嬷，更没看见六郎，我们估计是被扔到了不同的地方。"

叶云月撒谎了。她看见了林嬷嬷，但林嬷嬷摔坏了腿，走不动了，她称自己去喊人帮忙，随后跑了。

顾见骊转头看向管家，立刻下令："来人，用绳索捆住她，关进柴房。府中所有人，非必要，不得与她有任何接触。"

叶云月气急败坏地道："为什么要这样对我？我是来送信的啊！"

"叶姑娘，在天花潜伏期结束前，我不得不这样对你，对不住了。"

顾见骊不再看叶云月，而是吩咐管家将瘟疫的情况禀告宫中，做好全城备疫的准备，再请太医入府给叶云月及其他人诊脉。

顾府。

顾敬元不在，顾见骊将事情告知了姐姐，让姐姐派人去寻父亲回来，再将事情转告父亲。

天花疫情容不得半点马虎，不然后果不堪设想。顾见骊心中责怪广平伯府的人无知，竟将姬星漏扔出了府，还有些心疼姬星漏——他感染天花的事被人知道后就危险了，而且是有生命危险。

但在姬星漏一个人的生死和整个永安城百姓的生死之间，顾见骊挣扎之后，只能选后者。

"见骊，让侍卫去找就可以了，你不要去。"顾在骊劝道。

顾见骊摇头，说："我不放心，侍卫也认不出星漏和奶娘。"

顾见骊看向季夏，欲言又止。

季夏愣了一下，隐约猜到了什么，咬牙说："您是想让我回广平伯府照看四姐儿？"

顾见骊说不出口。现在，广平伯府内说不定还有人染了天花，她哪里敢让季夏涉险？

季夏心一横，笑道："没事，昨天早上我还抱了星漏，要病早病了！四姐儿肯定被吓坏了，季夏这就回去！"

顾见骊点了点头，又嘱咐了季夏几句才带着侍卫出府，往乱葬岗赶去。

玄镜门中，长生正无聊地看着栗子丢暗器。

栗子力气虽大，却没有认真地学过什么武艺。长生想了想，决定让栗子回玄镜门接受最简单的培训。如今姬无镜娶了妻，他不便再进内宅，若是栗子学一些本事后在内宅待着，他也能放心些。

栗子将一排飞镖一起丢出去，远处的酒坛子"哗哗哗"碎了一地。

"哥！"栗子傻乎乎地笑了起来。

长生看了她一眼，点头说："还不……"

他话还没说完，空中忽然升起一道红光，最终停在一处，一瞬间炸开。

长生脸色大变，丢下一句"留在这里不许乱跑"后，身影一晃，身上的宽袍飘落，露出一身鲜红色的玄境服。他再一跃，身影消失。

栗子挠了挠头，茫然地望着哥哥消失的方向。接着，栗子皱起眉，感觉到周围怪怪的气氛。

她看错了吗？她一直以为玄镜门毫无生气，可是一瞬间，无数道红影在空中闪过。栗子揉了揉眼睛，再睁开眼，红影消失，好像什么都没发生过。

玄镜门如今的代门主正带着两个弟子执行任务，将目标人物逼至死胡同后，正要动手，却在看见那片红光后毫不犹豫地收手，立刻撤离。那人抱头等死，一睁眼却发现对手已经不见了……

同样的一幕出现在不同的地方，玄镜门所有正执行任务的人接收到信号的一瞬间，全部撤退。

半红烟是玄镜门最高级别的信号，也是唯有门主可发出的信号。他们上一次看见半红烟信号是四年前，当时姬无镜受了重伤，差点丧命。

宫中，窦宏岩脸色不太好看，一路小跑着赶到了姬岚身边。

"还没查到？"姬岚正批阅奏折，没有抬头。

"是……"窦宏岩硬着头皮回道。

"你已经查了四年！"姬岚忽摔了手中的朱笔。

窦宏岩伏地跪拜。

向来儒雅有礼的姬岚急躁起来。坐上龙椅前，他小心谨慎、步步为营，可真的坐在了龙椅上，根本没有松一口气，反而如坐针毡。

人人都以为姬岚在朝中无人支持，势力最小，但事实上，在很多年前，东厂便已在他的控制下。

姬岚不知踪迹，前太子的遗孤，他们查了四年一无所获，他这个皇位怎么可能坐得安稳？

所有人都以为前太子妃是身怀六甲跳下悬崖的。其实，前太子妃是在产后独自跳崖的。她动了胎气，又因为知道事关重大，吃了催产药，提前诞下了小皇子。

当时的东厂督主还不是窦宏岩，而是其兄长。

他得到消息后派人四处追查，终于找到了前太子妃的心腹丫鬟。丫鬟抱着前太子遗孤逃命，被东厂的人杀了。那孩子却被一个黑衣人救走了。

窦宏岩畏惧地道："兄长虽未抓住那黑衣人，却给那人下了玄炎散。这种慢性毒不致命，可一辈子也无法根除，只要找到中了玄炎散的人……"

"你们已经找了四年！"姬岚大怒。

窦宏岩噤若寒蝉。

"那人能在你兄长手中逃命，甚至杀了你兄长，身手何止是了得？四年，中毒……"姬岚坐回去，眉头紧蹙。

小太监急匆匆地进来禀告，身后跟着武贤王府里的人。武贤王府的管家按照顾见骊的吩咐，将天花之事禀告了皇上。

姬岚一惊，立刻下旨封锁城门，令太医院迅速出诊，再令御林军加紧排查，尽可能找出更多的病患。

各种命令发布下去后，姬岚心中仍旧惴惴不安。他刚登基，竟然出现了天花？这实乃不吉之兆。

窦宏岩跪在一旁，不敢出声。好半天，姬岚才缓过来，慢悠悠地道："窦宏岩，你不觉得那个人很像姬昭吗？"

窦宏岩一愣，立刻摇头道："那时姬昭不在京中，正在外地出任务。"

"你确定？"

"当然。那是姬昭唯一一次失手，玄镜门难得发了半红烟。更何况太医多次给姬昭诊治，他并未中玄炎散，中的是无药可医的西域剧毒噬心散。"

姬岚这才打消顾虑，将全部心思用来防疫。

柴房里，叶云月心里又气又急，气顾见骊将她关在这里，急没能抓住这么好的机会。

昨天夜里,家丁冲进去将她和林嬷嬷绑起来扔进了麻袋里。林嬷嬷在袖子里藏了一支簪子。等家丁将她们扔到乱葬岗了,林嬷嬷先借那根簪子逃了出来,又帮叶云月解开了麻袋和绑手的绳子。

乱葬岗四处都是坟墓,刮着阴风,恐怖得很。她们应该立刻逃离那个地方才对。可是家丁将她们扔下来的时候,林嬷嬷的腿磕在了石头上,她走不了路了。叶云月让林嬷嬷等着她去喊人。

当时她的确是想喊人的。可是周围黑漆漆的,耳边似乎还有乌鸦和豺狼的叫声,叶云月吓得一边哭一边跑,一不小心被什么东西绊倒了。她仔细一看,才发现是昏迷的姬星漏。

那一瞬间,叶云月想了很多。她已下定决心,定然要抢回原本属于她的一切。她打算赌一次。

于是,她把昏迷的姬星漏装进竹篓里,又找了一个山洞,将姬星漏藏在里面,再回来报信……

现在已经过去四个时辰了,叶云月这才有些担心,担心摔断了腿的林嬷嬷以及被藏在山洞里的姬星漏。

顾见骊带着侍卫赶到乱葬岗时,迎面遇见了姬玄恪。

姬玄恪一惊,忘了顾虑,打马赶过去,急道:"你怎么过来了?危险!"

"三郎,你找到星漏没有?"顾见骊的语气也有些急。

姬玄恪摇头:"只找到六郎的奶娘。我问过她,她也不知道六郎在何处。奶娘受了伤,我让人将她带到了山下。至于六郎……我仔细搜过了,没有找到。他可能自己走开了,也可能……"姬玄恪停下来,不说了。

谁都知道姬玄恪接下来想说的话是什么。这里荒无人烟,有猛兽出没,而姬星漏只是个四岁的孩子。

顾见骊心里一沉,脸色一白,忽然很自责。她昨天早上出门的时候,姬星漏明明在发烧,她应该等一等的,等大夫来了再出门。她原以为姬星漏只是着凉了,没想到……是她这个母亲没做好。

顾见骊的眼圈立刻红了。

姬玄恪心里一紧,说:"我带人继续找,你去山下等着,山上危险。"

顾见骊打起精神来，说道："三郎不必担心我，我是一定要找他的。"活要见人，死要见尸。

顾见骊掉转马头，朝另外一个方向找去。

此时，姬星漏根本不在山上。

昨天下半夜，他在山洞里醒了过来，睁开眼睛，对上了一双发亮的兽眼。他痛苦地皱眉，视线也是模糊的，看了又看，以为面前是一只"大狗"。他抓起一块石头，想要朝大狗砸过去，可是一点力气都没有。

"大狗"绕着他走来走去，伸出舌头舔了舔他的脸。姬星漏恼怒地瞪着它。

它龇牙，姬星漏瞪圆了眼睛，也朝它龇牙。

它弓着背，向后退了两步，警惕地盯着姬星漏。

姬星漏实在是太累了，眼皮重新合上。

大灰狗绕着他走了两圈，再次去舔姬星漏的脸，把姬星漏舔醒。这次，姬星漏和面前的大灰狗对视了好半天，费力地抬起小手，抓住了大灰狗身上的长毛。

大灰狗"嗷呜——"了一声，趴下来，任姬星漏爬上了它的背。

它站起来，往山下跑去。姬星漏两只小手紧紧环住它的脖子，无论如何都不松手。他迷迷糊糊地睁开眼睛，借着外面的月色，才发现背着自己的好像不是狗，而是一匹狼。

不多时，灰狼就驮着姬星漏跑到了连绵山峦间的小溪旁，轻轻一丢，把姬星漏丢到了溪边。姬星漏趴在地上，没有力气睁开眼，拼尽全力才张开嘴喝溪水。他只喝了一口，就沉沉地昏了过去。

"嗷呜——"灰狼仰天长啸，守在溪水旁。

姬星漏再次醒来时已是第二天上午。精神比起前一天晚上好了许多，他费力地转过头，在看见灰狼时，小手下意识地在溪水里抓起了一块尖尖的石头。那石头的尖角把他的小手都划破了。

"嗷呜——"灰狼一跃而起，从姬星漏的身上飞了过去。

姬星漏全身紧绷，攥紧手里的石头。下一刻，他的身子忽然腾空了。姬星漏一惊，用尽全力将石头朝后砸去。

忽然，他的小手被一只大手握住，他使劲地挣扎着，抬头就看见了一双暗红色的眼睛。

姬星漏一瞬间顿住了，皲裂的小嘴张了张，竟有血渗出来。他无声地喊："爹爹……"随后重新合上眼，安心地倒在父亲的怀里。

他什么都不怕了。

姬无镜克制了一下发颤的手，小心翼翼地用指腹抹去他唇上的血迹。

姬无镜抱着姬星漏一步步穿过小溪。灰狼一直跟在姬无镜身边，有一下没一下地摇着尾巴。

姬无镜低下头看向灰狼，问它："这孩子像不像你以前的主人？"

灰狼仰天长啸，像在鸣咽。

那一年，姬无镜和姬崇都才四五岁。

东厂，姬无镜的四哥姬无错将他推走，让他有多远跑多远，有多快跑多快。姬无镜跑进了太子姬崇的宫中，逃过一劫。

姬无错死无全尸。事后，姬无镜攥着已经去世的四哥的手，心里一片冰凉。那时，姬崇身着一身玄黄色锦衣出现，站在姬无镜身边，一字一顿地说："你也姓姬？既是宗亲，本宫便是你的堂兄。你亲哥不在了，以后本宫做你的哥哥。谁要是敢再欺负你，本宫给你报仇，剥了他们的皮、剔了他们的骨！"

姬无镜用手轻轻地拍着怀里的姬星漏，心疼啊。

他这一生最大的憾事，就是在姬崇出事时，他不在京中。

姬无镜没去寻仇，而是抚养姬星漏，让他平安长大，远离皇权争斗做一个普通人——这是姬崇的遗愿。

若他连姬崇的儿子都保护不了，如何完成姬崇的遗愿？他死后又有何颜面去见姬崇？

姬无镜救下姬星漏后，因时间紧迫，只能喝下噬心散，掩盖自己中了玄炎散的事。

姬无镜知道自己活不久了，所以不敢给这个孩子太多的关爱。他深知自己树敌无数，若是太疼爱这个孩子，他死后，必定有仇人找姬星漏报仇。

他在一旁看着姬星漏跌跌撞撞地长大，看着他闯祸，看着他被欺负，也看着他在被欺负后一次次站起来，变得更坚强勇敢。

姬星漏将来狠毒不要紧，成为像他一样被所有人讨厌的恶人也无妨，但一定要能保护自己，这样姬无镜才敢去死。

姬无镜抱着姬星漏穿过山峦，看见前方有大批人马——姬玄恪和顾见骊分别带人搜了过来。

姬无镜面无表情，径直朝顾见骊走去。

"星漏！"

顾见骊也看见了他们，又急又喜，快马赶了过去。

"小心！"姬玄恪惊呼了一声。

他拔剑，将顾见骊身侧的树枝上的蛇挑开。与此同时，他拉住顾见骊的手腕，将顾见骊带到了他的马背上。

顾见骊心有余悸地看向姬玄恪。

姬无镜看着顾见骊和姬玄恪靠在一起的样子，慢慢皱起眉，眼中染上戾气。

"多谢三郎出手。"

顾见骊跟姬玄恪道了谢，立刻从马背上跳下去。

"囡囡！"姬玄恪俯下身来，抓住顾见骊的手腕，急道，"不要过去，不要碰那个孩子！"

顾见骊犹豫了一瞬。

她背对着姬无镜和姬星漏，眼前却浮现姬无镜抱着姬星漏走来时缓慢的样子——姬无镜神情不对劲。

"放开！"顾见骊挣开姬玄恪的手，毫不犹豫地朝姬无镜跑了过去。

姬玄恪的手里空了。他缓缓抬眼，望着顾见骊朝姬无镜飞奔而去的背影，嘴角慢慢浮现一丝苦笑。

顾见骊还没跑到姬无镜跟前，姬无镜忽然单膝跪地，垂着头，吐出一口黑血。

他抱着姬星漏的手却没有松开。